Les amants ensorcelés

CYNTHIA COOKE

Les amants ensorcelés

NOCTURNE

éditions HARLEQUIN

Collection : NOCTURNE

Titre original : BLACK MAGIC LOVER

Traduction française de LUCIE DELPLANQUE

HARLEQUIN®
est une marque déposée par le Groupe Harlequin

NOCTURNE®
est une marque déposée par Harlequin S.A.

83-85, boulevard Vincent-Auriol, 75646 PARIS CEDEX 13.

Service Lectrices — Tél. : 01 45 82 47 47

www.harlequin.fr

ISBN **978-2-2802-4601-9** — ISSN 1950-2753

1

« Rentre à Lionsheart avant qu'il ne soit trop tard ! Ta mère n'a jamais quitté le bayou. »

En repensant à cet appel téléphonique, reçu quelques jours plus tôt, Laura Larame sentit une inquiétude glaciale saisir de nouveau son cœur. Cette voix chuchotée et méconnaissable avait suffi à la faire revenir au fin fond de la Louisiane.

Cela faisait vingt ans qu'elle n'avait aucune nouvelle de sa mère, au point qu'elle souvenait à peine de son visage. Pourtant, la voix maternelle résonnait encore de temps à autre au fond de son esprit, comme un fantôme surgi du passé.

Une voix qui lui rappelait tout ce qu'elle avait perdu.

Assise à l'arrière du taxi, Laura remarqua distraitement que la ville avait cédé la place à la campagne, puis à une désolation presque désertique. Pendant plusieurs jours, elle s'était jetée à cœur perdu dans son travail au cabinet d'avocat pour tenter d'oublier cet appel mystérieux.

En vain.

Une petite voix persistait à chuchoter dans sa tête : et si c'était vrai ? Etait-il possible que sa mère soit encore en vie, saine et sauve, et qu'elle vive au fin fond de ce… marécage ?

Son patron lui avait accordé un congé et l'amie avec qui elle partageait un appartement avait achevé de la convaincre.

« Va découvrir ce qui est arrivé à ta mère. Va chercher des réponses à tes questions. Prends ta vie en mains. Assume tes responsabilités. »

Barbara avait raison. Cela faisait trop longtemps que Laura se laissait malmener par la vie. Il était temps de provoquer le destin. S'il existait le plus infime espoir pour que sa mère soit en vie et lui explique pourquoi elle l'avait abandonnée…

— Vous êtes sûre de vouloir aller jusqu'à Lionsheart ? demanda soudain le chauffeur

Elle croisa ses yeux noirs et inquiets dans le rétroviseur.

— Oui, répondit-elle d'une voix ferme.

Elle posa les yeux sur la statuette en plastique de la Vierge Marie qui se balançait doucement d'avant en arrière, accrochée au rétroviseur.

— Et si je vous laissais au manoir de Larame, hein ? Les gens qui s'aventurent trop loin dans le marais Atchafalaya… parfois, ils ne reviennent pas.

Laura sentit un frisson lui courir le long de l'échine. Le chauffeur de taxi ne croyait pas si bien dire. Même si… même si elle-même s'en était sortie, une fois.

Le taxi ralentit en passant devant une massive demeure blanche. C'était une construction traditionnelle du Sud, ornée d'énormes colonnes doriques et devant laquelle s'étendait une pelouse impeccable.

Le manoir des Larame. La demeure de ses grands-parents d'adoption. Le centre d'une immense propriété de près de quatre-vingts hectares de bayou et au milieu duquel se dressait Lionsheart, la dernière maison où Laura avait vécu avec sa mère.

Les Larame étaient sa plus proche famille, même s'ils n'étaient pas du même sang qu'elle. Sa mère avait épousé leur fils unique, Paul, et celui-ci avait officiellement adopté Laura, après le mariage. D'après ce que Laura savait, c'était les Larame qui avaient financé toute sa scolarité. Elle n'avait cependant jamais reçu la moindre nouvelle d'eux. Jamais. Elle ne savait même plus à quoi ressemblaient ses grands-parents d'adoption.

Une douleur ancienne et familière se déploya en elle, comme une vieille rengaine un peu triste. Elle avait grandi sans la moindre famille. Sans jamais revoir sa mère. Pourtant, malgré la rancœur qui la tenaillait, elle refusait de s'apitoyer sur son sort.

Pas question de s'imposer à des proches qui ne l'attendaient pas et n'avaient jamais véritablement cherché à l'accueillir. Seule sa mère pourrait lui fournir les réponses aux questions qu'elle se posait.

— S'il vous plaît, continuez jusqu'à Lionsheart.

Le chauffeur se raidit, mais franchit le petit pont étroit au-dessus de l'eau noire du marécage.

— La Marche du Diable, c'est comme ça qu'ils appellent ce pont, expliqua le chauffeur d'une voix à peine audible.

En contemplant l'eau, Laura sentit une angoisse sourde naître en elle. Elle sonda les ombres qui étendaient leurs mains noires sous la surface de l'eau. Elle cherchait…

Que cherchait-elle ? Elle ne savait pas. C'était là, caché dans les profondeurs obscures de son esprit, tout juste hors de portée. Sentant un goût saumâtre lui emplir la bouche, elle tenta de déglutir. Peine perdue. Elle avait la gorge serrée.

— Un accident terrible s'est produit ici autrefois, poursuivit le chauffeur. Les choses n'ont plus jamais été les mêmes depuis. Non m'dame !

Lorsqu'ils atteignirent l'autre côté du pont, un souvenir à moitié formé refit brusquement surface dans l'esprit de Laura, avant d'être aussitôt englouti. Laura étouffa un cri, une étrange sensation de brûlure dans la gorge. Elle se retourna encore une fois vers le pont. Elle connaissait le contact de cette eau trouble sur sa peau et son goût dans sa bouche, pensa-t-elle en frissonnant de nouveau.

Avant qu'elle puisse demander des précisions sur l'accident, le taxi s'arrêta brusquement. Le chauffeur bondit de son siège, fit le tour de la voiture et ouvrit le coffre pour déposer sa valise sur le côté du chemin.

— Mais… que faites-vous ? s'écria Laura, stupéfaite.

— Je ne vais pas plus loin, rétorqua l'homme en refermant le coffre.

— Quoi ? Mais nous ne sommes pas arrivés…

Elle contempla le marécage désolé autour d'elle. Il n'oserait quand même pas…

— Vous ne pouvez pas me laisser là ! Je ne sais même pas comment me rendre à Lionsheart !

— Désolé, mademoiselle. Je ne vais pas plus loin. C'est… dangereux.

Il annonça la somme due en jetant des regards furtifs autour de lui.

Dangereux ?

— Vous n'avez qu'à continuer tout droit sur cette route. Vous ne pouvez pas vous tromper.

— Qu'est-ce que vous entendez par « dangereux » ? demanda Laura, incrédule.

— Cette portion du bayou est hantée... maléfique, expliqua hâtivement l'homme en se signant plusieurs fois.

Il marmonna une série d'Ave Maria.

— Des démons vaudou, précisa-t-il enfin dans un souffle.

Les mains tremblantes, Laura chercha son portefeuille dans son sac et lui tendit le prix de la course.

— Vous êtes sûre de ne pas vouloir revenir avec moi ? demanda soudain le chauffeur d'un ton suppliant.

Des démons ? Elle regarda encore autour d'elle, sentant de nouveau la peur l'envahir. Elle ne pouvait plus reculer. Elle était trop près du but.

— Oui, j'en suis sûre.

Il la regarda un instant, puis remonta dans sa voiture sans chercher à cacher sa désapprobation. Il fit demi-tour à toute allure, projetant des graviers et de la terre sur les belles sandales de Laura.

— Quel idiot superstitieux, marmonna Laura en reculant.

Elle attrapa sa valise par la poignée et commença à la tirer sur la route de terre. Le bagage, habitué au carrelage lisse des aéroports, sautait et dansait dans tous les sens. C'est de la folie, pensa Laura avec une grimace, en regardant les lourds nuages noirs qui s'amoncelaient dans le ciel.

A chaque pas, l'ombre s'étendait davantage sur le marécage. De gros insectes vrombissaient autour d'elle et un fin voile de brume commençait à se former au-dessus de l'eau. L'air était plein de sons, lointains ou proches. Elle parvenait à en identifier certains, grenouilles, insectes ou oiseaux, mais d'autres restaient inconnus.

Elle se passa nerveusement la main dans les cheveux. Pour la centième fois depuis qu'elle avait reçu cet appel, elle se creusa la cervelle pour rassembler tous les souvenirs qu'elle avait de Lionsheart, mais elle ne retrouvait qu'un fatras d'images sans lien logique, baigné d'une impression constante de peur.

Et si la maison avait été détruite ? S'il n'y avait plus personne ? Mille questions, mille doutes la torturaient.

Les gens prétendaient qu'on ne retrouvait jamais vraiment ce qu'on avait quitté un jour. Pourtant, en contemplant le reflet des cyprès envahis par la mousse dans les eaux noires du marais, Laura eut l'impression de rentrer au pays.

Sans cette envie pressante de tourner les talons pour s'enfuir à toutes jambes, l'expérience aurait presque été agréable…

Pas question de faire demi-tour.

Elle venait juste d'arriver.

Au détour du chemin, la maison apparut enfin. Laura s'arrêta un instant pour l'observer. Quand elle était encore au pensionnat, elle s'était souvent réveillée au milieu de la nuit, terrifiée, le souffle court, après avoir rêvé de cette maison. Au fil des ans, elle avait fini par se demander si elle existait vraiment ou si elle n'était que le fruit de son imagination.

A présent, plus de doute.

La maison était bel et bien là, aussi blanche et imposante que dans son souvenir.

Le cœur au bord des lèvres, elle regarda la grande

bâtisse de deux étages, avec ses balcons en fer forgé aux volutes compliquées qui ornaient les fenêtres du premier étage. Un épais rideau de vigne vierge masquait la façade, recouvrant les colonnes et remontant en longs rubans emmêlés vers le toit.

Laura repoussa l'instinct qui lui dictait de fuir. L'aspect de la demeure n'avait rien d'accueillant. Tout y semblait figé. Il régnait sur la maison comme sur le jardin aux fontaines taries un silence de mort.

On se serait cru dans un cimetière.

Laura se ressaisit.

Elle pouvait le faire.

Elle devait le faire.

Elle n'avait jamais été capable de se souvenir de ce qui était arrivé à sa mère ou à elle-même, lorsqu'elles vivaient encore là toutes les deux. Elle avait pourtant tout essayé et consulté de nombreux médecins. A présent, peut-être avait-elle une chance de découvrir la vérité.

Reprenant sa valise, elle inspira profondément et grimpa les marches du porche. D'une main tremblante, elle s'empara du lion de cuivre qui servait de heurtoir et le laissa retomber une seule fois. Le coup sembla résonner autour d'elle.

En elle.

Elle observa la massive porte de bois et le porche. Elle avait passé les huit premières années de sa vie dans cet endroit. Les réponses qu'elle cherchait depuis toujours dormaient ici. Quelqu'un devait bien savoir ce qui s'était passé et comment elle avait fini par se retrouver seule à San Francisco.

Soudain, des bruits de pas se firent entendre à l'intérieur et la porte s'ouvrit.

Un homme de haute stature apparut sur le seuil. Il avait les cheveux bruns, les traits racés, la mâchoire carrée, et portait une veste taillée sur mesure qui soulignait à la perfection ses larges épaules. Son pantalon noir épousait son corps, révélant des jambes longues et musclées. Sa chemise de lin crème rehaussait son teint naturellement bronzé.

Son apparition était si inattendue, son apparence si déplacée dans le bayou que, pendant quelques longues secondes, Laura fut incapable de prononcer le moindre mot.

— Oui ? demanda finalement l'inconnu.

Sa voix était grave et chaude.

— Heu… Je…

Il ne la quittait pas des yeux. Des yeux d'un vert intense, comme la mousse des berges du bayou.

« Dis quelque chose, andouille ! »

Laura cligna des yeux et son regard se posa malgré elle sur la bouche charnue de l'homme. Elle inspira profondément.

— Je… Je cherche Delilah Larame.

L'homme sortit sur le porche et referma la porte derrière lui. Lorsqu'il s'avança vers elle, ce fut comme s'il emprisonnait l'air. En tout cas, Laura eut soudain bien du mal à respirer. Elle recula d'un pas et se prit les pieds dans sa valise. Elle tendit la main vers la rambarde, mais l'inconnu la rattrapa d'une main ferme. Laura sentit ce contact résonner en elle avec force.

— Qui êtes-vous ? demanda-t-il.

Au son de sa voix, Laura sentit encore son cœur s'emballer. Qu'est-ce qui lui prenait donc ? Elle se comportait comme si elle n'avait jamais vu d'homme de sa vie ! L'inconnu tendit une main vers elle, lui frôlant la joue, pour dégager une mèche de cheveux prisonnière de la vigne. L'espace d'un bref instant d'éternité, il la tint entre ses doigts, avant de la laisser glisser lentement.

— Laura Larame, articula-t-elle d'une voix rauque. Elle s'éclaircit la voix avant de répéter : Laura Larame.

Perplexe, Laura crut voir un éclair illuminer les yeux de l'homme, comme s'il la reconnaissait. Puis, il l'examina de la tête aux pieds, comme s'il cherchait quelque chose, un signe, une confirmation. Ses yeux finirent par se poser sur la valise poussiéreuse.

— Mon taxi m'a abandonnée au pont..., commença-t-elle en bafouillant.

Elle était malheureusement familière de ce genre de mésaventures, se rappela-t-elle en se mordant nerveusement les lèvres. L'inconnu la regarda un instant, l'air surpris, avant d'acquiescer lentement.

— Les gens d'ici peuvent se parfois se montrer un peu superstitieux.

— J'ai cru comprendre, oui, répondit-elle sèchement.

Ils restèrent tous deux silencieux quelques secondes.

— Je suis Drew Michel, annonça enfin l'inconnu, en ouvrant la porte pour la laisser passer. Je... Entrez, je vous en prie.

Drew.

Elle connaissait ce prénom, sans parvenir à se souvenir avec précision... Elle suivit l'homme dans la maison. Le sol de l'entrée était carrelé de noir et de blanc.

— Je cherche ma mère. Savez-vous si elle est ici ?

De nouveau, il eut l'air surpris.

— Pensiez-vous la trouver ?

— Oui, répondit-elle, un peu perdue.

— Pourquoi ?

Derrière elle, la porte se referma avec un bruit sourd. Laura sursauta, puis leva les yeux vers le grand escalier qui s'étirait vers l'ombre de l'étage. Des souvenirs confus vinrent chatouiller le bord de sa mémoire, réveillant de nouveau un vague sentiment de mal-être en elle.

— J'ai entendu dire qu'elle était ici, marmonna-t-elle.

— Venez dans le salon, proposa-t-il de sa voix calme. Nous y serons mieux pour discuter.

Quelque chose au fond de son regard déclencha des sirènes d'alarme dans l'esprit de Laura.

Elle devait partir.

— Je suis désolée, bafouilla-t-elle en faisant un pas vers la porte. Ce n'était peut-être pas une bonne idée, après tout. Si ma mère n'est pas ici…

— Attendez…

Avait-elle bien perçu une pointe de supplication dans sa voix ? Elle scruta son visage à la recherche de la vérité, mais ne vit rien. Il s'approcha d'elle.

Un peu trop.

— Cela fait si longtemps, Laura. Tu… Tu ne me reconnais donc pas ?

Quelque chose dans la façon dont il avait prononcé son nom, dont il avait articulé les voyelles la perturbait… Laura le regarda, déstabilisée.

Lorsqu'il tendit une main vers elle pour suivre du doigt le contour de son visage, elle se transforma en statue de sel, comme envoûté par un sortilège vaudou que seuls les habitants de ce bayou connaissaient. Un lapin prisonnier du regard du serpent sur le point de la dévorer.

— Il y a quelque chose que je voudrais te montrer.

Il se dirigea vers une large porte à doubles battants qu'il ouvrit en grand. La curiosité prit le pas sur l'appréhension de Laura. Elle s'ébroua pour chasser la stupeur dans laquelle ce contact intime l'avait plongée et le suivit.

Elle jeta un œil dans le salon plongé dans la pénombre et aperçut une cheminée sur le mur opposé, de hautes fenêtres drapées de lourds rideaux verts, un lustre de cristal et des fauteuils au velours élimé. Rien de familier ni de sinistre. L'endroit était juste un peu vieux et décrépit.

Elle entra lentement. Drew était déjà près d'une fenêtre et tirait les rideaux. La lumière inonda la pièce, dévoilant le portrait en pied d'une femme, accroché au-dessus du manteau de la cheminée.

Le temps se figea, comme si la terre venait brusquement de s'arrêter de tourner sur son axe. La seule chose qui bougeait encore était le cœur de Laura qui semblait sur le point d'exploser.

Du haut de son cadre, sa mère la regardait droit dans les yeux, plongeant jusqu'au plus profond de son âme pour s'emparer de son cœur dans une étreinte douloureuse. Les yeux brûlants de larmes, elle se souvint de ce tableau.

En revanche, elle n'avait jamais imaginé qu'elle ressemblait à ce point à sa mère…

— La ressemblance…, chuchota-t-elle, incapable d'achever sa phrase.

Les coups de pinceau habiles de l'artiste avaient

rendu presque vivants les grands yeux d'un bleu pâle. Laura avait l'impression que sa mère était dans la pièce, sondant son âme. Elle sentit ses genoux faiblir et un sentiment de vide envahir son ventre.

— Je vous en prie, savez-vous où elle se trouve ?

— Delilah ?

— Oui.

Il se tenait près d'elle, son haleine chaude lui caressant la joue.

— Non. C'est une âme perdue, comme on dit ici.

Sa voix envoûtante se déversa dans son oreille, la privant de ses dernières forces.

— On le voit dans les profondeurs de son regard, précisa-t-il.

Laura était épuisée. Par-dessus tout, elle craignait d'avoir fait tout ce voyage pour rien.

— Cela fait des années que personne ne l'a vue. A part dans ce tableau.

Avec un bref soupir, Laura leva des yeux désespérés vers Drew, prête à supplier pour un peu d'aide.

— Je viens de si loin et j'espérais tant. Elle doit bien…

Un bruit de vaisselle brisée se fit entendre près de la porte. Laura sursauta. Une femme se tenait dans l'entrée, les yeux écarquillés, le visage blanc comme un linge.

— Delilah…, gémit la femme.

— Non, maman. C'est Laura.

Le regard de la femme passa rapidement sur le portrait, avant de revenir à Laura.

— Laura est rentrée, ajouta Drew.

Rentrée.

Le mot retentit presque comme une provocation

dans l'esprit de Laura. Rentrée où ? Chez elle ? Elle n'était pas chez elle. Elle n'était pas à sa place dans cette maison.

Elle leva encore les yeux vers le portrait de sa mère, miroir de sa propre personne.

Une âme perdue.

2

— Oh ! Laura, bien sûr ! s'écria la femme en se baissant pour ramasser les débris de porcelaine brisée.

Laura la regardait sans rien dire. Le monde était-il vraiment devenu fou ? Cette femme venait de prononcer son nom comme si elles se connaissaient, comme si elle était attendue ou n'était jamais partie. Lorsque Drew lui toucha le bras, une décharge électrique la parcourut. Tout cela était trop fort pour elle. Elle était à bout de nerfs.

— Laura… te souviens-tu de ma mère, Martha Michel ? Elle vit ici et s'occupe de la maison, comme lorsque nous étions petits.

« Lorsque *nous* étions petits ? »

Le puzzle commençait à s'assembler. Elle se souvenait d'un garçon un peu plus âgé qu'elle.

— Drew…, chuchota-t-elle.

Le fils de Martha.

Elle regarda la mère. Avec son rouge à lèvres carmin et sa permanente impeccable, elle semblait tout droit sortie d'un film en Technicolor.

— Vous êtes miss Martha, murmura-t-elle, tandis qu'un souvenir fugace venait taquiner un coin de son esprit. Je me souviens… de vos cookies à la banane et au sirop d'érable.

Un sourire vint adoucir les traits durs du visage de la vieille dame.

— En effet, tu les adorais. Je t'en faisais souvent.

Un autre souvenir refit surface : Drew et elle, se tenant par les mains, tournant sur eux-mêmes près des grands arbres, jusqu'à tomber par terre, étourdis.

Il s'en fallait de peu pour qu'elle se souvienne de son rire, mais quelque chose se bloquait. Une ombre dans son esprit transformait ce rire en autre chose qu'elle ne parvenait pas à saisir.

— Hé bien, Laura ! Le moins qu'on puisse dire, c'est que tu as grandi, s'exclama Martha en empilant les morceaux de vaisselle. Tu es le portrait craché de ta maman. Tu vas loger ici pour que nous puissions bavarder un peu. La chambre de ta mère…

— De ma mère ?

— Je n'ai touché à rien depuis son départ… dans l'attente de son retour.

— Son retour ? demanda Laura, soudain pleine d'espoir. Vous avez donc eu de ses nouvelles ? Savez-vous où elle se trouve ?

— Nous n'avons pas eu de nouvelles de Delilah depuis des années. Elle n'est pas avec toi ? s'étonna Martha.

— Non…, gémit Laura.

— Ne t'inquiète pas. Tout comme toi, elle reviendra un jour. C'est écrit. D'ailleurs, Paul lui a légué cette maison.

Laura sentit un tourbillon confus l'emporter, aussi sûrement que lorsque Drew et elle jouaient, lorsqu'ils étaient enfants.

— Le vent est en train de tourner, ajouta Martha, d'une voix soudain étouffée. Je le sens dans mes vieux os.

— De quoi parle-t-elle ? demanda Laura à Drew.

— Lionsheart appartient à ta mère, expliqua Drew. C'est pour cela qu'il serait normal que tu restes.

— Cela fait longtemps que j'attends votre retour, reprit Martha, avant de se diriger vers l'entrée.

— Alors, pourquoi personne n'a-t-il jamais cherché à me joindre ? Pourquoi ce silence, pendant toutes ces années ?

Martha ne se retourna même pas.

« Sois prudente. Ta présence ne sera pas du goût de tous. Certains ne voudront pas que tu découvres la vérité. »

Les paroles chuchotées au téléphone résonnèrent dans son esprit.

Elle jeta un regard interrogateur à Drew, mais le visage de celui-ci était impassible, fermé. Il l'invita d'un geste à suivre sa mère dans l'entrée.

Laura n'était même pas certaine des questions qu'elle voulait poser. Quelque chose dans cette maison et dans l'attitude de ses deux occupants l'effrayait. Drew était certes un très bel homme, mais une certaine raideur dans sa mâchoire, un pli sur ses lèvres rendaient son visage presque cruel.

Laura retourna dans l'entrée. Au pied du grand escalier, elle s'arrêta, une main posée sur la rambarde en fer forgé. L'escalier semblait la prendre de haut, la juger. Elle ne put retenir un regard vers la porte. Quelque chose lui intimait de fuir sans se retourner.

Au risque de ne jamais connaître la vérité ?

Elle se mordit la lèvre inférieure, indécise.

Depuis le palier, Martha posait sur elle un regard sombre et froid. Le coin de ses lèvres se releva un peu pour dessiner un petit sourire presque déplacé sur ce visage sévère.

— Viens, Laura, appela-t-elle. Je vais te montrer ta chambre.

Laura hésita. Une peur diffuse la retenait clouée au sol. Elle craignait de monter cet escalier et redoutait ce qu'elle allait trouver en haut. Drew s'avança à son côté.

— Maman, peut-être Laura serait-elle plus à l'aise à l'auberge du village ?

A la fois reconnaissante et curieusement méfiante, Laura se tourna vers lui. Pourquoi ne souhaitait-il pas la voir rester ici ?

Avait-il quelque chose à cacher ?

— Ne sois pas ridicule, Drew, répliqua Martha d'un ton sans appel. Ce n'est pas la place qui manque, ici.

Avec un soupir, Drew fit signe à Laura de le précéder. Laura se sentait partagée. Si elle voulait découvrir ce qui était arrivé à sa mère, mieux valait oublier ses craintes et rester dans cette maison, où sa mère et elle avaient autrefois habité.

Elle se força à grimper les marches, malgré son estomac qui menaçait de chavirer à chaque grincement. Elle pouvait y arriver. Ce n'était qu'une vieille bâtisse, rien de plus.

Aucune raison d'avoir peur.

Alors, pourquoi cette appréhension ?

Arrivée sur le palier, elle inspira avidement pour apaiser ses nerfs. Elle y était presque parvenue, lorsqu'elle aperçut des photos alignées sur le mur, dans le couloir orné d'un tapis rouge. Un frisson glacé dégringola en cascade le long de sa colonne.

Elle se souvenait de ce couloir, de ces photos !

Pourtant, elle avait presque tout oublié de son enfance ici. Un des nombreux docteurs qu'elle avait consultés avait diagnostiqué une « amnésie sélective provoquée par un traumatisme ». Certains de ces souvenirs avaient purement et simplement disparu, enfouis au plus profond de sa conscience.

En revanche, elle se rappelait ces photos et sa mère en train de les prendre. Une grosse araignée tissant sa toile intriquée, deux yeux et des naseaux reptiliens pointant à la surface d'une eau noire et scintillante, le rose incandescent d'une fleur. Il y avait même une photo de Laura enfant, avec ses longs cheveux noirs et brillants, perdue dans la contemplation d'une coccinelle perchée sur le bout de son doigt.

Un rire cristallin résonna dans son esprit.

Un écho du passé ?

Elle étudia de plus près cette photo d'elle-même. Ses cheveux qui brillaient au soleil, le petit pendentif en forme de licorne. C'était son collier préféré. Cela fonctionnait ! Sa présence dans la maison semblait repousser les murs qui entravaient sa mémoire, ouvrant des fissures vers ce passé qui lui échappait.

Elle progressa dans le couloir, examinant chaque photo. Elle s'arrêta de nouveau devant une de Drew et elle en train de danser sous le jet d'un arroseur par une chaude journée d'été. Drew était à cet âge étrange de l'adolescence où l'on distinguait déjà, sous ses airs encore enfantins, les traits de l'homme qu'il devait devenir par la suite.

Comment avait-elle pu ne pas le reconnaître en le revoyant sur le pas de la porte ?

— J'ai oublié tant de choses, murmura-t-elle en se tournant vers Drew qui se tenait juste derrière elle.

— Maintenant que tu es revenue, tes souvenirs vont sans doute refaire surface. Les bruits, les détails, les odeurs, ajouta-t-il avec un geste vers la maison. Tout cela devrait stimuler ta mémoire.

— Je l'espère. A San Francisco, personne ne connaissait le moindre détail sur mon passé. Personne pour m'aider à conserver les quelques bribes de souvenirs encore vivantes dans mon esprit. Au bout de quelque temps, je ne savais même plus ce qui était vrai et ce que j'avais imaginé.

Une lueur de compassion passa dans les yeux verts de Drew.

— Cela n'a pas dû être facile pour toi.

— Le pire, ça a été d'oublier ma mère. Et de ne pas savoir ce qui lui est arrivé.

Comme souvent depuis qu'elle avait reçu cet étrange appel téléphonique, Laura sentit la tristesse la gagner. Elle réussirait à refaire le lien avec son passé. Elle se souviendrait de ce qui était arrivé à sa mère. Même si cela signifiait rester dans cette maison.

— Viens, la chambre de ta mère est au bout du couloir, dit Martha en passant près d'eux pour montrer le chemin.

La chambre de sa mère.

Laura lui emboîta le pas, taraudée par la curiosité. Pourtant, tandis qu'elle s'approchait de la porte, l'angoisse reprit le dessus et lui oppressa la poitrine, étouffant l'enthousiasme provoqué par la vue des photos de sa mère.

Elle se retourna lentement pour regarder Drew. Celui-ci se tenait toujours devant un des cadres, mais il regardait sa mère, à l'autre bout du couloir, d'un air vaguement inquiet.

Que se passait-il ?

Laura se tourna de nouveau vers la porte de la chambre et croisa le regard perçant de Martha qui la cloua sur place. Une image vacilla un instant dans les tréfonds de son esprit. Quelque chose de sombre et funeste qu'elle ne parvenait pas à saisir.

Son cœur se mit à cogner. Elle avait les mains moites.

Elle se figea.

Elle se sentait mal, tout à coup.

Une douleur étrange lui vrillait le crâne et elle se massa maladroitement les tempes. Des points blancs dansaient devant ses yeux, lui brouillant la vue. Le couloir sembla brusquement s'étirer, tandis que la porte de la chambre de sa mère s'éloignait inexorablement, comme dans un cauchemar. La réalité semblait s'étirer et se tordre de façon grotesque.

Que se passait-il ?

Laura ouvrit la bouche, sans parvenir à proférer le moindre son. Elle se sentit vaciller et chercha à prendre appui sur le mur. Elle entendit Drew l'appeler, mais sa voix semblait lointaine, très lointaine.

Des ombres apparurent. L'air devint soudain épais, comme si une brume glacée lui emplissait les poumons, l'empêchant de respirer. Elle avait les poumons emplis de coton.

Les murs basculèrent et le sol sembla lui sauter au visage.

Puis, l'obscurité avala tout.

Elle tombait, un cri silencieux prisonnier de sa gorge.

Chut, ma chérie.

Une voix oubliée, qu'elle reconnut immédiatement comme étant celle de sa mère, venait de chuchoter dans son esprit.

Ne fais aucun bruit. Nous devons quitter cette maison.

— Laura ? appelait avec insistance la voix de Drew. Laura ?

Laura ouvrit les yeux et reprit brusquement pied dans la réalité. Les yeux verts et brillants de Drew la regardaient avec inquiétude. Il la serrait de ses bras puissants et, l'espace d'un instant, elle se sentit en sécurité.

L'espace d'une brève seconde, elle se souvint combien elle aimait, enfant, sentir sa petite main perdue dans la sienne.

L'écho lointain de son rire résonna dans son esprit.

Sans comprendre pourquoi, elle eut brutalement envie de pleurer.

Non, pas maintenant !

Drew serrait Laura contre lui, voyant avec horreur les morts qui se mettaient à les encercler, tournoyant autour d'eux, la bouche ouverte en un cri muet.

Certains étaient grotesques, tandis que d'autres semblaient anodins, sans doute à l'image de ce qu'ils avaient été de leur vivant. La façon dont ils choisissaient de lui apparaître importait peu.

Drew les haïssait tous, tout comme il haïssait la malédiction qui lui permettait de les voir.

Cela faisait longtemps qu'il avait appris à les ignorer, à les tenir à distance. C'était eux qui l'avaient poussé à quitter le mausolée qu'était devenue la maison de son enfance. Après le départ de Laura, il avait supplié sa mère et son oncle Randal de l'envoyer en pension.

N'importe où, pourvu qu'il soit loin de chez lui. Une fois parti, il n'avait jamais éprouvé l'envie de rentrer et n'était revenu qu'à une seule occasion auparavant.

Depuis son arrivée, un peu plus tôt dans la journée, Drew n'avait pas aperçu l'ombre d'un spectre. Soulagé, il avait cru avoir réussi à dompter ses vieux démons. Il avait pensé que cette maison n'exerçait plus sur lui le même pouvoir qu'autrefois.

De toute évidence, il s'était trompé. Les esprits étaient revenus de plus belle et entouraient à présent Laura, faisant tout leur possible pour empêcher celle-ci d'avancer plus loin dans le couloir.

Ils avaient d'ailleurs réussi.

Que voulaient-ils ?

Pourquoi Laura ?

Une boule lui nouait le ventre. Jamais il ne les avait vus en si grand nombre. Pire encore : jamais ils ne les avaient vus avoir un tel effet sur les vivants. Laura était tombée comme un sac de briques.

Etait-elle sensible à leur présence ?

Pouvait-elle les sentir ?

Pouvait-elle les voir, elle aussi ?

Avec soulagement, il vit Laura ouvrir enfin les yeux. Lorsque leurs regards se croisèrent, il lut la terreur dans celui de Laura. Il la serra davantage contre lui, espérant qu'elle ne soit pas maudite comme lui. Espérant qu'elle ne puisse pas les voir.

Sa mère se précipita vers eux.

— Que s'est-il passé ? demanda Laura en essayant de s'asseoir, avant de retomber contre lui, sans forces.

Sans la lâcher, il balaya une mèche de cheveux de son visage, inquiet de la pâleur de ses joues et du contact froid et moite de sa peau.

— Tu t'es évanouie. Comment te sens-tu ?

— Evanouie ? demanda-t-elle, sans comprendre. Ça ne m'était jamais arrivé avant.

Elle eut un petit rire crispé.

— Je dois faire un peu d'hypoglycémie. Je crois que j'aurais dû manger un peu plus. J'étais trop nerveuse pour déjeuner après l'atterrissage et ils ne nous ont rien servi à bord de l'avion.

Drew l'aida à se relever, mais elle semblait trop faible pour se tenir seule debout.

— Tu devrais te reposer.

Et aussi ficher le camp d'ici, pensa-t-il en voyant les esprits qui continuaient leur danse folle autour d'eux.

Il se tourna vers sa mère.

— Maman, pourrais-tu monter du thé et un en-cas pour Laura ?

— Bien sûr, tout de suite.

Martha s'éloigna rapidement et Drew prit Laura dans ses bras, surpris de la sentir aussi légère. Son parfum avait quelque chose d'enfantin, de doux et d'innocent.

— Ce n'est vraiment pas nécessaire, protesta-t-elle, en s'agrippant pourtant à son cou.

Il tenta d'abord d'ignorer le contact agréable de son corps contre le sien, avant de comprendre qu'il valait mieux de concentrer sur elle que sur l'essaim d'esprits qui, de toute évidence, n'avaient pas envie de les voir avancer vers la chambre.

— Je ne peux pas laisser des femmes s'évanouir comme ça en ma présence, expliqua-t-il avec une légèreté feinte. C'est mauvais pour mon image. Je dois soigner ma réputation de gentleman du Sud.

Il ne la quittait pas des yeux, craignant de se mettre à tout instant à hurler aux spectres de battre en retraite et de la laisser en paix.

Il avait lutté pour éloigner les morts de sa vie. Sa jeunesse dans cette maison avait été un cauchemar éveillé. Après son départ, il avait renforcé ses remparts pour tenir les morts à distance. Il n'entendait plus leur voix et ne voyait plus leur silhouette macabre se matérialiser devant lui, surgissant de nulle part sans crier gare.

Pourtant, il avait suffi de quelques heures dans cette maison pour que la lutte reprenne de plus belle.

Comme s'il n'était jamais parti.

Il inspira profondément pour tenter d'apaiser son esprit agité et se concentra sur le parfum de Laura, sur le poids de son corps dans ses bras, sur la caresse de ses cheveux contre sa peau.

— Attends, attends ! s'écria-t-elle soudain. Repose-moi ! S'il te plaît.

Alarmé, Drew s'arrêta juste devant la porte de la chambre de Delilah.

— Que se passe-t-il ?

— Je ne peux pas entrer là-dedans, répondit-elle d'une petite voix nerveuse. Pas encore.

Les esprits avaient soudain cessé leurs vaines tentatives pour lui barrer la route.

— Pourquoi ?

— Je ne sais pas trop, en fait… Je… Je ne peux pas, c'est tout.

Pourquoi cette chambre semblait-elle avoir une influence aussi forte sur elle ? Il la reposa à terre et recula d'un pas. S'il ne comprenait pas ce qui se passait, il sentait que cela avait quelque chose à voir avec la maison et les esprits qui y vivaient.

Quoi qu'il en soit, il ne voulait pas y être mêlé.

— Je suis désolé…, commença-t-il.

Il s'arrêta soudain.

Par-dessus l'épaule de Laura, le fantôme de Paul, le mari de Delilah, lui souriait, tout en jetant en l'air une vieille balle de base-ball ayant appartenu à Drew. Bien que beaucoup plus âgé que lui, Paul était son cousin. Son fantôme ressemblait à l'homme qu'il était vingt ans plus tôt, lorsqu'il avait épousé la mère de Laura, lorsqu'il jouait encore avec Drew, quand la vie était encore douce.

Avant l'accident, avant les fantômes, avant que Delilah disparaisse et que Laura manque de mourir.

Que faisait-il ici ? Pourquoi était-il revenu ?

Et pourquoi maintenant ? Etait-ce à cause de Laura ?

La nuit de l'accident, Drew s'était réveillé en sursaut et avait découvert son cousin debout au pied de son lit, l'air visiblement perdu. Paul avait tenté de dire quelque chose, mais seul un gargouillis atroce s'était échappé de sa gorge.

A présent, du sang coulait d'une plaie profonde qu'il avait à la tête sur son visage, dans son cou, imprégnant le col amidonné de la chemise qu'il portait au travail, vingt ans plus tôt. Il le contemplait fixement de ses yeux brillants. Sa peau était si pâle qu'elle tirait sur le bleu. Ses lèvres s'étiraient en un mince sourire, dévoilant des dents jaunies. L'odeur putride qui se dégageait de lui était insupportable. Se sentant impuissant, Drew savait qu'il était inutile de s'enfuir. Pour aller où, d'ailleurs ?

Paul était souvent revenu le hanter, mais jamais il ne lui avait paru si terrible que cette première nuit. Il réapparaissait régulièrement, comme s'il essayait de lui dire quelque chose que Drew ne parvenait jamais à comprendre. Au fil des ans, d'autres esprits avaient fait leur apparition, disparaissant au bout de quelque temps pour être remplacés par d'autres. Aucun, toutefois, ne l'avait autant troublé que Paul.

Drew regarda Laura. Celle-ci avait fermé les yeux et respirait lentement. C'était comme si elle sentait les esprits qui l'entouraient et tentaient de la repousser. Elle ne devait pas rester ici. Les esprits étaient attirés par sa présence. Drew craignait qu'ils ne tentent quelque chose contre elle.

Enfin, Laura leva les yeux vers lui.

— Ça va mieux ? demanda-t-il.

Avec un pauvre sourire, elle fit signe que oui. Instinctivement, Drew ressentit le besoin de la serrer encore contre lui. Elle était comme une énigme, un mystère qu'il ne parvenait pas à percer. D'un côté, il voulait la voir partir le plus loin possible de cette maison et, de l'autre, cette tristesse et cette vulnérabilité fugaces qu'il percevait en elle l'incitaient à la prendre dans ses bras.

Pour la protéger.

Ce qui était parfaitement ridicule.

Il n'était pas du genre protecteur. Il ne se mêlait pas aux gens et préférait rester à distance, isolé dans sa maison de la banlieue d'Atlanta. Il refusait toute attache et ce qui ressemblait de près ou de loin à une relation humaine. Il consacrait toute son énergie à son travail, ce qui lui valait au moins de réussir dans ce domaine. Avec une malédiction comme la sienne, la vie était plus facile ainsi.

Il conduisit Laura jusqu'à la chambre voisine de la sienne, laissant sa main s'attarder sur sa taille pour la laisser le précéder dans la pièce. Sur le pas de la porte, il hésita. Elle était devenue une femme magnifique, avec ses longs cheveux noirs et soyeux et ses yeux d'un bleu si pâle.

— Ça ira, cette chambre ? demanda-t-il.

Elle acquiesça. Ses lèvres pleines s'étirèrent en un sourire hésitant. Il ne put s'empêcher de se demander si elles étaient aussi douces qu'elles en avaient l'air et quelle saveur elles pouvaient bien avoir.

Bon sang, où avait-il la tête ?

Sans un mot, il traversa la chambre pour ouvrir la porte-fenêtre et sortit sur le petit balcon qui surplombait le marais. Fermant les yeux, il laissa la brise du soir lui caresser le visage.

Lorsqu'ils étaient enfants, il était chargé de veiller sur elle. C'était sans doute pour cela qu'il se sentait incapable de tourner les talons et de quitter la pièce. C'était aussi pour cela qu'il se sentait attiré par elle. Il contempla le bayou d'un air songeur. Le reflet du soleil sur l'eau était sublime.

D'une beauté mortelle.

Ils avaient tous deux failli mourir cette nuit-là,

dans le marais. C'était la dernière fois qu'il l'avait vue, même si, depuis ce jour, elle avait occupé ses pensées à maintes reprises.

Un bruit de pas léger lui indiqua que Laura l'avait rejoint.

Soudain, surgie de nulle part, une douleur fulgurante lui vrilla les tempes. Instinctivement, il inclina la tête en arrière en sentant l'odeur métallique du sang lui envahir les narines. Il connaissait par cœur ces signes avant-coureurs. Le prélude à ses visions était toujours le même. Même si cela faisait des années que cela ne s'était pas produit, il savait pertinemment ce qui allait suivre.

Il se pinça l'arête du nez et ferma les yeux, s'imaginant baigné d'une intense lumière blanche. En espérant que cette lumière suffirait à tenir les ténèbres à distance.

Peine perdue, l'odeur refusait de partir.

Il sentait son sang battre à ses tempes. Un éclair de panique le traversa. Une flaque commençait à se former à ses pieds, sur le balcon. Il regarda le niveau monter en essayant de maîtriser sa respiration.

— Lumière blanche, inspire la lumière blanche, répéta-t-il comme une prière.

— Tu me parles ? demanda Laura en s'approchant de lui.

Sa voix était douce et mélodieuse. Il se détourna d'elle et s'appuya davantage contre la rambarde du balcon qu'il serra de toutes ses forces. Des gouttelettes d'eau commencèrent à tomber sur le dos de sa main. Il les regarda glisser sur sa peau. Du coin de l'œil, il aperçut une longue chevelure noire dégoulinant d'une eau saumâtre et trouble. Il ferma les yeux.

— Tu… Tu devrais te reposer, parvint-il à articuler, les dents serrées.

— Ça va.

Elle posa une main légère sur son avant-bras. Un simple contact qui suffit pourtant à le glacer jusqu'aux os.

Cette atroce malédiction.

Comme si voir des fantômes ne suffisait pas, il fallait en plus qu'il ait des visions. Il voyait ceux que la mort touchait du doigt. Se tournant vers la chambre, il franchit la flaque grandissante à ses pieds. Il tentait de conserver Laura à la périphérie de sa vision, afin d'éviter de la regarder directement.

Il redoutait ce qu'il risquait de voir. Ce qu'elle était déjà devenue.

Son estomac se souleva. Cela faisait des années que cela ne s'était plus produit. Il pensait avoir vaincu les visions, s'en être libéré.

Pourquoi ici ? Pourquoi maintenant ?

Pourquoi Laura ?

Il passa à côté d'elle sans tourner la tête.

— Quand tu te seras un peu reposée, je te conduirai en ville pour que tu prennes une chambre à l'auberge. Cette maison est vieille et humide. Je pense que tu seras mieux dans le bourg.

— Et toi ? demanda-t-elle. Où vas-tu loger ?

— Ici, mais ce n'est que pour quelques jours.

— Oh…, dit-elle, sans parvenir à cacher sa déception.

Drew sentit sa vision se tordre et ployer. Il se redressa, s'efforçant de retarder l'inévitable.

— Drew, appela doucement Laura en posant la main sur son bras.

Il hésita, incapable de résister malgré toute sa volonté, et se tourna vers elle.

Il devait savoir.

Oh non…

Il dut faire appel à tout son sang-froid pour ne rien laisser paraître et retenir le cri d'horreur qui menaçait de s'échapper de sa gorge à chaque instant.

C'était pour cela que les esprits tournoyaient sans cesse autour d'elle. Drew embrassa du regard ses longs cheveux noirs, trempés et parsemés de lentilles d'eau, qui pendaient lourdement sur ses épaules. Sa peau jaunie et cireuse semblait encore plus blême à cause des larges cernes qui lui dévoraient les yeux. Un trou béant et rouge suintait sur son épaule, là où une balle l'avait touchée.

Le contact de la mort se faisait plus certain.

Ce n'était pas la première fois qu'il avait une telle vision, même si les esprits se manifestaient avec plus de régularité. Toutefois, elles l'avaient toujours écœuré, car elles soulignaient une implacable vérité : il était impuissant face à la mort.

Et d'après la puissance de sa vision présente, Laura n'avait plus que quelques jours à vivre.

Au diable cette malédiction !

A quoi bon savoir s'il ne pouvait rien faire ?

Laura n'avait-elle pas assez souffert ? La colère et la rage l'envahirent. En vain, car il ne pouvait rien faire pour empêcher ce qui allait se produire. Il aurait voulu crier, donner des coups de pied dans le lit, frapper le mur de son poing.

Mais non.

Tout cela lui était interdit. Il devait rester là à faire semblant de ne pas savoir que Laura allait mourir.

Abattu, il s'assit sur le lit et se prit la tête à deux mains. Autrefois, il avait cru qu'il pouvait réellement sauver ces victimes de la mort. Des cadavres ambulants, comme il les appelait. Il pensait que s'il parvenait à comprendre pourquoi la mort les avait choisis, il pourrait changer le cours du destin.

A l'époque, il était encore jeune et optimiste. A présent, il savait qu'il était impossible de vaincre la mort ou de changer le destin. Il connaissait ce chemin par cœur. C'était un sens unique.

Le matelas s'enfonça légèrement lorsque Laura vint s'asseoir à côté de lui. A contrecœur, il leva les yeux vers elle.

— Drew, je crois que ma mère a eu des ennuis qui l'ont empêchée de venir me chercher. Si je pouvais rester quelques jours dans cette maison, je suis sûre que mes souvenirs reviendraient ou, du moins, que je parviendrais à comprendre ce qui lui est arrivé.

Elle était loin de se douter qu'elle était déjà marquée par la mort. Elle ne voyait pas ses propres lèvres bleuies, craquelées, gonflées et putrides. Drew détourna de nouveau les yeux devant la vision insoutenable. Le cœur lourd, il dut se rendre à l'évidence : il ne lui restait plus longtemps à vivre. Il s'éclaircit la gorge pour ne pas trahir le trouble qui l'agitait.

— Comment peux-tu en être aussi sûre ?

— Je ne sais pas...

Sa voix douce et chargée de tristesse le transperça comme une flèche. Cela n'avait plus aucune importance. Il n'y avait rien au monde qu'il puisse faire pour la sauver. Lorsqu'elle lui prit la main, ce fut comme un tourment.

— Drew... Quels souvenirs as-tu de notre enfance ?

De l'eau croupie des marécages coulait de sa bouche sur son menton.

— Peux-tu me dire ? M'aider à me souvenir ?

Il se souvenait de l'avoir tirée du marécage. Elle avait failli se noyer. Elle serait morte s'il ne l'avait pas sauvée. Comment rester assis sans rien faire, alors qu'on allait l'arracher une fois de plus à lui ? Pour de bon, cette fois.

— Je me souviens de beaucoup de choses.

— Que peux-tu me dire ? Précisément. Je sais que si je me souvenais de plus de détails, cela m'aiderait à retrouver ma mère.

Sa voix se brisa sous le coup de l'émotion. S'il parvenait seulement à la convaincre de s'éloigner du marais, peut-être serait-elle en sécurité ? Une chose était certaine, en revanche : si elle restait ici, elle mourrait.

Drew la regarda de nouveau. Son apparence était redevenue normale, sa peau, rosée et lumineuse, ses yeux, brillants de vie. L'espace d'un bref instant, il se creusa la tête pour trouver un moyen de la sauver, d'arrêter la mort une fois encore.

La futilité de cette idée le faucha en plein rêve. Il ne pouvait rien pour elle. Bientôt, elle rejoindrait Paul et toutes les autres âmes en peine qui hantaient les couloirs de cette demeure.

Pourquoi avait-il pu la sauver autrefois, si c'était pour finalement l'abandonner au marais ?

— Qu'est-ce… Qu'est-ce qui t'a poussée à revenir à Lionsheart ? bafouilla-t-il. Je veux dire… Après toutes ces années.

Elle plongea son regard dans le sien, comme pour mieux sonder son cœur

— Je crois que ma mère est ici. Je crois qu'elle a besoin de moi.

— Personne n'a revu ta mère depuis des années.

— A ce qu'il paraît. Mais ça ne fait que me compliquer la tâche, c'est tout. Je ne partirai pas avant d'avoir découvert la vérité. Je dois savoir pourquoi elle n'est jamais venue me chercher, tu comprends ? Je dois savoir si elle est morte ou vivante.

— Quels souvenirs as-tu de ta dernière nuit ici ?

Elle se mordit la lèvre en baissant les yeux.

— Te souviens-tu de quoi que ce soit ? N'importe quoi, le plus petit détail ?

— Non… J'ai essayé, mais je n'en garde que des images sans queue ni tête.

— La dernière nuit que tu as passée ici… La dernière fois que quelqu'un vous a vues, ta mère ou toi, tu as failli te noyer dans le bayou.

Elle le regarda, l'air effaré.

— Laura, tu ne dois pas rester ici. Tu dois rentrer chez toi avant que…

— Avant que quoi ? demanda-t-elle vivement, soudain très pâle.

— Avant que tout cela ne recommence.

3

— Je ne me rappelle pas avoir failli me noyer dans le marais, bafouilla Laura en baissant les yeux. Et quand bien même, il n'y a aucune raison de penser que cela pourrait se reproduire.

Sachant que la discussion ne mènerait à rien, Drew soupira.

— Tu sais quoi ? Allons en bas manger un morceau. On poursuivra cette conversation après avoir repris des forces.

Il s'efforça de se détendre et lui tendit la main. Lorsque Laura y glissa la sienne, une étincelle d'électricité, puissante et brûlante, lui parcourut le bras. Le souffle court, il posa les yeux sur la chair palpitante à la base de son cou. Un instant, il eut envie d'en découvrir la douceur, de laisser ses lèvres courir le long des courbes gracieuses de sa gorge.

La bouche soudain sèche, il baissa encore les yeux. Sous le chemisier en fine cotonnade, les formes arrondies de ses seins se soulevaient à chaque souffle.

Comme une promesse, une invitation.

Il s'arracha à sa contemplation. Ce n'était pas le moment. Il savait qu'il ne devait plus penser à elle, sans parvenir à faire taire ce besoin impérieux de la protéger. De prendre soin d'elle.

Il l'avait déjà sauvée une fois et se sentait à présent responsable de sa vie. C'était sans doute pour cela que la présence de sa main dans la sienne semblait si juste. Comme si c'était sa place, depuis toujours.

Son destin est de mourir !

— Tout va bien, Drew ? s'inquiéta-t-elle en le scrutant de ses yeux bleus.

— Oui, oui, ne t'en fais pas, répondit-il en se raidissant un peu.

Il lui lâcha la main pour se mettre debout, attendant près de la porte qu'elle le précède. Il devait prendre garde à ne pas laisser libre cours à son désir. Il ne pouvait l'aider. Il ne pouvait vaincre la mort. Il avait renoncé depuis longtemps à cette vaine mission. S'il s'autorisait à penser à elle, il courait à la catastrophe.

Fermant les yeux, il se concentra sur la seule certitude qu'il avait : Laura serait bientôt morte. Plus vite il prendrait ses distances avec elle, mieux ce serait.

Une délicieuse odeur emplissait la cuisine quand ils entrèrent dans la pièce.

— Laura, comment te sens-tu ? s'enquit la mère de Drew, debout devant la gazinière, une cuiller à la main.

— Mieux, je vous remercie, miss Martha.

Drew s'avança vers la table et tira une chaise, invitant Laura à s'asseoir. Il prétendit ne rien remarquer lorsqu'une mèche de ses longs cheveux noirs le frôla.

— Ça sent bon, parvint-il à articuler, pour se forcer à penser à la nourriture.

— Je suis sûre que vous deux n'avez pas mangé un gombo digne de ce nom depuis des années !

lança sa mère en donnant un dernier tour à son moulin à poivre au-dessus du faitout.

— Je n'en ai jamais goûté de meilleur que le tien, maman.

Cela faisait des années que Drew n'était pas rentré au pays. Il avait été trop occupé à la fac de droit, puis avait fait beaucoup d'heures supplémentaires pour prouver à ses associés qu'ils avaient fait le bon choix en l'acceptant dans leur cabinet. Il s'était forgé une solide réputation et le succès ne s'était pas fait attendre. Le genre de succès qui ne laissait pas beaucoup de temps pour une vie privée ou des week-ends chez sa mère.

Un instant, une touche de culpabilité teintée de nostalgie l'envahit. Il fallut la réapparition du fantôme de Paul, juste à côté de sa mère, pour lui rappeler les raisons de son départ et de son éloignement. Le fantôme se pencha sur la marmite, comme pour humer les riches arômes de gombo qui s'en échappaient. Puis, il se tourna vers Drew, un méchant sourire aux lèvres. Martha se raidit imperceptiblement, mais ne laissa paraître aucun autre signe qui aurait pu trahir qu'elle percevait la présence de l'esprit.

Or, elle la sentait elle aussi.

Cela faisait longtemps que Drew soupçonnait sa mère de subir la même malédiction. Même s'il n'en avait jamais parlé avec elle, il savait.

— Je peux t'aider ? demanda-t-il.

— Non, c'est gentil. C'est prêt.

Elle versa de généreuses louches de gombo dans trois bols qu'elle déposa ensuite sur la table.

— Vous vous êtes donné bien du mal, on dirait,

fit remarquer Laura en humant avec appétit la riche odeur de ragoût qui s'élevait des bols.

— Pas du tout. De toute façon, je cuisine depuis ce matin en prévision de la fête.

— Quelle fête ?

La mère de Drew coupa de grosses tranches de pain qu'elle disposa dans un plat.

— Mais… Drew va avoir trente ans, voyons ! C'est une grande étape dans la vie d'un homme, un moment qui marque l'apparition de sa nature véritable. Par ici, on le fête en organisant une grande soirée. Dans la tradition du pays, on appelle ça l'Eveil.

Drew faillit s'étouffer avec le ragoût épicé et porta la main à sa bouche. Il détestait que sa mère se conduise de la sorte. Elle pouvait se montrer la plus aimable des femmes, débordante de ce charme si particulier aux natives du Sud, et soudain, cette lueur étrange s'allumait dans son regard et elle prononçait des paroles vraiment inquiétantes.

D'un geste un peu brusque, Martha s'empara d'un pichet posé sur le plan de travail de la cuisine et lui versa un grand verre de thé glacé. Drew but son verre d'un trait avant de le tendre de nouveau.

— Merci, dit-il tandis que sa mère remplissait de nouveau son verre avant d'en servir un à Laura.

— Tu es invitée, bien sûr, dit-elle à cette dernière.

— Oh non, protesta celle-ci. Je ne voudrais pas vous déranger.

— Si tu es encore dans les parages, ce serait idiot de ne pas venir, intervint Drew qui espérait en réalité la convaincre de partir au plus vite.

Il attrapa une tranche de pain et la trempa dans la sauce.

— Bien sûr que tu dois venir ! insista Martha en s'asseyant à son tour en face d'eux. Jeanne ne te laissera pas le choix de toute façon !

— Jeanne Larame ? Ma grand-mère adoptive ?

— Oui, ma belle-sœur. Te souviens-tu d'elle ?

Laura fit signe que non.

— C'était la maman de Paul. Ton père adoptif. Tu te souviens de lui, quand même !

Incapable de se retenir, Drew se retourna pour vérifier si Paul était toujours avec eux, mais le fantôme, heureusement, avait de nouveau disparu.

— Oui, je me souviens de lui, répondit Laura avec un petit sourire triste.

— Je sais aussi que Randal a hâte de te voir, Drew. Il m'a dit qu'il voulait « parler boutique » avec toi. Ce sont les termes qu'il a employés.

Drew hocha lentement la tête. L'idée de cette rencontre ne le réjouissait pas vraiment. Il savait ce que Randal voulait depuis toujours : il souhaitait que Drew revienne au pays pour reprendre le cabinet d'avocats familial, Larame et Associés.

— Je suis très bien à Atlanta, dit-il simplement.

— Tu vis à Atlanta ? s'étonna Laura.

— Oui, j'ai juste pris l'avion pour une petite visite rapide à l'occasion de la fête. Je suis arrivé juste avant toi.

— Ça alors ! Quelle coïncidence que nous soyons tous les deux revenus le même jour !

Une goutte de sauce maculait la commissure de ses lèvres. Drew se retint de se pencher vers elle pour l'essuyer d'un baiser. Laura rejeta ses cheveux en arrière, avant de revenir à son bol.

— Te souvenais-tu du gombo ? demanda-t-il, incapable de la quitter des yeux.

— Non, mais c'est délicieux.

— Alors, où étais-tu, depuis toutes ces années ? demanda sa mère.

— San Francisco.

— Ta mère n'était donc pas avec toi ?

Martha leva les yeux vers Laura.

— Non, j'ai grandi en pensionnat, expliqua celle-ci en contemplant son bol. Ma mère… je ne l'ai pas revue depuis très longtemps.

— C'est bizarre… Delilah est partie de façon tout à fait imprévue. Après la mort de Paul, personne ne lui en a voulu. Nous avons tous pensé qu'elle voulait refaire sa vie ailleurs. Elle n'a jamais dit où elle allait, mais j'étais persuadée que tu étais avec elle. J'ai toujours du mal à y croire.

— Vraiment ? demanda Laura, visiblement surprise. Pourquoi donc ?

Martha se leva pour débarrasser.

— Parce que tu étais la prunelle de ses yeux. Tu étais sa joie et sa fierté. Tu étais tout pour elle.

Laura la regarda un instant sans rien dire, puis ses yeux se voilèrent d'une brume douloureuse. Avant que Drew n'ait le temps de lui demander si ça allait, elle se leva de table.

— Merci pour le dîner, miss Martha. Si cela ne vous dérange pas, je vais monter défaire mes valises.

Drew se raidit. Il avait espéré la convaincre de partir avant qu'elle ne s'installe.

— Bien sûr, mon petit, répondit Martha. Prends tout ton temps.

Laura sortit sans un regard en arrière. Paul était de

retour, debout dans un coin. Il le regardait comme s'il attendait qu'il fasse quelque chose.

— La pauvre petite, soupira Martha, une fois que Laura se fut éloignée. Si Delilah avait vraiment l'intention d'abandonner ainsi son enfant, elle aurait mieux fait de la laisser ici, avec nous.

Qu'est-ce que Paul attendait de lui ? Pourquoi ne pouvait-il pas partir comme tous les morts étaient censés le faire, et le laisser en paix ?

— Elle aurait fini en internat, comme moi, de toute façon, fit remarquer Drew.

— Oui, soupira sa mère. Sans doute. Mais la pauvre fille semble si triste. Va donc voir là-haut si elle n'a besoin de rien.

Drew s'efforça de terminer lentement son bol. C'était exactement le prétexte qu'il cherchait pour aller rejoindre Laura. Il voulait être à ses côtés pour l'aider à découvrir la vérité sur sa mère, mais il savait qu'il ne devait pas s'en mêler. S'il tentait de la réconforter, de lui assurer que tout irait bien, ce ne serait que mensonges.

Tout n'allait pas pour le mieux. Pour Laura, rien n'irait plus jamais bien. La seule façon de l'aider, à présent, était de la convaincre de quitter le bayou le plus rapidement possible.

Des larmes lui brûlaient les yeux, mais Laura refusait de les laisser couler. Entendre dire que sa mère l'avait véritablement aimée l'avait plus ébranlée qu'elle n'aurait cru. Toutes ces vacances, ces jours fériés passés seule dans le dortoir, à attendre un coup de téléphone, une visite d'un membre de la famille ou de sa mère… Cela avait fini par ronger la confiance qu'elle avait en l'amour maternel. Un fossé béant s'était creusé, qu'elle ne parviendrait sans doute jamais à combler.

Tirant sa valise derrière elle, elle s'arrêta sur le palier pour contempler la porte de la chambre de sa mère, au fond du couloir. Elle ne savait pas ce qui l'effrayait autant, mais elle était certaine que c'était dans cette chambre, derrière cette porte qu'elle devait commencer à chercher des réponses. Déterminée, elle s'avança dans le couloir, le cœur battant un peu plus à chaque pas.

Elle se creusait la tête, fouillant le moindre recoin de sa mémoire à la recherche de souvenirs. A quoi cette chambre ressemblait-elle ? Avait-elle une odeur particulière ? Qu'y avait-il derrière la porte qui l'effrayait à ce point ? Le ventre noué, elle aperçut des ombres danser à la périphérie de sa vision.

Elle se sentait observée. Elle se retourna brusquement, mais il n'y avait personne. Pourtant, elle aurait juré avoir senti un souffle sur sa nuque. Elle se remit en marche.

— Laura ?

Lorsqu'elle se retourna de nouveau, Drew grimpait la dernière marche de l'escalier. Une fois encore, son regard se porta derrière elle et la même expression pincée se dessina sur son visage.

— Tout va bien ? demanda-t-elle.

— Oui. Je voulais m'assurer que tu n'avais besoin de rien, dit-il en s'avançant vers elle.

— Ça va. Je voulais juste…

Elle coula un regard inquiet vers la porte de la chambre de sa mère.

— Que dirais-tu d'une petite promenade ?

— Maintenant ?

— Oui. Pour digérer.

Il la prit par la main. Ce geste la surprit complètement. Comment pouvait-elle à la fois se sentir si proche de lui, tout en ayant l'impression de ne pas le connaître du tout ?

Une fois dehors, au lieu de s'engager sur la longue allée par laquelle Laura était arrivée, Drew s'engagea sur un sentier qui contournait la maison et disparaissait dans le marais.

— Où va-t-on ? demanda-t-elle.

— Au cimetière.

Un cri d'oiseau retentit. Laura sentit un frisson la parcourir.

— Au cimetière ? Pourquoi diable veux-tu m'emmener là-bas ?

— Je veux te montrer quelque chose.

Le chemin était étroit, envahi de hautes herbes. Une multitude de sons résonnaient autour d'eux, de gros insectes et des petits rongeurs s'enfuyaient sur leur passage.

— Tu es sûr que ça va me plaire ?

Elle baissa les yeux sur les eaux noires et tranquilles, bordées de cyprès perchés sur leurs racines noueuses. Sans répondre, Drew accéléra.

— Drew ! appela-t-elle, manquant trébucher sur ce qu'elle espérait être un caillou. Tu peux ralentir un peu ?

Il s'arrêta. Lorsqu'il se tourna vers elle, il semblait presque désespéré.

— Drew, que se passe-t-il ? demanda-t-elle, soudain effrayée.

— Je dois savoir pourquoi tu es revenue.

— Je te l'ai expliqué…

— Non. Je veux dire : pourquoi maintenant ? Pourquoi aujourd'hui ?

Sois prudente. Ta présence ne sera pas du goût de tous.

L'avertissement résonna un instant dans son esprit. Pouvait-elle lui faire confiance ? Elle n'en était pas sûre, même si son instinct la poussait à le faire. D'ailleurs, elle avait besoin de son aide pour retrouver sa mère.

Elle devait lui dire.

— J'ai reçu un appel. Je ne sais pas de qui et je ne sais pas pourquoi. Tout ce que la personne a dit, c'est que ma mère n'avait jamais quitté le bayou. Que je devais revenir au plus vite. Et que… ma présence risquait de déranger certaines personnes.

Elle guetta la réaction de Drew. Celui-ci sembla surpris et même légèrement choqué.

— C'est plutôt mystérieux.

— Je dirais même de mauvais augure.

— Et évidemment, tu as sauté dans le premier avion ?

— Oui. J'ai même pris quelques jours de congé.

— As-tu essayé d'appeler ici, d'abord ? Pour savoir si ta mère était bel et bien dans les parages ?

— Qui voulais-tu que j'appelle ? Je ne connais personne.

— Ce qui est sûr, en revanche, c'est que quelqu'un te connaît, murmura-t-il avec une expression sinistre. Quelqu'un qui a voulu t'attirer ici.

Laura prit soudain conscience que Drew était bien plus grand et bien plus fort qu'elle. Elle regarda nerveusement autour d'elle, espérant qu'ils n'étaient pas seuls, mais elle ne vit personne dans la lumière du soleil couchant.

— Ta mère n'est pas ici. On ne l'a plus revue depuis bien longtemps.

Laura contempla l'eau saumâtre qui s'étendait sur sa gauche et les hautes herbes, sur sa droite. Impossible de fuir. Pourquoi l'avait-il conduite jusqu'ici ? Qu'avait-il en tête ?

— Fais-tu partie de ces personnes que ma présence dérange ? balbutia-t-elle.

Elle devait savoir. Les ombres s'allongeaient comme pour l'envelopper. Drew s'approcha. Le cœur battant, Laura ne le quittait pas des yeux.

— J'ai peur pour toi.

Un vent de terreur souffla en elle.

— Pourquoi ? parvint-elle à chuchoter.

— La dernière fois que je t'ai vue, tu flottais juste à cet endroit, là-bas.

Il désignait un endroit à une quinzaine de mètres d'eux, sur les eaux noires. La surface semblait prisonnière d'un entrelacs de lianes et de racines. Comment avait-elle fait pour se retrouver aussi loin de la berge ? Etait-ce cela que son esprit conservait soigneusement caché depuis tant d'années ?

— J'ai nagé jusqu'à toi pour te sauver et j'ai failli me noyer moi-même. On a tous les deux été conduits à l'hôpital. Lorsque je suis sorti, tu étais déjà partie.

Laura contempla l'eau d'un brun vert en frissonnant. Elle sentait au fond d'elle-même qu'il disait la vérité.

— Tu ne t'es pas retrouvée aussi loin de la berge toute seule, ce soir-là. Que tu veuilles le croire ou non, quelqu'un a menti pour te faire revenir. Tu dois retourner à la maison, prendre ta valise et repartir le plus vite possible.

Son regard était dur, plus effrayant encore que les eaux du marais.

— Pour ton bien, j'espère que tu ne reviendras jamais.

Laura ne savait que dire. Elle contemplait le marais. Un instant, elle crut sentir l'entrelacs de lianes s'enrouler autour de ses jambes et ses bras, pour la tirer vers le fond.

— Qui avait intérêt à faire une chose pareille ? Je n'étais qu'une petite fille alors. Et qui chercherait à m'attirer pour me faire du mal aujourd'hui ? Personne ne sait que je suis arrivée.

— La raison importe peu.

Le ton péremptoire de Drew semblait suffisamment convaincant, mais elle hésitait à se rendre à l'évidence.

— Même si tu as raison… je ne peux pas partir. Pas encore. Je viens juste d'arriver. Je n'ai pas eu l'occasion de parler à qui que ce soit, ni de trouver la moindre information concernant ma mère. Je dois savoir ce qui lui est arrivé.

— Je me renseignerai pour toi tant que je serai ici, proposa-t-il en faisant encore un pas vers elle.

Mais bien sûr.

— Je dois rester, répliqua Laura, avec fermeté.

Drew passa rapidement à côté d'elle pour regagner la maison, la laissant seule dans la pénombre du marais.

Quelqu'un lui voulait-il vraiment du mal ?

Etait-ce Drew ? Peut-être devrait-elle rentrer chez elle. Toutefois, partir signifierait renoncer. Cela, elle ne pouvait l'accepter. Pas après avoir fait tout ce chemin. Elle marcha lentement jusqu'à la maison. Elle n'allait pas se laisser impressionner comme ça.

Elle repensa à l'appel qu'elle avait reçu et ne put s'empêcher de se demander à quoi jouait son interlocuteur mystérieux. Où était sa mère ?

« Sois prudente. Ta présence ne sera pas du goût de tous. »

4

Laura devait être plus fatiguée qu'elle ne le pensait. De retour à la grande maison, elle défit son sac, se coucha et s'endormit aussitôt. A en croire la raideur qu'elle ressentit dans la nuque le lendemain matin, elle ne s'était même pas retournée pendant la nuit.

Elle se leva, prit une douche et s'habilla, avant de descendre dans la cuisine pour avaler un rapide petit déjeuner. Elle espérait pouvoir faire un tour en ville et enquêter un peu sur sa mère, avant de croiser Drew de nouveau. Après avoir déjeuné d'un œuf à la coque et d'une tranche de pain grillé, elle sortit, les clés de la voiture de Martha à la main.

Pas de chance : Drew l'attendait, adossé à un gros arbre, le regard perdu vers le marais. Etait-ce elle qu'il attendait ? Elle espérait que non. En l'entendant refermer la porte, il se retourna.

— Je peux te conduire en ville, proposa-t-il.

— Ça ira, merci, répondit-elle d'un air pincé. Tu m'as abandonnée dans le marais, hier soir. Je préfère me débrouiller seule.

— Je savais que tu retrouverais le chemin sans problème, répliqua-t-il.

— Quelle prévenance !

— Randal doit tenir un meeting politique, ce matin.

Jeanne et lui y seront, en compagnie de quelques commerçants qui connaissaient bien ta mère.

— Super, répondit-elle en se dirigeant vers la vieille berline bleu ciel de Martha.

— Je dois aussi voir Randal. Inutile de partir à deux voitures.

Laura l'ignora. A ses yeux, c'était au contraire très utile. Elle ne voulait pas se retrouver seule avec lui.

— Connais-tu seulement la route ?

Elle s'arrêta. Il n'avait pas tort, cette fois-ci. Drew s'approcha.

— De toute façon, je crains que personne n'ait vu ta mère depuis des années.

Elle fit volte-face.

— Si c'est ce que tu crois, alors pourquoi prétends-tu vouloir m'aider ?

Il tendit lentement la main vers elle pour lui caresser la joue. Elle se raidit, incertaine et agacée de ressentir ce contact fourmiller en elle.

— Je veux simplement qu'il ne t'arrive rien, dit-il d'une voix douce, une lueur tendre dans le regard.

Pourquoi ? Elle aurait voulu lui faire confiance. Pourtant, son apparente sollicitude ne signifiait pas forcément qu'il était sincère.

— Alors ? demanda Drew.

— Bon, d'accord…

Il n'y avait vraiment aucune raison de prendre deux voitures pour aller en ville. Elle espérait simplement qu'elle ne s'en mordrait pas les doigts. Elle rapporta les clés à Martha.

Tandis qu'ils roulaient en silence, Laura s'obstinait à regarder par la fenêtre pour ne pas avoir à croiser son regard. Son parfum flottait dans l'air, emplissant l'habitacle, tout aussi impossible à ignorer que le souvenir de ses doigts sur sa joue. Il exerçait un effet puissant sur elle. Pourtant, elle ne pouvait s'empêcher de s'interroger : s'il voulait à ce point l'aider et être à ses côtés, pourquoi insistait-il pour qu'elle parte au plus vite ?

Pouvait-elle faire confiance à qui que ce soit, dans ce maudit pays ? Quelqu'un lui avait menti, l'avait appelée chez elle en lui promettant la seule chose qui lui avait toujours manqué : sa mère. Dans le seul but de la faire revenir. C'était cruel.

A en croire Drew, c'était aussi dangereux.

Elle devait trouver quelqu'un qui avait connu sa mère, quelqu'un de proche qui pourrait l'aider à découvrir ce qui lui était arrivé autrefois.

La voiture franchit la Marche du Diable au-dessus du bayou et passa près de l'immense manoir blanc qu'elle avait aperçu depuis le taxi en arrivant.

— C'est la maison de Randal et Jeanne, précisa Drew.

Les Larame.

— J'aimerais leur parler. Ils sont le seul semblant de famille qu'il me reste.

Sa mère avait épousé leur fils. Ils devaient bien savoir quelque chose, peut-être même aideraient-ils Laura à la retrouver.

— Quels souvenirs as-tu de Paul ? demanda soudain Drew d'une voix qui lui parut étrange.

Lorsqu'elle tourna le visage vers lui, il regardait droit devant lui et un muscle tressaillait sur sa mâchoire. Elle repensa à son père adoptif, cherchant avec peine à se souvenir de ses traits.

— Je n'arrive pas à former une image claire, mais

je me souviens de son sourire. Je sais aussi que je l'aimais beaucoup.

Un silence pesant s'installa entre eux. Laura s'agita sur son siège, se demandant si elle avait oublié un détail crucial concernant Paul. Ils dépassèrent un piéton, debout sur le bas-côté. L'homme avait une allure étrange et vaguement inquiétante : les traits taillés à la serpe et la peau tannée par le soleil, avec des yeux qui semblaient presque disparaître dans leurs orbites. Ses longs bras pendaient mollement le long de son corps. D'une main, il tenait le cadavre d'un animal doté d'une longue queue. De l'autre, une machette rouillée. Le regard froid et dur qu'il posa sur eux donna des frissons à Laura.

— Qu'est-ce qu'il fait ? bafouilla-t-elle d'une voix plus forte qu'elle ne l'aurait voulu.

— Il chasse l'opossum.

Laura se retourna juste à temps pour apercevoir l'homme monter à bord d'une barque et s'éloigner en silence sur les eaux noires, en direction de Lionsheart. Il lui sembla même qu'il lui adressait un bref salut de la tête, ce qui acheva de la mettre mal à l'aise.

Enfin, la route s'élargit et ils entrèrent dans le bourg. Drew se gara. Lorsqu'ils furent sortis de la voiture, il désigna les petites boutiques éparpillées autour d'une place envahie par les herbes. Un grand belvédère trônait au milieu.

— Alors, qu'en dis-tu ? La ville n'a pas beaucoup changé… Tu t'en souviens un peu ?

Laura regarda autour d'elle, sans rien ressentir. Elle réprima sa déception. Elle ne devait pas espérer que ses souvenirs reviennent aussi rapidement.

— C'est bien plus joli que je ne le pensais.

— Et si nous faisions un crochet au Mabel's Diner ? Tu ne peux pas avoir oublié les milk-shakes de Mabel, quand même…

— Tu essaies de me remonter le moral ?

— Absolument.

Elle le regarda, cherchant à comprendre, mais son visage était impassible. Il lui tendit la main, qu'elle accepta, non sans hésitation. Aussitôt, une sensation de chaleur l'envahit.

Pourquoi son corps répondait-il à ce contact, alors que son esprit lui intimait de se méfier ?

Ils passèrent devant une mercerie, un magasin d'antiquités, l'échoppe d'un barbier, avant de se retrouver devant la porte du restaurant. A présent qu'elle avait retrouvé un semblant de civilisation, Laura se sentait moins oppressée. L'air était plus léger et tout semblait moins sinistre. Même Drew ne semblait plus aussi étrange.

Peut-être se faisait-elle tout un cinéma, après tout.

— Ta mère nous emmenait souvent jouer sur la place, dit Drew en faisant un geste vers l'autre côté de la rue.

Laura embrassa du regard les jeux de bois usés, l'herbe pelée et le belvédère, espérant y percevoir quelque détail familier. Comme il aurait été agréable de se souvenir de sa mère en train de la pousser sur la balançoire ou sur le tourniquet. Cela aurait mieux valu que ce trou noir, béant de vide. Elle regarda la main de Drew dans la sienne.

Pour les passants, ce devait être la chose la plus naturelle du monde que de marcher, main dans la main, pour aller boire un milk-shake. Pour elle, en revanche, la situation avait quelque chose de surréaliste.

Drew lui tint la porte. Dès qu'elle entra, elle fut frappée par la décoration *vintage* : les banquettes de moleskine rouge, le grand comptoir en fer à cheval autour de la cuisine, les tireuses à soda. Chaque détail était si parfait qu'il était évident que rien n'avait changé depuis des décennies. Une vieille dame s'approcha en s'essuyant les mains sur son tablier. Sur son chemisier était brodé un nom : Mabel.

Peut-être avait-elle connu sa mère ?

Lorsque la femme croisa le regard de Laura, elle se figea sur place, une expression incrédule sur le visage. Elle resta ainsi, la bouche ouverte, pendant quelques secondes. Laura se raidit et son sourire se crispa.

— Jésus, Marie, Joseph, marmonna enfin Mabel en se signant. Qu'est-ce que tu fiches ici ?

— Mabel, intervint alors Drew. Voici Laura Larame. Tu te souviens d'elle ? Elle est de retour au pays.

Laura ne put retenir un geste agacé. Non, ce n'était pas son pays. Mabel la regarda longuement sans rien dire, puis son expression se mua en une distance prudente.

— Je cherche ma mère, Delilah Larame, expliqua Laura, horrifiée d'entendre sa voix chevroter ainsi.

Mabel écarquilla les yeux, puis pinça les lèvres.

— Dame ! Celle-là n'a pas montré le bout de son nez dans les parages depuis bien longtemps. Ce serait un monde !

Stupéfaite par l'aigreur de cette réponse, Laura se prépara à une confrontation.

— Pourquoi ? Que s'est-il passé ?

— C'est une meurtrière, pardi ! s'écria Mabel, en s'empourprant de colère.

Laura resta un instant interdite.

— D'ailleurs, si vous la revoyez, dites-lui de passer nous voir. Comme ça, je pourrais lui régler son ardoise pour ce qu'elle a fait à ma Georgette.

Il y avait une telle rancœur dans les propos de la vieille dame que Laura sentit son sang se glacer.

— Voyons, Mabel, intervint de nouveau Drew. C'était un accident. Une tragédie pour nos deux familles.

— Vraiment ? C'est bizarre, mais j'ai l'impression qu'il n'y a que les Larame qui pensent ainsi.

Drew prit Laura par la main pour la tirer vers la porte. Ils se retrouvèrent sur le trottoir et elle tenta de reprendre ses esprits.

— Ça va ? demanda Drew.

Non, ça n'allait pas.

— De quoi parlait-elle ? Quel accident ?

— Celui qui a coûté la vie à Paul. Georgette, la fille de Mabel, se trouvait aussi dans la voiture. Elle avait dix-huit ans. Ils ont tous les deux été tués sur le coup.

— Et elle pense que ma mère a quelque chose à voir avec ça ?

— Les gens du village peuvent parfois se montrer étranges. Ils sont superstitieux et s'attendent toujours à ce que le ciel leur tombe sur la tête. Il s'agissait d'un accident. Un simple accident

— Alors pourquoi a-t-elle traité ma mère de meurtrière ?

Elle ne le quittait pas des yeux, cherchant à comprendre. Il devait en savoir plus long que ce qu'il disait. Avant qu'elle ne puisse reprendre la parole, un couple de personnes âgées s'arrêta près d'eux et la dévisagea avec inquiétude. La femme agrippa le bras de son mari et ils se précipitèrent dans le restaurant. Laura sentit ses cheveux se dresser sur sa nuque.

— Les gens me regardent comme si j'étais du genre à massacrer des bébés phoques tous les matins avant d'aller au travail. Est-ce à cause de ma mère ? Parce que je lui ressemble ? Que me caches-tu ? Et pourquoi m'as-tu conduite ici, si tu savais comment les habitants allaient réagir ?

— Je ne suis pas revenu ici depuis dix ans mais je pouvais imaginer leur réaction. Nombreux sont ceux ici qui croient que Delilah a tué Paul et Georgette. C'est en partie pour cela que tu ne dois pas rester. Certaines personnes ne seront effectivement pas ravies de te revoir. Personne n'aime se souvenir du passé, lorsqu'il est douloureux. Il fallait que tu le comprennes.

« Sois prudente. Ta présence ne sera pas du goût de tous. »

A son grand embarras, Laura se rendit soudain compte qu'elle tremblait. Etait-ce de colère ou d'épuisement émotionnel ? Aussitôt Drew s'avança pour la prendre dans ses bras. Elle ne voulait pas de ce contact. Il prétendait vouloir l'aider, mais chacune de ses actions produisait le résultat inverse. Elle se raidit, sachant qu'elle aurait dû le repousser, lui tourner le dos et fuir.

Au lieu de cela, elle resta immobile, s'agrippant à lui, laissant la chaleur de son corps viril, le parfum de son eau de toilette et sa force l'envelopper complètement. Petit à petit, elle se détendit. Drew lui caressa doucement le dos, déclenchant en elle des frissons qui se répandirent dans tout son corps. Elle poussa un profond soupir.

— Tu as raison, chuchota-t-elle enfin. Ma mère ne peut pas vivre ici, avec toute cette animosité.

Laura releva la tête pour scruter les visages des passants, sans y trouver la moindre chaleur. La petite ville avait perdu son charme pittoresque, pour se transformer en un bourg laid et hostile.

— Les gens d'ici ont vécu beaucoup de drames, pour une si petite ville, expliqua Drew, en l'hypnotisant de ses yeux verts. Cela les a rendus méfiants et agressifs. Comment te sens-tu ? Tu veux rentrer ?

— Ça va. Et non, je ne veux pas rentrer. Pas encore.

Elle s'efforça de sourire et, à contrecœur, s'écarta un peu de lui. Pourquoi semblait-il être soudain la seule personne saine d'esprit dans un monde devenu fou ?

Peu importait car, de toute évidence, il ne voulait pas la voir traîner dans les parages trop longtemps. Il avait été assez clair sur la question. Elle s'écarta davantage de lui pour regarder de nouveau dans la direction du parc où ils étaient censés avoir joué étant enfants. Elle tenta de se souvenir de moments plus heureux, plus innocents, lorsqu'elle était jeune et que sa mère était encore là pour veiller sur elle.

— Il doit y avoir une raison pour qu'elle t'ait laissée seule, chuchota Drew, soudain tout proche.

Etait-ce la chaleur de son souffle ou le timbre profond de sa voix qui accélérait ainsi les battements de son cœur ?

— J'espère seulement pouvoir découvrir cette raison un jour…

Une fillette éclata de rire, tandis que sa mère la poussait sur une balançoire.

Parce qu'une mère n'abandonne pas un enfant qu'elle aime.

Une grosse Mercedes blanche passa devant eux et s'arrêta près de la place. Drew consulta rapidement sa montre.

— Ils sont en avance.

Laura sentit son estomac faire un saut périlleux en regardant la magnifique berline.

Les Larame.

Se souviendraient-ils d'elle ? Seraient-ils contents de la revoir ? Ou bien leur rappellerait-elle sa mère… et la mort de leur fils unique ? Elle espérait simplement qu'ils ne la tenaient pas pour responsable de la mort de Paul. Drew lui prit doucement le bras pour l'aider à traverser et à s'approcher de la voiture.

— Randal brigue une nouvelle fois le poste de sénateur. Il doit tenir un petit discours ce matin. Ce n'est pas vraiment nécessaire d'ailleurs, toutes les voix de la ville lui sont déjà acquises.

— Crois-tu qu'ils vont être contents de me voir ?

Pourvu qu'ils ne la regardent pas avec un air d'incrédulité choquée, comme les autres habitants de la ville.

— Ce qui est sûr, c'est qu'ils vont être surpris…

Tandis qu'ils approchaient, la portière du conducteur s'ouvrit et un homme élégamment habillé sortit de la voiture. Rapidement, Drew se glissa devant Laura pour la dissimuler à la vue de l'homme.

— Bonjour, oncle Randal, lança-t-il en s'avançant.

— Drew ! s'écria l'homme en prenant la main qu'on lui tendait, avant de serrer Drew dans ses bras. Quelle joie de te revoir, fiston !

Par-dessus l'épaule de Drew, Randal souriait largement. Puis son regard se posa sur Laura et l'homme se figea soudain, bouche bée. Lentement, il s'écarta de Drew et fit un pas de côté pour mieux la regarder.

La première chose qui frappa Laura, c'était à quel point le vieil homme était grand et élégant. Il avait un port altier qui le distinguait des autres hommes. Il était difficile à ignorer. Son costume taillé sur mesure soulignait avantageusement son élégance mondaine et naturelle de notable du Sud. Physiquement, il était en grande forme et sa chevelure, encore épaisse, était d'un gris qui lui apportait une certaine distinction.

De toute évidence, c'était un homme de pouvoir, habitué à obtenir ce qu'il voulait. Laura ne put s'empêcher de se sentir intimidée par l'intensité de ses yeux noirs, posés sur elle comme ceux d'un juge. Ses traits n'avaient rien de familier. Pourtant, une vague de peur irraisonnée s'abattit sur elle, crispant ses muscles et lui retournant l'estomac. Avant que l'un d'eux n'ait le temps de dire un mot, la portière passager s'ouvrit à son tour et Laura entendit quelqu'un pousser un cri de surprise :

— Par tous les saints, est-ce donc notre petite Laura ?

Une femme menue aux cheveux noirs, vêtue d'un tailleur taupe exquis, sortit de la voiture, les yeux écarquillés, une main plaquée contre sa bouche.

— Bonjour, tante Jeanne, salua Drew. Oui, Laura est de retour.

La femme fit rapidement le tour de la voiture pour se précipiter vers elle, les bras grands ouverts, les yeux brillants de larmes.

— Oh ! Laura ! Je t'aurais reconnue entre mille. Quelle belle femme tu es devenue, tout comme ta mère.

La petite femme manqua de renverser Laura en la prenant dans ses bras. Elle semblait heureuse de la revoir. Sincèrement heureuse ! Avec un sourire, Laura se détendit, oubliant ses appréhensions.

— Le portrait craché de sa mère, n'est-ce pas, Randal ? demanda Jeanne.

Randal s'approcha, avec un sourire qui ne sembla pas réchauffer ses yeux d'un gris froid.

— Sois la bienvenue, Laura, dit-il avec la sincérité factice d'un politicien aguerri.

Laura se serait volontiers laissée convaincre, si elle n'avait pas remarqué la pâleur qui avait gagné son visage lorsqu'il avait posé les yeux sur elle.

Sentant la main de Drew se poser sur son dos, Laura frissonna.

— Drew ! s'exclama Jeanne en riant. C'est merveilleux que tu sois revenu ! Regarde-toi, tu dois bien faire un mètre quatre-vingt-dix ! Je vais attraper un torticolis à te regarder comme ça !

Son rire était plaisant, sincère et joyeux. Laura eut un élan de reconnaissance envers cette femme.

— Viens, ma chérie, poursuivit Jeanne en prenant Laura par le bras. Allons te dégotter une petite douceur bien de chez nous. Je suis certaine que tu n'as pas mangé de pralines depuis que tu es partie.

Laura se laissa entraîner, remarquant au passage que tous les passants les regardaient. Elles s'arrêtèrent devant une petite échoppe ouverte sur la rue, où un jeune homme vendait de grosses pralines à la noix de pécan.

— Deux cornets, s'il vous plaît, demanda Jeanne.

Une fois servie, elle en tendit un à Laura, qui fut immédiatement surprise par l'explosion incroyable de saveurs de la friandise : mélange de beurre, de noix et de sucre brun.

— Mmm, c'est délicieux, soupira-t-elle en se resservant.

L'adolescent qui vendait les bonbons la regardait comme s'il se demandait où il l'avait déjà rencontrée. Mais il était trop jeune. Il ne pouvait pas la connaître.

Soudain, Laura sentit quelque chose buter contre son pied. Baissant les yeux, elle aperçut un gros ballon bleu. Une toute petite fille avec de belles boucles blondes et un sourire effronté courait vers elle d'un pas incertain, les bras tendus. En souriant, Laura se pencha pour ramasser le ballon, qu'elle tendit à la fillette.

— Oh... n'est-elle pas adorable ? s'extasia Jeanne.

— Ballon, balbutia la petite fille.

Laura rit aux éclats et déposa le ballon entre les mains tendues de la fillette. Une femme se précipita pour prendre l'enfant dans ses bras, si brusquement que celle-ci se mit à pleurer. Stupéfaite, Laura leva les yeux et fut horrifiée de voir l'expression de terreur sur le visage de la mère. Serrant son enfant contre elle, elle tourna les talons et s'enfuit aussi vite qu'elle put.

— Viens, ma chérie, dit doucement Jeanne, en posant une main sur son épaule.

— Qu'est-ce qui lui a pris ? demanda Laura, en suivant la mère et son enfant des yeux.

— Qui sait ? Les mères peuvent parfois se montrer très protectrices…

Au milieu de la route, Jeanne se tourna pour appeler :

— Tu viens, Drew ?

Laura n'entendit même pas la réponse de Drew. Comme la petite fille fascinée par son ballon, elle était à présent hypnotisée par les cristaux féeriques qui brillaient doucement dans la vitrine d'une boutique, sur le trottoir d'en face. Plusieurs poupées primitives, dotées de larges orbites noires et vides à la place d'yeux et d'une tête à la maigreur squelettique, étaient alignées, leur corps épais décoré de plumes, de cordelettes et de tissu grossièrement cousu.

— Est-ce que ce sont des poupées vaudou ? demanda-t-elle, non sans une certaine appréhension.

Le rideau de dentelle derrière la porte s'écarta et les yeux froids de la commerçante se posèrent sur elle.

— Tu ne te souviens-tu pas de ce magasin, la Mystique Vaudou ? La propriétaire, Mary, et ta mère étaient très amies. Chaque fois qu'elle t'emmenait la voir, tu revenais avec de la poussière de fées sur le bout du nez.

Une amie de sa mère ! Quelqu'un qui connaîtrait peut-être les réponses qu'elle cherchait. Les yeux toujours tournés vers les poupées aux yeux béants, Laura semblait incapable d'avancer. Comme si ses jambes avaient été figées par une peur glaciale et sous-jacente.

— Laura ? appela Jeanne. Tout va bien ?

Le moteur d'une voiture hurla, noyant la réponse de Laura dans un vacarme assourdissant. Le véhicule démarra en trombe dans un crissement de pneus atroce qui fit trembler le sol. Puis, un claquement sec résonna dans l'air, comme si un coup de feu venait d'être tiré depuis la place, derrière eux. Les passants s'enfuirent en criant pour se mettre à l'abri.

Laura et Jeanne s'accroupirent, les mains sur les oreilles. Une grosse voiture beige descendait la grande rue à toute vitesse, fonçant droit sur elles. Laura sentit son cœur se mettre à battre très fort dans sa poitrine. Jeanne la tira brusquement par le bras et elles se mirent à courir, mais Laura trébucha, perdit l'équilibre et tomba sur l'asphalte, s'écorchant les paumes et les genoux.

Elle se retrouvait, au beau milieu de la rue, seule sur la trajectoire du chauffard.

— Laura ! appela Jeanne.

Laura se remit tant bien que mal debout et courut jusqu'au trottoir. La voiture passa en trombe à côté d'elle.

La porte de la boutique de vaudou s'ouvrit en grand et une petite femme vêtue d'une longue robe violette surgit. Saisissant Laura par le bras, elle entraîna celle-ci à l'intérieur avec une force surprenante.

Le cœur battant, Laura regardait toujours la rue où la voiture avait disparu. Quelques secondes plus tard, Jeanne était près d'elle, les yeux écarquillés de peur.

— Tu n'as rien ?

Laura ferma la porte, tentant de reprendre son

souffle, tout en massant doucement ses paumes meurtries.

— Il a essayé de me renverser ! haleta-t-elle en cherchant des yeux la femme en robe violette.

Où avait-elle disparu ?

— Mais non, voyons, c'était un accident, protesta Jeanne. Dieu merci, tu n'as rien.

Une expression étrange flottait dans ses yeux. Laura n'était pas sûre qu'elle essayait de la convaincre. Puis elle se tourna brusquement pour regarder dehors, au travers du rideau de dentelle.

— Qu'est-ce que c'est que ce vacarme ? s'exclama Jeanne. Que se passe-t-il, à la fin ? Je ne vois pas Randal ni Drew…

— Restez ici ! ordonna une voix dans l'ombre. Ne sortez pas d'ici, Jeanne.

Laura laissa à ses yeux le temps de s'habituer à la pénombre, puis elle distingua une petite femme debout dans un coin. Lorsqu'elle tenta de mieux s'approcher, la femme recula davantage dans l'ombre.

Impossible de distinguer ses traits.

— Merci de votre aide, dit Laura en s'avançant.

Elle s'arrêta soudain en apercevant plusieurs poupées grotesques suspendues au plafond, au-dessus de sa tête. La poitrine soudain oppressée, elle avait du mal à respirer. Elle était entourée d'une collection d'atrocités. Des crânes d'animaux divers, des bocaux remplis de cheveux, de dents et d'autres objets étranges étaient alignés sur des étagères. Des os, des plumes, des peaux de serpent et des têtes d'alligator traînaient un peu partout.

Qu'est-ce que c'était que cet endroit ? se demanda

Laura en reculant vers la porte. Au même instant, Drew entra précipitamment.

— Personne n'a rien ?

— Comment va Randal ? demanda Jeanne en regardant de nouveau par la fenêtre. Je ne le vois nulle part.

— Il va bien. Il est dans la voiture, répondit Drew en s'avançant vers Laura, l'air inquiet. Et toi ?

Laura avait une boule dans la gorge qui l'empêchait de respirer. Elle ne savait pas si elle allait bien ou non. Elle ne savait même pas où elle se trouvait.

Quel genre de femme était donc l'amie de sa mère ?

Drew prit ses mains dans les siennes pour en frotter doucement la peau écorchée et rouge. Lorsque leurs regards se croisèrent, Laura sentit son cœur s'affoler. L'espace d'une seconde, elle aurait voulu se lover entre ses bras et poser la tête contre son torse.

Si seulement elle avait pu se serrer contre lui… Sa chaleur aurait suffi à chasser les ténèbres qui l'entouraient.

L'idée était stupide. Cet homme n'était pas un ami et ne prétendait pas l'être.

— Drew, j'ai entendu des coups de feu, s'inquiéta Jeanne depuis la fenêtre. Qui a tiré ?

— C'étaient de simples pétards, la rassura Drew, en abandonnant les mains de Laura.

Celle-ci croisa les bras, comme pour s'empêcher de les retenir.

— Des pétards ? s'étonna Jeanne. C'est absurde. Qui ferait une chose pareille ?

Partout où elle regardait, Laura ne voyait que

des trous noirs sur des crânes indistincts. Pourquoi l'effrayaient-ils tellement ?

Elle devait partir au plus vite.

— Quelqu'un qui voulait détourner notre attention de la voiture qui a failli renverser Laura, répondit Drew. L'une de vous a-t-elle vu le visage du conducteur ?

Quelqu'un avait-il vraiment essayé de la tuer ? Qui ? Et pourquoi ?

« Parce que ta présence dérange. »

La voix mystérieuse résonna encore dans sa tête et la fit vaciller. Drew s'approcha aussitôt pour la retenir, passant un bras autour de sa taille.

— Ça va ? demanda-t-il d'une voix douce.

Elle acquiesça, incapable de parler. Elle s'agrippa à lui, s'imprégnant de son parfum, de sa force, comme autrefois, lorsqu'ils étaient enfants et que Drew était toujours là pour s'assurer que le monde ne devenait pas fou.

Assez ! Ils n'étaient plus des enfants.

— Personne ne sait que Laura est ici, protesta Jeanne. Ces pétards ont sans doute été lancés par des adolescents cherchant à semer la pagaille en ville. Je suis certaine que cela n'a rien à voir avec Laura ou la voiture.

— Vous avez sans doute raison, Jeanne, répondit Drew, en retirant son bras pour s'approcher de la fenêtre.

Laura tendit la main vers lui, mais se retint au dernier moment. Elle ne pouvait se servir de lui comme d'un bouclier contre cet endroit maléfique. Elle devait s'en sortir seule. Elle devait affronter ce qui l'attendait, si elle voulait découvrir la vérité sur sa mère… si celle-ci était encore vivante.

L'œil de verre d'un reptile scintillait sur une étagère. Laura détestait tout ce mysticisme. Les tireuses de cartes alignées sur Haight Street, à San Francisco, les diseuses de bonne aventure qui promettaient bonheur et richesse, les soi-disant médiums qui prétendaient prédire l'avenir.

Elle qui n'avait jamais voulu avoir le moindre contact avec ce genre de personnes, voilà qu'elle se retrouvait dans l'antre du mal.

Qui plus est, dans un endroit que sa mère fréquentait autrefois.

— De toute façon, poursuivit Jeanne, pourquoi chercherait-on à renverser Laura ? Les gens d'ici peuvent bien être un peu nerveux parce qu'elle ressemble beaucoup à sa mère, mais de là à vouloir la percuter en pleine rue !

— La vengeance est toujours une bonne raison, intervint enfin la petite femme encore tapie dans l'ombre. Ils ne veulent pas d'elle ici.

Ces paroles atteignirent Laura comme une gifle. Elle regarda Drew, qui semblait, lui aussi, avoir soudain envie de s'enfuir en courant, le plus loin possible.

— La vengeance ? Laura n'a jamais rien fait à personne, protesta Jeanne d'une voix un peu trop aiguë.

— Pas Laura. Delilah, corrigea la femme. Pour avoir tué Paul et Georgette.

Laura repensa à ce que Drew avait dit de l'accident. Elle se souvint du sourire agréable de son père adoptif et de ses bras accueillants. Elle l'aimait beaucoup. Sa mère l'adorait. Comme tout le monde. Ce que prétendait cette femme était tout simplement impossible. Jeanne, l'air sévère, lança d'une voix sèche :

— Mary, je refuse d'écouter ces sornettes ! Delilah n'a pas tué notre fils. C'était un accident. Un tragique accident. Et vous le savez aussi bien que moi.

Avant que Mary ne puisse répondre, la porte s'ouvrit de nouveau, faisant tinter les clochettes suspendues au-dessus de la porte. Le son cristallin éveilla un souvenir dans la mémoire de Laura : l'odeur de bois de santal, sa mère et Mary chuchotant et chantonnant, tandis que leurs doigts agiles opéraient leur magie avec les poupées.

Des poupées vaudou.

Glacée jusqu'aux os, Laura frissonna. Lorsque Randal entra dans la boutique, Jeanne se précipita vers lui. Les yeux de Mary s'assombrirent et la femme se recula dans l'ombre.

Oui, Laura se souvenait de ce que sa mère et cette femme faisaient dans cette boutique, lors de ces chaudes soirées d'été. Mary savait aussi qu'elle se souvenait. Elle voyait cette certitude brûler comme un tison au fond de ces grands yeux créoles.

Sa mère et cette femme avaient-elles tué Paul ?

Cette pensée la transperça plus douloureusement qu'un poignard. Etait-ce pour cela que sa mère avait disparu pour ne plus jamais revenir ?

— Le meeting va commencer, annonça Randal.

Jeanne acquiesça et, sans un mot, le précéda dehors. Avant que Laura puisse les suivre, Mary lui glissa un petit sac entre les mains.

— Ne fais confiance à personne, chuchota-t-elle en la regardant de ses grands yeux noirs.

Laura sentit son ventre se nouer. Elle retira sa main et se tourna vers Drew qui les observait depuis la porte. Un bref instant, Laura crut apercevoir une lueur de terreur briller dans ses yeux.

Avait-il peur ? Et si oui, de quoi ?

Soudain, elle comprit. Tenant le paquet de chiffons dans sa main moite, elle sut qu'il craignait qu'elle disparaisse à son tour.

Tout comme sa mère.

5

Drew s'arrêta sur le seuil de la boutique de vaudou. Il aurait voulu sortir dans la rue, avancer dans la lumière pour échapper à ces ténèbres. Les esprits entouraient Laura, tournoyant au-dessus d'elle, comme pour l'envelopper…

Pour la protéger ? Si seulement il savait…

Toute sa vie, il s'était efforcé de les tenir à distance. Cela faisait des années qu'il ne les avait plus entendus et il avait même espéré un jour ne plus les voir. La vie était belle.

Jusqu'à son retour au pays.

Jusqu'à Laura.

Il aurait dû sauter dans le premier avion pour rentrer à Atlanta. Dans sa maison vide. Mais il savait qu'il ne parviendrait pas à trouver le sommeil s'il la laissait seule ici, alors qu'elle était condamnée à terminer dans le marais, comme c'était arrivé à Paul et sans doute à Delilah.

Le destin, tout comme la mort, était difficile à combattre.

Lorsque Laura sortit à son tour de la boutique de Mary, elle vacillait légèrement ; son visage était couleur de cendre et ses grands yeux semblaient vitreux. Il s'avança pour lui prendre le bras, soudain agacé de se retrouver ainsi bloqué dans une situation impossible.

Pourquoi ne pouvait-elle simplement pas partir ?

— Viens, Laura. Rentrons à la maison.

Elle leva les yeux vers lui et acquiesça. Son bras était frêle, son poignet fragile dans sa poigne puissante. Elle n'était encore que la fillette menue qu'il avait connue.

Elle n'avait aucune chance, ici. Aucune chance contre les ténèbres et la mort.

Un bon vieux sentiment de défaite l'envahit, qui lui fit serrer davantage le bras de Laura. Il devait tout lui avouer et la raccompagner directement à l'aéroport, sans s'arrêter, sans un regard en arrière. Elle ne croirait sans doute pas un mot de ce qu'il lui dirait. Lui aussi aurait voulu ne pas y croire.

Jeanne se précipita vers eux.

— C'est bientôt l'heure du discours de Randal. Venez vous asseoir avec moi.

Laura se raidit.

— Je suis désolé, Jeanne, mais je crois que nous allons rentrer, répondit Drew, soulagé de ne pas avoir à tenir le rôle du gentil neveu en assistant au discours.

Ils avaient eu tort de venir en ville. Il était temps d'abréger la visite. Jeanne sembla déçue.

— Bon… Alors, je vous verrai plus tard, dit-elle, en les embrassant tous les deux.

Drew fit monter Laura dans la voiture. Lorsqu'il s'assit à son tour, elle lui tendit quelque chose. Son poing était si serré que ses articulations en étaient blanches.

— Prends-le, s'il te plaît.

Doucement, il lui ouvrit la main, dévoilant la petite bourse de feutre qu'elle écrasait entre ses doigts. Dès qu'il la prit, Laura retira vivement sa main pour la frotter vigoureusement contre son jean. Plein d'appréhension, Drew regarda la bourse.

— Qu'est-ce que c'est ? demanda Laura.

— Un juju.

Le petit sac de tissus coloré avait été soigneusement surpiqué pour former un petit oreiller décoré de boutons, de plumes et de rubans. Drew se retint de le jeter par la fenêtre. Au lieu de ça, il écarta une couture pour étaler son contenu dans le creux de sa main. Herbes, fleurs séchées, racines, noix et plumes, encore chauds du contact de Laura. Il fouilla un instant parmi les objets, avant d'en sortir un os.

— C'est un charme de protection, annonça-t-il.

Du moins, c'est ce qu'il pensait, car il n'avait pu examiner le contenu d'un juju depuis l'enfance. Depuis qu'il avait été obligé d'apprendre ces sorts, comme d'autres enfants apprennent leurs prières.

— De protection ? Protection contre quoi ?

Comment lui faire comprendre ?

— Des forces qui cherchent à te faire du mal.

— Pourquoi chercherait-on à me faire du mal ? Personne ne sait que je suis ici. Du moins, personne ne le savait jusqu'à ce que je fasse un tour dans cette ville de fous…

Avec un soupir, Drew remit le contenu du juju dans le sac, avant de le déposer dans le vide-poche entre les deux sièges. Puis, il se tourna pour faire face à Laura. Il était temps de tenter une approche différente.

— Laura… Quelqu'un a menti pour te pousser à

venir jusqu'ici. Ensuite, tu as failli te faire renverser dans la rue.

Il lui prit la main, caressant sa peau de son pouce.

— Tu dois rentrer chez toi. Tu n'es pas en sécurité ici.

Il vit les émotions contradictoires qui dansaient au fond de ses yeux. Elle avait peur, mais elle était déterminée à achever ce qu'elle avait entrepris.

— Si je pars maintenant, je passerai ma vie à me demander ce qui est arrivé à ma mère. Où est-elle partie ? Est-elle encore en vie ? Je dois trouver des preuves, quelle que soit la réponse.

A contrecœur, il dut reconnaître qu'il comprenait.

— Et qu'est-ce que ma mère a à voir avec le vaudou ? s'emporta-t-elle soudain avec un geste de dégoût vers le juju.

La réponse était facile.

— Lorsque tu grandis dans le marais, dans une ville comme celle-ci, le vaudou fait partie du quotidien, au même titre que le gombo et l'écrevisse braisée. C'est dans notre sang. Cela fait partie de notre identité.

Laura ne chercha même pas à retenir un frisson.

— C'est pour cela que tu ferais mieux de confier tes recherches à quelqu'un qui connaît ces gens et leurs coutumes. Contrairement à la croyance populaire, le vaudou n'est pas nécessairement maléfique. Ni tous les gens qui le pratiquent.

— Et toi ? Tu le pratiques ? demanda Laura, l'air inquiet.

— Non. Mais je n'en ai pas peur. Cela faisait partie de ma vie quand j'étais enfant. De la tienne, aussi. Apparemment, tu ne t'en souviens pas.

Laura le regardait sans rien dire, stupéfaite.

— Tout ce que je sais, c'est que lorsque j'ai vu ces objets dans la boutique, j'ai senti quelque chose de mauvais me frôler. Cela me fait peur.

— Mary était la meilleure amie de ta mère. Il y a de fortes chances pour qu'elle ait les réponses aux questions que tu te poses. Rentre chez toi. Je lui parlerai pour trouver ce qu'elle sait.

— Non, ça ira. J'irai voir Mary moi-même. Plus tard, c'est tout.

— Quand ? insista-t-il.

— Et les affaires de ma mère ? demanda-t-elle pour changer de sujet. Que reste-t-il à la maison ?

Drew fit de nouveau face à la route et posa les mains sur le volant avec un calme délibéré, malgré l'angoisse qui lui oppressait la poitrine.

— Peut-être que de voir des objets lui ayant appartenu m'aiderait à retrouver un peu la mémoire, poursuivit Laura. Ensuite, j'irai parler à Mary.

Drew refusait d'aller *là-haut*.

— Je pourrais demander à ta mère. Elle doit savoir où elles se trouvent.

— Dans le grenier, parvint-il à articuler.

Mieux valait laisser sa mère en dehors de tout ça.

— Quoi ?

— Les affaires de ta mère. Elles sont au grenier.

Une lueur d'excitation éclaira le visage de Laura.

— Super ! Allons-y.

Raté…

Pendant que Drew partait chercher sa mère dans ses appartements privés pour lui demander si les affaires de Delilah se trouvaient bien au grenier, Laura monta dans sa chambre. En haut des marches, elle hésita en voyant la porte de la chambre de sa mère au bout du couloir.

Si seulement elle parvenait à se convaincre d'y entrer, peut-être d'autres souvenirs lui reviendraient-ils ?

Et si elle parvenait à se souvenir, alors peut-être pourrait-elle rentrer chez elle ?

Sans quitter la porte des yeux, elle s'avança rapidement, malgré les protestations virulentes de son estomac. Elle n'avait jamais été une froussarde. Elle était capable de franchir cette porte. D'ailleurs, il n'y avait sans doute plus rien dans la chambre. La seule chose qui la retenait, c'était cette peur stupide. Elle n'avait rien à craindre. Elle prit une profonde inspiration et ordonna à son cœur de se calmer.

Elle était capable de le faire. Elle devait entrer. Si quelque chose s'était produit dans cette chambre, quelque chose qu'elle avait enfoui au plus profond de sa mémoire, elle devait l'en extirper pour l'affronter.

Une crampe soudaine lui souleva l'estomac, mais elle continua d'avancer. « Tu y es presque, se dit-elle. Ne t'arrête pas maintenant, ce serait trop bête. Plus que quelques mètres. Courage. »

La poignée de porte était presque à sa portée.

De la sueur perlait à son front, coulait dans ses yeux, lui brouillant la vue. Si elle parvenait à franchir cette porte, ensuite tout irait bien. Elle le savait. Elle pourrait de nouveau respirer. La douleur s'envolerait et tout redeviendrait normal.

Elle se souviendrait ce qui s'était produit dans cette chambre et elle saurait pourquoi sa mère l'avait abandonnée. Elle saurait que ce n'était pas sa faute si sa mère était partie, que ce n'était pas parce qu'elle n'avait pas été assez gentille.

Ou parce que sa mère ne l'aimait pas assez.

Devant la porte, Laura prit une profonde inspiration et posa la main sur la poignée. Au premier contact, le métal sembla la brûler, diffusant une douleur atroce dans tout son bras. Avec un cri, elle retira sa main. Une odeur de chair brûlée lui emplit les narines, tandis que la douleur se réverbérait dans tout son corps. Incrédule, stupéfaite, Laura regarda les cloques qui apparaissaient lentement sur sa paume et ses doigts.

Choquée, elle observa les affreuses plaies. Elle s'adossa au mur, serrant sa main blessée contre elle, et ferma les yeux. Comment avait-elle pu se brûler de la sorte avec une poignée de porte ?

Puis, lentement, la douleur s'estompa.

Lorsque Laura ouvrit les yeux et qu'elle regarda de nouveau sa main, elle vit avec effarement que les cloques commençaient à disparaître. Les rougeurs s'effacèrent, jusqu'à ce que sa main reprenne son apparence normale. Nerveusement, elle massa l'emplacement des cloques, sans ressentir la moindre douleur.

Comment était-ce possible ?

Etait-elle en train de perdre la tête ?

Cette maison, cette ville… Elle regarda de nouveau la porte. Quelque chose de bizarre se passait ici.

Soudain, elle entendit des pas dans l'escalier et vit Drew apparaître sur le palier. Elle jeta un dernier regard à sa main : les marques avaient disparu, sa paume était lisse.

Drew s'avança vers elle. Elle aurait voulu dire

quelque chose, mais quoi ? Comment expliquer l'inexplicable ? Ce ne pouvait être réel. Se tournant vers la porte de la chambre de sa mère, elle tendit la main vers la poignée, sans parvenir à se décider.

Elle ne pouvait la toucher. Pas une seconde fois.

Etait-elle en train de devenir folle ?

Elle fit de nouveau face à Drew et, l'espace d'un instant, elle vit sur son visage la même expression crispée. Puis, une certaine froideur gagna ses yeux, déclenchant une sonnette d'alarme dans l'esprit de Laura.

Tout n'était-il qu'apparence dans cette maison ?

— Tu es sûre que tu ne veux pas te reposer un peu ?

Avait-elle perçu une pointe d'espérance dans sa voix ? Ou d'inquiétude ? Elle regarda de nouveau la paume de sa main, en se demandant si elle devait lui en parler ou pas. Finalement, elle décida de se taire : c'était trop bizarre.

— Non, je suis prête, répondit-elle.

— D'accord. Le grenier est par là.

Il désigna l'autre bout du couloir, avec un sourire timide, à la fois enfantin et terriblement séduisant. Elle en oublia un instant toutes les incertitudes qui empoisonnaient son esprit.

Juste un instant.

Lorsqu'il posa une main rassurante sur son bras, elle se demanda pourquoi ce contact et son stupide sourire en coin l'affectaient tant. Pourquoi, l'espace d'une trop brève seconde, la tristesse et la peur avaient disparu, balayant sur leur passage cette certitude absolue qu'elle était en train de perdre la tête.

Lorsqu'ils atteignirent le bout du couloir, Drew sembla se crisper et il pâlit.

— Que se passe-t-il ? demanda-t-elle, de nouveau prise d'inquiétude.

— Je… heu… J'aurais dû prendre une lampe torche. Tu veux bien m'attendre une minute ?

— Bien sûr. Tu… Tu es sûr que tout va bien ?

Elle aurait parié que son hésitation n'avait rien à voir avec la lampe torche.

— Tout à fait.

— D'accord, murmura-t-elle en le regardant s'éloigner.

De nouveau seule, Laura examina la porte du grenier et la poignée en laiton poli. Devait-elle courir le risque de la toucher ? Il lui semblait que la maison elle-même essayait de l'empêcher de découvrir la vérité sur sa mère. S'armant de courage, elle approcha sa main.

Le métal était froid.

Rapidement, elle baissa la poignée, ouvrit la porte et retira précipitamment la main avec un soupir de soulagement. Devant elle, un escalier disparaissait dans la pénombre.

Rien de sinistre.

Aucune crainte à avoir.

Elle actionna l'interrupteur à sa droite sur le mur. Rien. Levant les yeux vers l'ampoule nue qui pendait du plafond, elle essaya de nouveau l'interrupteur. Les marches de bois restèrent plongées dans l'ombre. L'ampoule devait être grillée. Pas étonnant que Drew ait pensé à la lampe torche. Cependant, l'escalier n'était pas bien haut et la lumière en provenance du couloir derrière elle était largement suffisante.

Laura s'avança d'un pas hésitant et grimpa quelques marches. Mieux valait attendre Drew. Elle le savait, mais ne put s'empêcher de grimper quelques marches encore. Puis encore une.

Soudain, un souffle glacé lui caressa le visage. Son cœur s'arrêta. Derrière elle, la porte se referma brusquement, plongeant la cage d'escalier dans l'obscurité la plus totale.

Non ! Laura fit volte-face, incapable de distinguer quoi que ce soit. Elle inspira profondément, cherchant à apaiser ses nerfs tendus, puis redescendit doucement. Au bas de la dernière marche, elle chercha à tâtons la poignée. Ses doigts parcoururent le panneau de bois, sans rien trouver.

Où diable était cette poignée ?

— Drew ? Tu es là ? appela-t-elle en cognant sur la porte.

Aucune réponse.

Soudain, elle se figea.

Un bruit venait de se faire entendre derrière elle. Elle tendit l'oreille, mais tout était silencieux. Elle reprit son inspection de la porte.

Puis, un grattement le long du mur.

Sachant pertinemment qu'elle ne verrait rien, elle se retourna cependant pour sonder l'obscurité.

Elle percevait quelque chose. Comme une présence dans les ténèbres. Tout autour d'elle. Qui l'étouffait. La panique s'engouffra en elle. Elle tendit de nouveau l'oreille, mais n'entendit plus rien, à part le battement de son propre sang dans ses tempes.

Elle se retourna vers la porte, cherchant à la forcer à s'ouvrir.

— Drew ! appela-t-elle encore en frappant le panneau avec son poing.

Elle se brisa un ongle en cherchant une prise sur le bois. Derrière elle, une lame de plancher grinça et le bruit résonna dans la cage d'escalier.

Puis, un bruit sourd.

Boum.

Boum.

Boum.

— Drew ! hurla-t-elle en martelant la porte.

Quelque chose lui frôla la nuque. Elle hurla.

Enfin, la porte s'ouvrit.

Elle tomba en avant, dans les bras de Drew, et s'agrippa à ses épaules en inspirant de grandes bouffées d'air pour tenter d'apaiser les battements de son cœur et de refouler les larmes de panique qui lui venaient.

— Que s'est-il passé ? demanda Drew en lui prenant le menton pour la forcer à le regarder. Tu trembles comme une feuille !

— Je n'arrivais pas à ouvrir la porte. J'ai… J'ai entendu quelque chose.

« Il y avait quelque chose avec moi là-dedans ! »

Drew la regarda. De nouveau, il avait l'air soucieux. Pour elle. Elle aussi s'inquiétait. Que se passait-il donc dans cette maison ?

Et que lui arrivait-il ?

— Pourquoi ne m'as-tu pas attendu ?

Etait-il fâché ?

— Je… La curiosité. Tout allait bien, jusqu'à ce que la porte se referme.

En frissonnant, elle jeta un coup d'œil par-dessus son épaule à la porte.

Celle-ci s'était refermée. Encore un courant d'air ? Elle n'avait tout de même pas rêvé !

A moins que…

Drew s'écarta d'elle pour aller ouvrir la porte du grenier. Une balle de base-ball descendit doucement les dernières marches et vint rouler jusqu'à ses pieds.

Une balle ?

— Oh quelle idiote ! s'écria-t-elle en manquant s'étrangler de rire. C'est ça que j'ai dû entendre. J'ai eu peur d'une balle.

Drew ne souriait pas. En fait, il restait parfaitement immobile, à contempler la balle sans un mot.

— Tout va bien, insista Laura, avec un sourire forcé. Vraiment, ça va. Non ?

Drew sembla s'ébrouer et se retourna.

— Cette porte s'ouvre avec un loquet, expliqua-t-il en désignant le haut de la porte. Si jamais elle se referme, tu n'as qu'à soulever la clenche en haut pour l'ouvrir de nouveau.

— J'ai cherché partout, mais je n'ai pas senti la clenche…

Elle aurait dû trouver ce loquet.

— Ces vieilles maisons peuvent parfois être impressionnantes, plaisanta Drew.

Il y avait pourtant une tension inhabituelle dans sa voix et il refusait de la regarder dans les yeux. Quelque chose n'allait pas.

— Les anciennes demeures sont toujours pleines de grincements, ajouta Drew en regardant vers le grenier. C'est sans doute ce que tu as entendu.

— En plus de la balle. Je me demande comment elle s'est retrouvée juste en haut de l'escalier…

Avec un sourire crispé, Drew alluma la lampe

torche avant de s'engager dans l'escalier. Laura le regarda un instant, hésitant à le suivre. Quelque chose le tracassait qu'il ne voulait pas partager avec elle. Elle se massa la nuque. Elle était certaine de ne pas avoir imaginé ce contact glacé sur son cou. Il y avait bien eu quelque chose avec elle dans l'escalier. Drew se tourna vers elle, le visage pâle comme celui d'un fantôme dans la faible lumière.

— Tu viens ? appela-t-il.

Laura repoussa ses craintes et posa le pied sur la première marche.

6

Laura suivit Drew dans le grenier sombre. Arrivée en haut des marches, elle resta un instant interdite devant les piles de cartons, les tableaux, vêtements et chapeaux qui apparaissaient dans le faisceau de la lampe torche. Des objets poussiéreux mis au rebut depuis des années.

— Regarde le nombre de cartons avec le nom de ma mère écrit dessus ! s'écria Laura en se précipitant vers une pile.

Elle aurait voulu s'asseoir par terre et commencer à fouiller parmi les affaires de sa mère, à la recherche de réponses.

— Pourquoi aurait-elle laissé tout cela ici ?

Sans répondre, Drew marcha jusqu'à une petite lucarne, étouffée par d'épaisses toiles d'araignée lourdes de poussière.

— Regarde ça ! dit-il en désignant de gros rouleaux de tissu accrochés au mur près d'une vieille machine à coudre à pédale.

En s'approchant, Laura découvrit une énorme caisse de bois remplie de poupées en chiffons sans visage. Le cœur serré, elle en prit une et toucha du doigt les tresses de laine jaune.

— Je me souviens de ces poupées... Je crois qu'elle

les appelait des « poupées de poche ». J'en ai encore une que j'ai emportée quand je suis partie vivre à San Francisco.:.

— C'est étrange, je ne me souvenais pas que ta mère fabriquait des poupées.

Laura leva vivement les yeux vers lui.

— Pourquoi étrange ?

— Ta mère comptait beaucoup pour moi quand j'étais enfant. Elle m'a beaucoup manqué quand elle est partie… Toi aussi, d'ailleurs.

Elle soutint son regard. Elle lui avait vraiment manqué ? Il avait pensé à elle ? Elle aurait voulu poser sa tête contre sa poitrine pour sentir son cœur battre et se soûler de son parfum.

Impossible, pourtant.

Il y avait quelque chose de dérangeant chez Drew. Et cela lui faisait peur.

« Allez Drew, fais quelque chose. Secoue-toi ! »

Ils se regardèrent ainsi longtemps, jusqu'à ce qu'une tension étrange s'installe entre eux.

Drew finit par se détourner. Il ne pouvait l'aider. Il ne pouvait se rapprocher d'elle. Peu importait qu'il ait envie de passer plus de temps auprès d'elle. Ils ne feraient jamais rien ensemble, tout simplement parce que Laura n'avait aucun avenir.

Quel idiot…

Il la regarda discrètement, tandis qu'elle faisait le tour du grenier, touchant çà et là des objets ayant appartenu à sa mère. Son chemisier de coton lui collait au corps, soulignant la courbe de ses seins. En fermant les yeux, il parvenait encore à sentir son parfum léger et le doux contact de sa peau. Elle était si belle, si désirable avec ses longs cheveux noirs qui flottaient sur ses épaules.

Lorsqu'elle leva brièvement les yeux vers lui, il sentit son cœur se mettre à battre plus fort.

Il aurait voulu ne plus la regarder, arrêter de penser à elle. Arrêter de la désirer. Pour son bien, il espérait que Delilah était encore vivante. Mais les chances étaient bien maigres. Une mère n'abandonne pas son enfant pour disparaître pendant vingt ans, à moins que quelque chose d'horrible ne lui soit arrivé qui la force à agir ainsi.

Peu importait, finalement. S'il ne parvenait pas à éloigner Laura le plus vite possible, c'est à elle que quelque chose d'horrible allait arriver.

La jeune femme s'agenouilla pour ouvrir un autre carton d'une main tremblante. Drew se détourna et, à contrecœur, s'avança vers un recoin sombre du grenier. Il détestait cet endroit depuis toujours. Il se souvenait des bruits bizarres qu'il entendait depuis sa chambre quand il était enfant. Coups, grincements, incantations…

Et puis, il y avait eu cette fois où il avait quitté son lit pour trouver l'origine d'une odeur étrange et écœurante en provenance du grenier. Il en avait été malade et sa mère avait fermé la porte à clé après cet incident

Il dirigea le faisceau de sa lampe devant lui et pénétra dans une autre pièce.

Paul se tenait devant lui.

Cette fois-ci, en revanche, le fantôme ne tenait pas la vieille balle de base-ball de Drew et il ne souriait plus. Un rictus de colère lui tordait la bouche et ses yeux brillaient de désespoir.

Lorsque Paul se jeta sur lui, Drew, horrifié, tenta de reculer et de se libérer. Le fantôme tenta de le saisir par le bras, mais sa main immatérielle se referma en vain. Des images envahirent alors l'esprit de Drew, défilant à une vitesse fulgurante. Des bougies vacillantes. Une fumée noire s'élevant dans l'air saturé d'encens. Randal. Il tenait Laura, alors âgée de huit ans, qui se débattait pour tenter de se libérer. L'homme versa une sorte d'huile sur son front.

Puis, Drew vit du sang.

Beaucoup de sang.

— Drew, qu'est-ce que c'est que ce truc ?

La voix de Laura et le contact léger de sa main sur son bras firent disparaître brutalement la vision. Il tituba, mais Laura le retint.

— Ça va ? demanda-t-elle, l'air inquiet.

Il se perdit un instant dans le bleu de ses grands yeux. Il lui sembla alors que tout irait bien.

— Drew ?

— Je… Oui, ça va.

Grossier mensonge.

D'ailleurs, il voyait bien qu'elle n'avait pas l'air convaincu. La vision envoyée par Paul datait de la nuit où Laura et lui avaient failli se noyer. Qu'est-ce que Randal pouvait bien avoir à faire avec tout ça ? Qu'avait-il fait à Laura ?

— Je n'aime pas venir ici, avoua-t-il.

— Je te comprends, répondit-elle en désignant une table recouverte d'une longue nappe blanche.

Plusieurs grosses bougies à moitié consumées, de

diverses formes et couleurs, ainsi qu'une collection de statuettes de saints catholiques jonchaient la table. Des herbes et des fleurs séchées pendaient du plafond, éparpillant des débris sur le tissu. Drew cru qu'il allait vomir.

— Tu sens cette odeur ? demanda-t-elle.

— Quoi ?

Il ne sentait que l'odeur de la poussière, accumulée en couches épaisses, et celle de renfermé du grenier. Peut-être une pointe d'encens.

— Rien, chuchota-t-elle. J'ai dû rêver.

Elle lui cachait quelque chose. Il repensa à sa réaction devant la porte de la chambre de Delilah, puis plus tard, dans l'escalier du grenier.

Pour la seconde fois, il se demanda à quel point cette maison et les esprits qui l'habitaient l'affectaient. Quel impact avaient-ils sur elle ? Etait-elle sensible à leur présence ?

— C'est un autel vaudou, n'est-ce pas ? demanda-t-elle d'une voix éteinte.

— Oui.

Surpris, il la vit s'approcher de la table et posa rapidement une main sur son bras pour l'empêcher de la toucher. Soudain, il ne voulait plus qu'elle se souvienne. Tous ces souvenirs étaient trop dangereux.

— Tu n'es pas obligée de t'en approcher.

— Si, au contraire. Si je veux retrouver ma mère, je vais devoir affronter mes peurs et me souvenir de tout ce qui nous est arrivé.

Il eut subitement envie de tout lui raconter, de lui révéler l'atroce vérité de cette nuit-là, ou du moins, ce dont il venait de se souvenir grâce à la vision de Paul. Pourtant, aucun mot ne semblait vouloir sortir de sa bouche.

Il la rejoignit près de l'autel. Elle observait les herbes séchées, les coulées de cire, la tête d'alligator et les plumes de poulet éparpillées sur le sol.

— C'est du sang ? demanda-t-elle en désignant quelques taches sur la nappe.

— Sans doute celui d'un coq ou d'un autre animal.

Du moins l'espérait-il.

Elle le regarda, effrayée et vulnérable, et il se retint de la prendre dans ses bras. Il savait que cela ne servirait à rien. Il aurait tant voulu la serrer contre lui et essayer d'oublier cette nuit atroce. Et faire ce qu'il avait toujours fait : chasser tout cela de son esprit et avancer, passer à autre chose.

— Tu crois que cet autel appartenait à ma mère ?

— Peut-être. Il paraît qu'elle était une prêtresse vaudou. Mary et elle tenaient la boutique toutes les deux.

Il savait pourtant qu'il n'en était rien. Ce n'était pas Delilah qui hantait le grenier autrefois.

C'était sa mère à lui.

C'était Martha.

— Qu'est-ce que c'est qu'une prêtresse vaudou, exactement ? demanda Laura avec une grimace.

— Une personne qui accomplit des rituels et des sorts. L'autel était peut-être le sien, à l'origine, mais il semble avoir resservi. Ce sang est trop récent.

— Drew… Tu penses que… Crois-tu qu'il soit possible que…

Le fol espoir dans sa voix était limpide.

— Est-ce que je pense que ta mère est vivante et qu'elle se cache dans le marais ?

Elle acquiesça.

— Non, répondit-il avec une franchise brutale. Quelqu'un aurait fini par l'apercevoir, au bout de toutes ces années.

Laura soupira. La lueur d'espoir dans ses yeux se mua en déception.

— Je sais. Tu as raison. C'est stupide de ma part, vraiment… Je… J'imagine que je voudrais tellement qu'elle soit vivante que je suis prête à croire n'importe quoi.

— La famille crée des liens très puissants entre les personnes.

Se détournant de l'autel, elle retourna près des cartons. Soudain, une odeur pesante et métallique se mit à flotter dans l'air. C'est alors qu'il comprit exactement ce que Laura avait cru sentir quelques minutes plus tôt.

L'odeur du sang.

Il quitta précipitamment l'autel pour rejoindre l'autre pièce. Laura s'était arrêtée devant la grande caisse pour en sortir une des poupées.

— A en croire tout ce que ma mère a laissé derrière elle, elle n'avait pas prévu de partir cette nuit-là.

— On dirait, oui.

Une fois encore, il vit dans ses yeux cette pointe de vulnérabilité qu'il redoutait tant. Comment lui résister lorsqu'elle le regardait ainsi ?

— J'ai bien peur qu'il ne lui soit arrivé quelque chose de grave.

— Si c'est vrai, alors le plus sage et le plus sûr serait que tu prennes le prochain avion pour rentrer chez toi.

— Je sais, Drew. Au fond de moi, je sais que je

devrais partir, mais je ne peux pas. Pas encore. C'est ma dernière chance de découvrir la vérité.

— Tu sais que tu ne trouveras peut-être jamais la raison qui l'a poussée à t'abandonner…

— Oui. Mais tu dois comprendre qu'après ce coup de téléphone, je me suis prise à espérer, à imaginer qu'elle était encore en vie, quelque part par ici depuis toutes ces années… Quelle idiote !

En voyant ses yeux se remplir de larmes, Drew sentit ses résolutions vaciller. Il s'avança pour la prendre dans ses bras. Aussitôt, elle se blottit contre lui. Il enfouit son visage dans ses cheveux et inspira profondément son parfum. Il sentait ses seins contre son torse, qui éveillaient en lui un désir plus grand encore. Il aurait voulu goûter sa bouche, sentir la douceur de ses lèvres, se perdre avec délice dans des caresses sans fin.

Non, il n'avait pas le droit.

Elle risquait de vouloir rester et il ne pourrait empêcher l'inéluctable. Il ne pourrait plus la sauver de la mort.

— Il n'y a rien d'idiot à rêver d'une famille, Laura. En revanche, tu n'es pas en sécurité ici. Je pense qu'il y a peu de chances que tu trouves les réponses que tu cherches. Le marais s'étend sur des kilomètres. Il est facile de faire disparaître un corps.

Il se tut un instant.

— Rentre chez toi, reprit-il enfin. Si vraiment tu veux des réponses, fais appel à un détective privé. Mais je t'en prie : pars d'ici au plus vite.

Elle se raidit.

— Je sais que partir semble la solution la plus

logique et la plus rationnelle, mais je ne peux m'y résoudre. Pas encore.

Elle s'écarta de lui, serrant contre elle la poupée de chiffon.

— Je ne peux quitter la Louisiane avant de savoir avec certitude si ma mère est encore en vie ou non.

Drew comprit à son air buté qu'il ne servirait à rien d'essayer de la convaincre. Avec un soupir résigné, il ramassa un des cartons.

— Et si on sortait de ce vieux grenier poussiéreux ? On pourrait emporter quelques-uns de ces cartons en bas pour en examiner le contenu dans ta chambre.

— Excellente idée.

Lorsqu'elle se pencha pour s'emparer à son tour d'un carton, l'échancrure de son chemisier s'entrouvrit, révélant sa poitrine serrée dans de la dentelle blanche. Ce spectacle, aussi inattendu qu'agréable, répandit en lui une douce chaleur.

Il la laissa partir devant, prenant quelques secondes de répit pour se ressaisir. Il inspira profondément pour apaiser ses pensées, puis la rejoignit dans l'escalier. Son parfum flottait dans l'air, léger et séduisant. Il tenta de l'ignorer.

En vain.

Son corps réagit aussitôt avec une violence qui le surprit. Il sentait le sang qui pulsait dans ses veines, aiguisant ses sens à l'extrême, éveillant une fièvre qu'il connaissait bien. Il regarda Laura qui descendait devant lui, suivant chacun de ses gestes avec une attention envoûtée.

Il devait cesser de penser à elle. Surtout de cette

façon. Elle ne pourrait jamais être plus qu'une amie pour lui.

Une amie sur le point de mourir.

Arrivée en bas des marches, elle le précéda dans sa chambre à coucher. Drew la suivit. Tenant son carton en équilibre sur sa hanche, il alluma la lumière. Puis il posa son carton par terre, près de la porte-fenêtre, avant de s'accroupir devant. Il souleva le couvercle, incertain de ce qu'il allait trouver, mais persuadé que les réponses que Laura cherchait ne s'y trouveraient pas.

Tout ceci n'était qu'une perte de temps.

Assise en face de lui, Laura fouillait dans un autre carton. Au bout de quelques secondes, elle en sortit une blouse fleurie qu'elle tint un moment sous son nez, en inspirant profondément.

— Cela fait longtemps, dit doucement Drew. Cela ne sent sans doute plus que la poussière…

— Tu as raison, répondit-elle avec un pauvre sourire qui le toucha profondément.

Elle reposa la blouse.

— Parle-moi un peu de toi, reprit-elle tout en continuant ses recherches.

Il se raidit. Que pouvait-il lui dire ? Ses réponses resteraient à jamais évasives, car il y avait tant de choses qu'il ne pourrait jamais évoquer devant elle.

— Pas grand-chose à dire… Après ton départ, la maison est devenue plutôt calme. Sinistre, même. Plus de rires, plus de chasse aux alligators, plus de cabanes dans les arbres ou de batailles d'eau dans le jardin.

— A t'entendre, on avait l'air de bien s'amuser, murmura-t-elle d'une voix qui se brisa.

Elle détourna les yeux.

— Je suis parti en pension, juste après ton départ, poursuivit Drew. Ce que je veux dire, c'est que si San Francisco t'a semblé une période difficile, je pense que cela valait toujours mieux que de rester seule dans le marais.

— Peut-être..., répondit-elle, refusant toujours de le regarder.

Elle continuait à sortir des vêtements de son carton, mais il voyait bien qu'elle avait l'esprit ailleurs.

— T'es-tu toujours sentie aussi... seule ? demanda-t-il soudain.

Il ne savait pas ce qu'il espérait entendre. Une femme aussi belle que Laura avait sûrement un carnet d'adresses impressionnant et une longue file de soupirants en train de l'attendre.

— Non, bien sûr que non, répondit-elle avec un petit sourire. J'ai des amis. Un boulot que j'adore. Mon patron est génial.

— Un petit ami ?

Elle leva enfin les yeux vers lui et le regarda longuement avant de répondre :

— J'ai eu quelques copains, à l'occasion, mais jamais rien de durable. Et personne en ce moment.

Drew se sentit stupidement soulagé, ce qui l'inquiéta plus que tout. Que lui arrivait-il ? La vie personnelle de Laura n'avait absolument aucune importance. Ce n'était pas le moment de...

— Hé, regarde ça ! lança-t-il.

Il venait de découvrir un cadre contenant une vieille photo. On les y voyait tous les deux enfants, en maillot de bain, dans le jardin devant la maison. Drew arborait un magnifique sourire édenté et Laura, debout à son côté, le regardait avec adoration. Tous les deux étaient barbouillés de chocolat.

— Je me souviens de cette journée, murmura-t-elle d'un ton ému.

— Vraiment ?

— Oh oui ! Ta mère nous avait servi de la glace pour le goûter et je m'en étais mis partout. Elle avait alors pris le tuyau d'arrosage en disant qu'il n'était pas question que nous revenions dans la maison tant qu'il y aurait sur nous la moindre trace de chocolat.

Il aimait la voir sourire.

Non, il devait se reprendre !

— Et Paul nous avait offert la petite piscine en plastique, ajouta-t-elle.

— C'est vrai, tu as raison ! s'écria-t-il, surpris qu'elle se souvienne de tous ces détails. Tes souvenirs sont en train de revenir, dirait-on…

— Par bribes, dit-elle avec bonne humeur.

Elle le frôla et lui prit la photo des mains. Un infime contact sur sa peau qui l'ébranla pourtant jusqu'aux os. Il la désirait. Plus qu'il pensait jamais avoir désiré une femme.

Laura continuait à parler, presque comme si elle cherchait à prétendre qu'ils étaient deux amis d'enfance en train d'évoquer le passé, le bon vieux temps. Comme si tout était normal… ordinaire.

Ils savaient pourtant tous les deux qu'il n'en était rien. Dans une tentative évidente de mettre un peu de distance entre eux, il retourna à son carton.

— Et toi ? demanda-t-elle soudain. Que s'est-il passé dans ta vie depuis que tu es parti d'ici ?

— Je suis avocat à Atlanta.

— Ça ne m'étonne pas.

Il la regarda, l'air surpris.

— Pourquoi ?

— Parce que quand tu as quelque chose en tête, expliqua-t-elle en riant, tu refuses de le lâcher tant que tu n'as pas obtenu gain de cause.

Sa voix était un peu rauque.

— Vraiment ? Et comment le sais-tu ?

— Hum... Par exemple : as-tu compté le nombre de fois où tu m'as demandé de rentrer chez moi ?

Elle regardait ses lèvres. Il ne rêvait pas. Elle regardait ses lèvres.

Il déglutit.

Elle s'approcha de lui.

— Je m'inquiète pour toi, protesta-t-il. J'espère que cela ne te dérange pas.

— Non. Au contraire, en fait. Cela veut dire que je compte pour toi.

Une fois encore, elle soutint son regard et il sentit son cœur s'emballer. Il devait partir. Se lever et sortir de la pièce. La situation devenait trop dangereuse.

— Oui, tu comptes pour moi, répondit-il d'une voix plus douce qu'il ne l'aurait voulu. C'est d'ailleurs pour ça que je pense que tu ferais mieux de faire tes valises et de ficher le camp d'ici.

— Je suis une grande fille, répondit-elle avec un petit sourire mutin.

Lorsqu'elle se passa la langue sur les lèvres, Drew se surprit soudain à se demander quel effet aurait sur lui le contact de cette langue sur sa peau. Secouant la tête, il inspira profondément pour chasser ces images tentatrices. Imperturbable, Laura se pencha vers lui.

— Une amie m'a dit récemment que je devais cesser de laisser ma vie se dérouler sans moi. Selon elle, je devrais prendre les commandes de mon propre destin. Arrêter d'être une simple spectatrice passive. Si je veux quelque chose, il faut que je fasse tout pour l'obtenir.

— C'est plutôt un bon conseil, répondit-il, la bouche soudain sèche.

Il devait absolument se ressaisir.

Il fouilla dans la boîte, espérant trouver quelque chose qui détournerait son attention de la proximité du corps de Laura, de son parfum délicat... Un désir brûlant dansait dans ses veines. Lorsque Laura tendit à son tour la main vers la boîte, leurs doigts se frôlèrent. Leurs regards se croisèrent. Drew s'écarta vivement.

— Notre destin est tracé à l'avance et il n'y a pas grand-chose que nous puissions faire, articula-t-il d'une voix rauque.

L'idée de ne plus jamais la revoir, de ne plus jamais pouvoir la toucher lui était insupportable. Il devait savoir si le lien entre eux était réel.

Le pied de Laura effleura le sien.

— Tu le penses vraiment ?

Bonne question.

— Je pense surtout que je vais aller chercher un autre carton.

— D'accord, je viens avec toi.

En se relevant, ils se cognèrent l'un dans l'autre et Laura se rattrapa à lui pour ne pas perdre l'équilibre. Par réflexe, Drew lui passa un bras autour de la taille pour la retenir. Soudain, il la tenait serrée contre lui. Son visage était tout près du sien. Il se perdit dans la contemplation de ses lèvres pleines qu'il désirait embrasser plus que tout. Tout sembla se figer autour d'eux.

Il ne sut pas qui fit le premier pas.

Avant qu'il ait eu le temps de réfléchir à la situation, ses lèvres effleurèrent les siennes. Laura soupira doucement, puis posa ses paumes à plat sur son torse. Ses longs cheveux caressaient son bras.

Il laissa sa langue se glisser entre ses lèvres pour mieux la goûter, la dévorer. Elle se plaqua contre lui, appuyant sa poitrine ferme contre la sienne, déclenchant en lui un incendie insatiable.

Un désir presque insupportable.

Il avait passé la plus grande partie de sa vie à tenir les gens à distance, s'autorisant rarement la moindre intimité. Il consacrait toute son énergie à son travail. C'était son seul refuge. Il avait peu d'amis et les quelques relations qu'il avait pu avoir avec des femmes avaient été fugaces et superficielles. Il ne se laissait jamais le temps d'établir le moindre contact durable.

Trop dangereux.

Il n'avait jamais connu l'amour, car il savait que toute relation sérieuse était d'avance condamnée à échouer, à cause de lui. Jamais il ne pourrait supporter de lire un jour l'horreur dans les yeux d'une femme, lorsque celle-ci découvrirait la vérité. Lorsqu'elle saurait quelle malédiction pesait sur sa vie.

Cette fois-ci ne faisait pas exception.

Il repoussa Laura pour se dégager de leur étreinte.

— Je suis désolé, Laura, marmonna-t-il, avant de sortir de la chambre.

Embrasser Laura était en contradiction avec toutes ses certitudes. Laura avait rendez-vous avec la mort et il refusait de se retrouver mêlé à son histoire.

7

Quelques heures plus tard, Laura avait déballé et remballé presque tous les cartons de sa mère sans avoir rien découvert. Assise par terre dans sa chambre, elle contemplait la dernière pile de cartons posée dans un coin. Elle n'avait pas grand espoir d'y trouver la moindre information intéressante sur sa mère. En tout cas, rien qui puisse expliquer pourquoi sa mère avait disparu en laissant sa fille derrière elle.

Epuisée, Laura se résigna enfin à descendre rejoindre Drew. Ils avaient décidé qu'après une si longue journée, un dîner léger ferait l'affaire.

En entrant dans la cuisine, elle le trouva assis seul à table, en train de terminer un bol de potage.

— Tu aurais dû m'appeler, je serais descendue plus tôt, dit-elle en tirant une chaise pour s'asseoir.

— Je ne voulais pas t'interrompre. Il y a du pain de maïs dans le four.

Il remua sa soupe et mordit dans son pain sans même lever les yeux vers elle. Laura se dirigea vers le four, légèrement déstabilisée par son attitude distante.

— Où est ta mère ?

— Elle s'est préparé un plateau pour manger dans

sa chambre, expliqua-t-il en désignant du menton le bout du couloir. Elle était fatiguée et voulait se coucher tôt.

Toujours pas le moindre sourire. Il n'avait même pas levé les yeux vers elle. Laura le regarda un moment. Pourquoi se montrait-il soudain si froid ? Elle n'avait toujours pas compris pourquoi il s'était excusé après l'avoir embrassée. Cela ne l'avait pas du tout dérangée.

Au contraire…

Elle en ressentait encore les effets, comme si de la lave en fusion bouillonnait dans son ventre.

Après le baiser qu'ils avaient échangé, Drew avait descendu pour elle tous les cartons du grenier, sans un mot, et s'était rapidement excusé. Apparemment, ce baiser n'avait pas eu le même effet sur lui, songea Laura avec regret, en remplissant un bol de soupe.

— Des idées pour demain ? demanda-t-elle d'un air dégagé.

Elle cherchait à renouer la conversation ou du moins à l'inciter à la regarder.

— Que devrions-nous faire, à ton avis ?

— D'abord, nous avons mérité une bonne nuit de sommeil, répondit-il en levant à peine les yeux. On se creusera la cervelle demain matin.

Il se leva, mit son bol et sa cuiller dans le lave-vaisselle et quitta la pièce sans un mot de plus. Laura le regarda sortir. Etait-ce trop d'espérer un simple sourire ? Un baiser ? Un « bonne nuit » même ?

Apparemment, oui.

Un peu dépitée et d'humeur chagrine, elle termina rapidement sa soupe, débarrassa la table et monta à son tour se coucher.

Elle espérait seulement qu'il l'aiderait encore dans ses recherches, le lendemain. Elle ne voulait pas être seule, lorsqu'elle finirait par se souvenir de ce qui était arrivé à sa mère.

Si elle s'en souvenait un jour, évidemment…

Lorsqu'elle était encore adolescente, un médecin avait tenté un traitement censé l'aider à se souvenir de ce qui s'était passé. Les effets avaient été violents, ramenant à la surface des images cauchemardesques et douloureuses, sans pour autant permettre de dégager la moindre logique. Le médecin avait préféré interrompre rapidement le traitement. Depuis, elle n'avait jamais essayé de faire remonter ces souvenirs.

Jusqu'à maintenant.

En haut de l'escalier, elle actionna l'interrupteur pour éclairer le couloir. Elle passa à côté des photos prises par sa mère, sans les regarder. Elle ne voulait plus penser à elle ni à ce qui s'était passé. Elle ne voulait pas que des cauchemars ou des images sans queue ni tête viennent troubler son sommeil.

Elle passa le plus loin possible de la porte de la chambre de sa mère, sans parvenir à contrôler les battements de son cœur. C'était étrange. Jamais elle n'avait réagi aussi fortement. C'était comme si son inconscient savait que le pire de ses cauchemars dormait dans cette chambre.

Sans doute faudrait-il tôt ou tard l'affronter, si elle voulait se souvenir.

Soudain, elle se prit les pieds dans le tapis et se cogna contre le mur. Drew avait raison. La maison était vieille et en mauvais état. Elle était surtout lugubre. Jusqu'ici, les retrouvailles avec Drew étaient le seul point positif de son voyage.

Elle porta la main à ses lèvres en repensant à leur baiser. Pourquoi était-il brusquement devenu aussi distant ? De quoi avait-il peur ? Elle entra dans sa chambre, alluma la lumière et referma la porte derrière elle. Elle marcha jusqu'à la porte-fenêtre pour tirer les rideaux.

C'est alors que quelque chose attira son attention dehors, sur l'eau.

Y avait-il quelqu'un là-bas ? Ne voulant pas être aperçue, elle éteignit précipitamment la lumière puis sortit sur le balcon.

A la faible lueur d'un antique lampadaire, elle aperçut la silhouette du grand chasseur d'opossums. L'homme se tenait sur une barque qui glissait sur la surface lisse du marécage. Le bout incandescent d'une cigarette brillait près de sa bouche. C'est alors qu'elle le vit distinctement se tourner vers elle.

Laura se recula rapidement dans l'ombre. L'avait-il aperçue ? Pouvait-il seulement la voir à cette distance ? Elle attendit quelques secondes en retenant son souffle, mais l'homme ne bougea pas. Elle se glissa alors de nouveau dans la chambre et ferma la fenêtre.

Que faisait-il dehors ? Il ne chassait quand même pas à cette heure ?

Elle avait beau se creuser la tête, elle ne parvenait pas à trouver une réponse satisfaisante. Un sentiment de malaise grandit en elle. L'obscurité de la pièce semblait frémir contre sa peau.

— Il n'y a rien du tout, chuchota-t-elle.

Rien à craindre.

Elle savait que c'était rationnellement vrai. Pourtant, son cœur battait fort. Elle frotta ses paumes moites contre son jean. Elle s'était laissé impressionner par cet homme dehors, c'était tout. Elle devait se reprendre, sinon elle ne passerait pas la semaine dans cette maison.

Elle écarta doucement les rideaux pour laisser entrer un rayon de lune. Rapidement, elle se déshabilla, enfila un short en coton et un T-shirt, puis se glissa sous les couvertures.

— Il n'y a rien, marmonna-t-elle encore, en posant la tête sur l'oreiller, sentant la fatigue l'envelopper comme un lourd manteau.

Peut-être Drew avait-il raison. Peut-être devait-elle laisser tout cela derrière elle et rentrer à la maison. Elle repensa à ses yeux verts avec un petit pincement au cœur. A sa voix, profonde et sensuelle, avec une légère pointe d'accent du Sud.

A ses mains, douces, caressantes et empressées.

Il l'avait embrassée comme un homme affamé, trop longtemps privé de ce contact. Ils s'étaient agrippés l'un à l'autre comme s'ils étaient seuls au monde.

Il la désirait autant qu'elle le désirait. Elle le savait. Un baiser pareil ne mentait pas.

Pourquoi l'avait-il ensuite repoussée de la sorte ?

Elle s'endormit en pensant au contact de ses lèvres sur les siennes. En imaginant la caresse de ses mains chaudes dans ses cheveux, le long de son cou, parcourant doucement ses épaules. Il s'attarderait sur ses seins pour en faire le tour, les soupeser, absorber leur douceur avant de descendre vers son ventre et…

Laura ouvrit brusquement les yeux.

Il faisait encore noir.

Combien de temps avait-elle dormi ?

Soudain, elle comprit ce qui l'avait réveillée. Un léger mouvement entre les draps, un infime glissement au pied du lit. Elle se raidit. Quelque chose de doux et de souple remontait le long de son pied… de sa jambe… de sa cuisse.

Un cri aigu s'échappa de sa poitrine, aussi brûlant qu'une flamme. Elle remonta les genoux et roula hors du lit. Ses pieds se prirent dans les couvertures et elle tomba à terre de tout son long. A tâtons, elle chercha l'interrupteur de la lampe sur la table de chevet. Son bras effleura un objet qui se brisa en tombant.

Elle s'écartait précipitamment du lit lorsqu'on tambourina à la porte.

— Laura !

La porte s'ouvrit brusquement et Drew entra, torse nu. Il alluma.

— Que se passe-t-il ? Tu n'as rien ?

Laura se tourna vers le lit et les couvertures entortillées à moitié tombées sur le sol. Le souffle court, elle regarda autour d'elle.

Rien. La pièce était vide. Il n'y avait personne.

S'agissait-il encore d'un de ses cauchemars ?

Elle sentit qu'elle commençait à rougir.

— Laura, dis quelque chose, murmura Drew d'une voix prudente.

Elle prit appui sur le mur.

— Attention aux éclats de verre, la prévint-il en se baissant pour ramasser les débris d'un vase.

Elle inspira profondément et finit par réussir à articuler :

— Il y a quelque chose dans mon lit.

Ils regardèrent tous les deux le lit. Il ne semblait

rien y avoir d'anormal. Pourtant, elle n'avait pas rêvé : elle avait bien senti quelque chose.

Drew s'avança en prenant garde à ne pas se couper.

— C'était sous les couvertures, précisa Laura d'une voix crispée.

Elle se rappela en frissonnant ce frôlement contre sa jambe. C'était sans doute un insecte énorme, comme il en vivait des milliers dans le marais. Lorsque Drew repoussa les couvertures, elle ne put s'empêcher de fermer les yeux. Lentement, elle les entrouvrit pour regarder.

Il n'y avait rien.

— Regarde sous l'oreiller, supplia-t-elle.

Ses cauchemars étaient-ils revenus ? Avait-elle tout simplement rêvé ?

Drew souleva l'oreiller.

— Qu'est-ce que c'est que ce truc ? demanda-t-elle, en apercevant un petit sac de soie brodé de perles.

— Un grigri.

— Un quoi ? s'écria-t-elle, la gorge serrée.

— Du vaudou.

— Mais pourquoi aurait-on mis cette… chose sous mon oreiller ?

— Je n'en sais rien, mais je te promets de découvrir qui a fait ça.

Il déposa l'objet sur la table de nuit.

— Cela dit, reprit Laura. Je suis sûre que ce n'est pas ça que j'ai senti. C'était plus bas… près de mes pieds et mes jambes.

Il tira les couvertures vers lui avec une telle force que le lit s'éloigna de quelques centimètres du mur. Presque aussitôt, un long serpent noir, de près d'un mètre cinquante, surgit de sous le lit. Laura poussa un cri et bondit sur le matelas, frissonnant de dégoût.

Drew se précipita pour ouvrir la porte-fenêtre en grand. Vif comme l'éclair, le serpent se glissa sur le balcon et, en un clin d'œil, disparut à travers les barreaux. La vigne vierge frémit un moment, puis plus rien. Drew referma rapidement la fenêtre.

— Je déteste les serpents, s'exclama-t-il.

Laura était figée sur place.

— Il est parti, dit-il d'un ton calme.

— Il était dans mon lit. Avec moi ! cria-t-elle, au bord de l'hystérie, au cas où il n'aurait pas saisi toute l'horreur de la situation.

Elle frissonnait violemment, incapable d'oublier ce contact froid contre sa cuisse.

— Cette chambre n'a pas servi depuis longtemps, dit Drew d'un ton hésitant. Il était peut-être là depuis des mois. D'après ce que j'ai entendu dire, l'hiver a été froid. Il cherchait peut-être simplement un peu de chaleur.

— C'est rassurant, merci Drew ! Et j'ai dormi ici la nuit dernière. Tu veux dire que cette bête a dormi à côté de moi ?

Elle en avait la nausée.

— Tout va bien, Laura, la rassura Drew en s'approchant. Il est parti. C'est fini.

Croyant sentir quelque chose contre son bras, Laura sursauta en poussant un cri. Drew lui prit la main.

— Calme-toi. C'est fini. Viens, descends de ce lit. Que dirais-tu d'aller boire quelque chose de chaud dans la cuisine ?

Non, elle ne voulait pas boire quelque chose de chaud. Elle ne voulait rien.

— Bon, comme tu voudras. Allez viens, on va refaire ton lit et tu vas te recoucher.

Elle s'écarta de lui, revenant brusquement à la réalité.

— C'est hors de question !

— Le serpent est parti. Je te le jure.

— Je m'en fiche. Je refuse de passer une autre nuit dans ce lit.

— D'accord, répondit-il avec un léger sourire. Dans ce cas… tu n'as qu'à venir dormir dans le mien.

Elle en resta un instant bouche bée. Avait-elle bien entendu ? Il se tenait devant elle, vêtu d'un simple caleçon qui ne cachait rien de son anatomie. Autant dire qu'il était pratiquement nu. Laura ne put s'empêcher d'admirer son corps, sa peau dorée et ses muscles fins et bien dessinés. Qu'il était beau !

Dans d'autres circonstances, elle aurait volontiers accepté son invitation.

Elle laissa son esprit vagabonder une fraction de seconde. Son regard s'attarda encore sur le corps de Drew. Elle mourait d'envie de suivre du bout des doigts le contour de ses puissants biceps, de savourer la douceur de sa peau, de se blottir contre son torse…

Oh oui !

Inutile de nier que l'idée lui plaisait, ne serait-ce qu'un tout petit peu.

— Je dormirai ici, précisa-t-il après quelques secondes de silence.

Elle poussa un soupir agacé et regarda autour d'elle : les éclats de verre, le grigri sur la table de nuit et la petite poupée de chiffon de sa mère sur la commode. Soudain prise de doutes, elle fronça les sourcils.

Etait-ce bien là qu'elle l'avait posée ?

— Non, grommela-t-elle.

— Quoi ?

— Je… Je ne veux pas être seule.

Il l'aida à descendre du lit, puis la guida hors de la pièce pour la conduire jusqu'à sa chambre. Il s'arrêta devant la porte.

— Voilà. Il n'y a aucun serpent ni grigri ici, je te le promets.

Elle le suivit dans la chambre et le regarda repousser les couvertures.

— Tu vois ? Tout va bien.

Elle s'efforça de sourire. Apparemment satisfait de son inspection, Drew se dirigea vers la porte.

— Drew…

Il hésita.

— Tu veux bien rester avec moi ? Juste un peu ? Le temps que je m'endorme ?

Ravalant sa fierté, elle attendit sa réponse. Il sembla d'abord hésiter, puis son regard s'attarda sur elle et une ombre passa dans ses yeux. Laura se souvint qu'elle ne portait qu'un T-shirt et son short. Etait-ce du désir qu'elle lisait dans ses yeux ?

— S'il te plaît, répéta-t-elle. Je ne veux pas rester toute seule…

Il acquiesça en soupirant.

Soulagée, elle se glissa rapidement dans le lit. Les draps étaient encore tièdes de la chaleur du corps de Drew. Celui-ci ferma la porte, éteignit et vint s'allonger près d'elle. Leurs deux corps se touchaient à peine.

— Merci, chuchota-t-elle.

— De rien.

Pour la première fois de la journée, elle se sentait complètement en sécurité. La seule chose qui aurait pu encore améliorer cet instant aurait été qu'il la prenne dans ses bras pour l'embrasser.

Elle inspira son parfum, viril et frais. Sans lui, elle ne serait pas capable de rester une journée de plus dans cette maison.

Et certainement pas une nuit.

Qui avait glissé un grigri sous son oreiller ? Et pour quoi faire ? Elle repensa au chasseur qu'elle avait vu de sa fenêtre et au serpent dans son lit. Tout cela était véritablement troublant.

— Ma présence semble vraiment déranger certaines personnes, chuchota-t-elle.

Sous les couvertures, il lui prit la main et la porta à ses lèvres pour déposer un baiser délicat sur ses doigts.

— Quoi qu'il soit arrivé à ta mère, tu ne peux prendre le risque de rester ici. Plus maintenant.

Elle repensa à la voiture qui avait failli la renverser. Peut-être ne s'agissait-il pas d'un accident, comme l'avait affirmé Jeanne. Et puis, elle ne connaissait toujours pas l'identité de celui qui l'avait appelée au téléphone.

De toute évidence, sa mère n'était pas là et n'avait pas été aperçue dans le pays depuis longtemps. Son mystérieux interlocuteur avait donc menti pour la faire revenir.

Pourquoi ? Qui aurait bien pu prendre cette peine ? Personne ne s'était intéressé à elle jusqu'ici.

Elle repoussa cette pensée.

— J'ai passé ma vie à me débattre avec le fait que ma mère m'a abandonnée. J'étais persuadée que je ne valais pas la peine qu'on me garde.

Elle se tourna légèrement vers lui. Dans la pénombre, elle vit ses yeux posés sur elle, pourtant il ne dit rien et la laissa parler.

— Je dois connaître la vérité, si je veux pouvoir avancer dans la vie. Je veux pouvoir me construire une existence pleine de gens que je laisserai approcher sans craindre d'être abandonnée. Pour ça, je dois d'abord savoir pourquoi ma mère est partie. C'est pour ça que je ne peux pas partir. Pas encore.

Une lueur étrange passa dans les yeux de Drew, mais il faisait trop sombre pour qu'elle puisse savoir de quoi il s'agissait.

Un silence s'installa entre eux.

Elle se rendit soudain compte qu'il était stupide de sa part de dévoiler ainsi ses peurs les plus secrètes. Elle s'était exposée comme une idiote. Elle attendit qu'il réponde quelque chose.

N'importe quoi.

Mais il resta silencieux.

Peut-être était-ce lui qui jouait avec elle depuis le début. Il savait à quel point le vaudou lui faisait peur. Désirait-il la voir partir au plus vite, au point de cacher un grigri sous son oreiller ?

Etait-ce ainsi que le serpent s'était retrouvé à l'étage, dans son lit ?

Non !

Son esprit se rebellait à cette idée, mais pas suffisamment pour étouffer les doutes qui la rongeaient.

8

Drew se réveilla doucement, un sourire aux lèvres et une raideur brûlante dans le bas-ventre. Les dernières bribes d'un rêve s'attardaient encore dans son esprit… un rêve où dansaient de longs cheveux noirs et soyeux et des lèvres gourmandes.

Laura.

Elle était belle et sensuelle. Une exceptionnelle combinaison de force et de vulnérabilité qui le faisait vibrer comme jamais.

Malheureusement, il ne pouvait l'avoir. Elle lui était interdite, car elle avait été marquée par la mort.

Il se retourna dans le lit, cherchant une position plus confortable, pourtant, son excitation était d'une telle vigueur que le seul soulagement qu'il pouvait espérer était entre les bras de Laura.

Quelque chose de doux et de souple le frôla et le parfum enivrant de Laura l'enveloppa.

Drew ouvrit brusquement les yeux.

La cuisse de Laura venait de glisser contre la sienne. L'avait-elle effleuré ainsi toute la nuit ? Pas étonnant qu'il se soit réveillé avec ce feu brûlant dans les veines… La veille, son intention avait été d'attendre que Laura s'endorme, puis de regagner l'autre chambre.

Apparemment, il s'était lui aussi laissé gagner par le sommeil…

La lumière du petit matin dansait sur le visage de Laura, qui semblait encore plus belle quand elle dormait. Il s'approcha un peu d'elle. Une mèche de ses cheveux lui chatouillait le torse. Il mourait d'envie de la réveiller d'un baiser pour la voir battre des cils et ouvrir ses beaux yeux bleus endormis. Il voulait la voir s'étirer avec langueur à son côté.

La tentation était trop forte, lui rappelant le baiser qu'ils avaient partagé la veille, la saveur de ses lèvres et les petits gémissements de plaisir qu'elle avait poussés.

Il laissa échapper un soupir rauque.

Laura bougea de nouveau, sa peau soyeuse contre son… Bon sang !

Son désir pour elle était tel qu'il en tremblait. Il devait prendre ses distances, sinon il risquait de lui faire l'amour sur-le-champ. Il poussa un juron à voix basse et s'éloigna le plus possible d'elle dans le lit.

La seule chance de survie pour Laura était de partir d'ici. Ce qui ne risquait pas d'arriver s'il la laissait entrer dans son cœur… et dans son lit. Il refusait de la laisser s'approcher, si c'était pour la perdre aussitôt.

Il dévora des yeux ses longues jambes fines. Elle lui était interdite. Elle ne pouvait être sienne.

Pas même une seconde.

Elle roula sur le côté. Ses lèvres s'entrouvrirent pour laisser échapper un petit soupir.

Peut-être une minute ?

Son T-shirt de coton se releva un peu, révélant son ventre doux et ferme.

Une heure ?

Avec un grognement de rage, Drew se leva. Attrapant des vêtements propres au passage, il gagna la salle de bains pour prendre une douche. Il avait beaucoup à faire aujourd'hui. Des choses productives. Des choses qui pourraient peut-être aider Laura à trouver les réponses qu'elle cherchait. Ensuite, elle rentrerait chez elle.

Aucune place dans ce programme pour des baisers volés et une matinée passée à faire l'amour.

Même s'il en mourait d'envie.

Pour commencer, il devait parler à sa mère. Il voulait savoir jusqu'où s'étendaient ses connaissances en matière de vaudou et quelle rôle elle jouait dans tout cela. Alors même qu'il se lavait les cheveux, tout en essayant d'organiser au mieux sa journée, ses pensées étaient hantées par des yeux d'un bleu pâle et des lèvres douces sur les siennes.

Un éclair de feu le traversa de nouveau de part en part. Il coupa l'eau chaude et resta immobile sous le jet glacé durant de longues minutes. Il devait se concentrer s'il espérait découvrir ce qu'il se passait.

« Arrête de penser au corps de Laura. Trouve plutôt un moyen de te débarrasser d'elle. »

Il sortit de la douche et se frotta vigoureusement avec une serviette. Quelqu'un avait poussé Laura à venir ici sous un faux prétexte. Le fait que lui aussi soit rentré au même moment ne pouvait être une simple coïncidence. Il s'habilla rapidement et descendit.

Il finissait de se sécher les cheveux avec une serviette sèche lorsqu'il entra dans la cuisine. Sa mère était déjà debout, occupée près de la cuisinière.

— Bonjour ! lança-t-elle d'une voix joyeuse.

— Déjà aux fourneaux ? demanda-t-il, surpris de la voir debout si tôt, mais heureux de trouver du café chaud.

Il allait pouvoir lui poser des questions sans craindre que Laura n'entende les réponses.

— Oh oui ! répondit sa mère, les joues roses d'excitation. Je veux que tout soit parfait pour ta fête.

Drew se crispa légèrement.

— Voyons maman, protesta-t-il, mal à l'aise. J'ai passé l'âge des goûters d'anniversaire. Tu ne devrais pas te donner toute cette peine.

— Ne sois pas ridicule, répliqua-t-elle un peu nerveusement. On va s'amuser comme des fous. Veux-tu des tartines ?

— Non, merci. Juste du café.

Martha ne cacha pas sa désapprobation.

— As-tu bien dormi ?

— Très bien, merci.

Il repensa tout à coup à Laura, allongée dans son lit, et sentit une boule se former dans sa gorge. L'idée de la savoir là-haut lui plaisait. Il pouvait presque s'imaginer qu'elle l'y attendait.

Presque.

— Je ne sais pas comment c'est arrivé, mais il y avait un serpent dans le lit de Laura, hier soir, annonça-t-il sur un ton anodin.

Du coin de l'œil, il observait la réaction de sa mère, guettant la moindre trace de surprise ou de culpabilité. Celle-ci se figea, l'air effaré, la cafetière à la main.

Sa surprise ne semblait pas feinte.

— Elle n'a rien, ajouta-t-il, soulagé. Il n'était pas venimeux. Juste un serpent des marais.

— Tu prends du sucre ? reprit sa mère en lui versant du café.

Il acquiesça et elle approcha le sucrier.

— J'ai aussi trouvé ça sous son oreiller, poursuivit-il en jetant le grigri sur la table.

Sa mère soupira. Cette fois-ci, son visage affichait des traces de culpabilité. Aucun doute là-dessus. Il se plongea dans l'observation de son café, cherchant à dissimuler son agacement.

— Maman, qu'est-ce que c'est que ce truc ? demanda-t-il enfin.

— Rien de bien méchant, je te rassure. Un simple sort pour apaiser l'esprit de Laura. La pauvre enfant semblait si nerveuse, hier soir…

Elle hésita un instant, penchée sur ses fourneaux, puis poursuivit :

— Je pensais qu'il vaudrait mieux pour elle de ne pas trop remuer le passé. De plus, Jeanne m'a appelée pour me raconter ce qui était arrivé en ville… Je me suis dit qu'un petit grigri était exactement ce dont Laura avait besoin pour se détendre et dormir un peu.

Drew s'arrêta, sa tasse de café en suspens, pour regarder sa mère d'un air incrédule.

— Je sais que tu détestes le vaudou, reprit-elle précipitamment. Je suis désolée, fils. Je voulais juste aider Laura.

— C'est raté. En fait, toute cette histoire de vaudou l'a complètement retournée.

— Vraiment ? demanda sa mère avec un sourire condescendant qui le mit mal à l'aise. Elle n'a rien à craindre, pourtant. Tu le sais bien : le vaudou n'est pas maléfique.

Vraiment ?

— Peu importe, elle est inquiète. Alors, la prochaine fois que tu veux l'aider à dormir, contente-toi d'un lait chaud avec un peu de miel.

— Je ne recommencerai pas, je te le promets, assura-t-elle en lui tapotant l'épaule avant de retourner s'occuper du ragoût.

Grigri, juju, sort vaudou. Cela faisait longtemps que Drew n'avait plus pensé à tout ça. Se pouvait-il que sa mère ait jeté un sort pour empêcher les souvenirs de Laura de refaire surface ? Etait-ce seulement possible ? Se servait-elle du même sort sur lui ? Etait-ce pour cela qu'il avait lui-même toutes les peines du monde à se souvenir avec précision de ce qui s'était passé la nuit où Laura avait failli se noyer ?

En observant à la dérobée le visage de sa mère par-dessus le bord de sa tasse, il eut soudain la certitude que le vaudou n'était pas aussi anodin qu'elle le prétendait.

Bien au contraire.

Lorsque Laura ouvrit les yeux, son premier geste fut de tendre la main vers l'autre côté du lit.

Personne. Le lit était vide.

Elle s'étira longuement, en regardant autour d'elle. Elle était seule dans la chambre. Un mélange de soulagement et de déception l'envahit. Elle se souvenait de s'être réveillée au milieu de la nuit pour découvrir que Drew était toujours là, près d'elle dans le lit. Elle avait un moment envisagé de se blottir contre lui pour se rendormir, mais elle y avait renoncé.

Son attitude était des plus étrange. Elle ne savait pas à quoi s'en tenir avec lui. Après l'avoir embrassée avec passion, il l'avait repoussée avec une détermination tout aussi farouche.

Laura se leva et sortit sur le balcon qui surplombait le marais. La journée promettait d'être magnifique. Le soleil scintillait sur l'eau, des fleurs multicolores dodelinaient de la tête dans la brise, des oiseaux poussaient des piaillements joyeux au creux des buissons. Elle inspira avidement l'air frais et perçut presque le charme que pouvait avoir une vie dans le bayou.

Jusqu'à ce que le souvenir du serpent dans son lit lui revienne à l'esprit.

Elle rentra dans la chambre et referma la porte-fenêtre derrière elle. Elle voulait se doucher et s'habiller rapidement.

Soudain, un morceau de papier attira son attention sur la table de nuit. C'était un mot écrit à la main. Intriguée, elle s'approcha.

Laura,

J'ai trouvé des informations sur ta mère. Retrouve-moi derrière la maison. Suis le chemin vers le cimetière familial. Tout sera bientôt terminé et tu pourras rentrer chez toi. Fais tes valises. Je t'ai réservé une place sur le vol de 13 heures.

Drew

Etrange…

Pourquoi voulait-il la retrouver au cimetière ? Cela

signifiait-il que sa mère était morte ? se demanda-t-elle, le cœur serré. Elle ferma un instant les yeux. Elle refusait d'y croire. Si sa mère était morte depuis tout ce temps et enterrée au cimetière, Martha serait au courant. Et elle le lui aurait dit.

C'était un piège, une ruse pour qu'elle cesse ses recherches et rentre chez elle.

Drew voulait-il à ce point qu'elle parte ? se demanda-t-elle en froissant la feuille avec agacement. Et puis, comment osait-il faire des réservations en son nom ? Pouvait-il lui dire plus clairement qu'il ne voulait pas d'elle dans sa maison… dans son lit ? Des larmes de colère lui brûlaient les yeux, mais elle les chassa avec résolution.

Elle ne bougerait pas d'ici. Elle refusait de partir tant qu'elle n'aurait pas accompli ce pour quoi elle était venue : trouver sa mère ! Après avoir vu les affaires lui ayant appartenu, après avoir tenu la poupée confectionnée par ses soins, Laura voulait plus que jamais la retrouver.

Elle retourna rapidement dans sa chambre, à l'autre bout du couloir et hésita un instant sur le seuil avant d'entrer. Après une douche rapide, elle s'habilla. C'était décidé : elle irait voir ce que Drew tenait absolument à lui montrer, puis elle lui expliquerait clairement qu'elle n'avait aucune intention de prendre le prochain vol pour San Francisco.

Elle venait juste de quitter la maison et s'avançait déjà sur le chemin du cimetière, lorsqu'elle se rendit compte qu'elle ne portait que de fines chaussures de toile. Au même instant, elle posa le pied dans une flaque. Avec un gémissement agacé, elle tenta de se dégager en faisant un affreux bruit de succion.

Malgré sa crainte de croiser d'autres serpents dans les hautes herbes, elle décida qu'il était plus prudent de marcher sur le bas-côté.

Des bottes. Voilà ce qui lui fallait.

La prochaine fois qu'elle irait en ville, elle s'achèterait une bonne paire de bottes.

Elle progressait lentement dans l'herbe. Le ciel, encore limpide et dégagé quelques minutes plus tôt, commençait à se couvrir de nuages noirs et menaçants.

Pourquoi Drew ne l'avait-il pas réveillée ? Pourquoi ce petit mot mystérieux ?

Parce que c'était un lâche.

Vraiment ?

Elle ralentit encore, cherchant à faire le vide dans son esprit pour se laisser l'occasion d'analyser ses doutes. Lorsque quelque chose s'agita dans un buisson, Laura se figea, les yeux rivés sur le feuillage.

Plus rien.

Quelques secondes plus tard, elle essuya ses mains moites sur son jean et reprit sa progression prudente. Elle s'attendait à voir une bête sauvage bondir des fourrés d'un instant à l'autre.

Mais rien de tel ne se produisit. Aucun animal répugnant et poilu, aucun reptile gluant et sournois.

Et toujours aucune trace de Drew.

Où diable était-il ?

— Drew ! appela-t-elle.

Aucune réponse.

Après un tournant, le chemin s'enfonçait plus profondément à l'ombre d'un cyprès au tronc couvert de mousse espagnole. L'odeur de pourriture et d'humus du marais lui emplissait les narines à chaque inspiration. Des frissons d'angoisse la parcoururent. L'image de cet arbre envahi par son parasite végétal semblait gratter à la porte de son esprit.

Elle était déjà venue à cet endroit.

Elle se concentra sur les diverses techniques de relaxation que son médecin lui avait enseignées, pour essayer d'attirer des souvenirs à la surface, mais en vain. Elle se heurtait sans cesse à un mur de brique.

Elle reprit sa marche, laissant les cris aigus des oiseaux envahir son esprit, l'odeur riche du sol saturer son odorat et la brise fraîche lui mordre le visage.

Drew sera-t-il là ? se demanda-t-elle soudain, encore plus inquiète. Elle regarda le voile de brume semblable à de la fumée et qui s'épaississait autour d'elle. Le brouillard se levait sur le marais, lui laissant sur les lèvres une saveur saumâtre, presque écœurante.

Enfin, elle aperçut le cimetière dont les grilles disparaissaient presque sous des rideaux de végétation. Le portail, haut de près de deux mètres, se terminait par des piques acérées. Par endroits, le fer forgé était rouillé, presque rongé par le temps et le marais.

Laura sentit son ventre se nouer.

Elle devait faire demi-tour. C'était idiot. Drew n'était visiblement pas là. Cependant, au lieu d'écouter les avertissements de sa raison, elle s'avança vers le cimetière isolé d'un pas résolu.

Au-delà des grilles, plusieurs tombes et mausolées de formes et tailles diverses se dressaient le long d'allées bien ordonnées, à bonne distance de l'action corrosive de l'eau du marais. Certaines tombes étaient décorées d'angelots de marbre ou de croix d'étain, tandis que d'autres, les plus anciennes certainement, étaient de simples caveaux de brique et de ciment.

Intriguée par les sépultures, Laura prêta à peine attention au gémissement plaintif des grilles lorsqu'elle se fraya un passage de l'autre côté. Jamais elle n'aurait imaginé que les Larame puissent être aussi nombreux.

Elle frémit à l'idée qu'elle finirait peut-être elle aussi un jour dans cet endroit.

Elle s'arrêta devant un caveau où le nom de Paul était gravé et posa une main sur le marbre froid. Elle se souvenait vaguement s'être tenue au même endroit, lorsqu'elle était enfant. Sa mère lui serrait fort la main, ses yeux rougis dissimulés sous une mantille noire.

Dans son souvenir, ce n'était pas les yeux d'une femme qui venait de tuer son mari.

Au contraire. C'était ceux d'une femme au cœur brisé, qui venait de perdre l'amour de sa vie.

Soudain, Laura s'immobilisa, l'oreille aux aguets. Elle n'entendit rien. Pas le moindre bruit. Pas même un chant d'oiseau. Un silence de mort régnait partout et cela l'inquiétait plus que tout.

Repoussant la peur insidieuse qui se glissait en elle, elle reprit sa progression dans les allées, lisant au passage les noms gravés dans la pierre. Elle ne pouvait s'empêcher de se demander quelle vie avaient menée ces gens et comment ils étaient morts.

Perdue dans ses pensées, elle contourna un mausolée, laissant ses doigts courir sur le marbre lisse. Soudain, elle s'arrêta. Devant elle, une barque de bois, avec sa lanterne accrochée au bout d'une perche, flottait près de la berge du marais, à quelques mètres d'elle.

Personne à bord.

Laura sentit son estomac de contracter.

— Bonjour Delilah.

La voix rauque la fit sursauter. En se retournant, elle découvrit le chasseur d'opossums qui la regardait de ses yeux gris.

— Tu n'es pas la bienvenue dans le bayou, gronda l'homme.

Son accent était si prononcé qu'elle avait peine à le comprendre.

— Je ne suis pas Delilah, monsieur. Je suis Laura Larame, sa fille.

L'homme s'approcha d'elle en humant l'air comme une bête renifle sa proie. Laura recula prudemment.

— On n'a pas besoin de ta magie par ici, poursuivit-il avec un mauvais sourire.

— Je n'y connais rien en magie.

— Tu iras raconter ça à ma Georgette, gronda-t-il en découvrant ses dents gâtées. La pauvre enfant n'a jamais trouvé le repos. Elle erre toujours dans le marais, à la recherche de la sorcière qui l'a tuée… Mais elle finira bien par te trouver, va !

Laura se raidit, parcourue de tremblements.

Georgette ? La jeune fille qui avait été tuée dans l'accident avec Paul ?

— On sait tous ce que tu as fait, Delilah. Tu vas payer pour tes péchés.

Il s'approcha encore, au point qu'elle pouvait sentir l'odeur fétide qui se dégageait de sa peau.

Son instinct lui dictait de tourner les talons pour s'enfuir en courant, mais elle tint bon. Elle refusait de se laisser intimider, brusquer ou chasser. Par qui que ce soit. Elle se redressa et, relevant la tête avec fierté, lança d'une voix forte :

— Je vous répète que mon nom est Laura et je crois que vous êtes sur les terres des Larame. Je vous suggère donc de partir au plus vite.

L'homme sembla un instant pris de court.

— Ecoute bien les conseils d'un vieux chasseur, ma petite. Si tu sais ce qui est bon pour toi, retourne d'où tu viens et restes-y.

Ma petite ?

Peut-être l'homme ne délirait-il pas autant qu'il y paraissait. Sans un mot de plus, le chasseur d'opossum passa rapidement à côté d'elle pour regagner sa barque. Il s'empara de sa perche et, d'une poussée habile, s'éloigna du rivage pour glisser sur l'eau miroitante. Quelques mètres plus loin, son embarcation frôla ce que Laura prit tout d'abord pour un tronc mort, flottant entre les branches d'un arbre qui pendaient dans l'eau.

Mais les apparences étaient souvent trompeuses dans le bayou : une paire d'yeux froids apparut bientôt à la surface de l'eau et se posa sur elle.

C'était un alligator énorme, à la recherche de son petit déjeuner.

Une fois que le chasseur se fut suffisamment éloigné, Laura s'approcha prudemment de la berge. Quelques instants plus tôt, la barque avait été amarrée à une tombe que le bayou avait avalée. Laura avait cru apercevoir une forme rouge sous la surface des eaux noires, pas très loin de la berge.

Elle fit encore un pas en avant. Une aigrette venait d'atterrir sur l'eau, provoquant des ondes concentriques qui l'empêchaient de bien voir. Du moins, elle espérait que c'était à cause de l'oiseau. Elle s'approcha encore et se pencha en avant.

Soudain, le sol se déroba sous ses pieds et elle s'enfonça dans la boue, de l'eau jusqu'aux chevilles. Elle essaya de se dégager, mais le marais la retenait prisonnière et, déjà, l'attirait à elle.

Prise de panique, elle leva un pied et réussit à se dégager, mais le mouvement lui fit perdre l'équilibre. Elle agita vainement les bras pour tenter de rester debout. Il ne fallait surtout pas tomber parmi ces tombes englouties !

Horrifiée, elle finit quand même par tomber en avant, à plat ventre dans la vase. Lorsque son visage disparut sous la surface, elle aperçut du marbre et des briques engloutis par la vase.

Des tombes ! Elle était tombée parmi les vestiges d'une tombe !

Soudain, un éclair rouge attira son attention. Cela ressemblait à un morceau de tissu.

Elle se redressa brusquement et sortit le visage de l'eau en inspirant bruyamment. Elle rampa tant bien que mal jusqu'à la berge, toussant et crachant avec dégoût l'eau saumâtre qu'elle avait avalée. Terrifiée, elle tenta de s'essuyer le visage avec son bras pour chasser la vase gluante du marais. Elle était couverte d'algues et de boue et la puanteur du marécage semblait lui coller à la peau.

Tout en jurant de toutes ses forces, elle parvint tant bien que mal à s'extirper de la vase et regagna en chancelant les tombes situées près des grilles. Elle devait avoir fière allure, ainsi dégoulinante d'eau putride.

Soudain, un bruit derrière elle la fit dresser l'oreille et elle se figea de terreur.

— Laura ?

C'était la voix de Drew.

Un mélange de fureur, de soulagement et de gêne s'engouffra en elle. Elle fit volte-face.

Il la regardait, les yeux effarés, le dos raide. Puis, son regard se fit dur et il fit un pas en arrière.

— Que fais-tu ici ? demanda-t-il avec méfiance, la mâchoire serrée.

— Qu'est-ce que tu crois ? Je te cherche ! cria-t-elle d'une voix furieuse.

— Moi ?

— Oui. Et si tu espères me voir monter dans le vol de 13 heures, tu te fourres le doigt dans l'œil, mon bonhomme ! Je ne bougerai pas d'ici !

Elle baissa les yeux vers ses habits trempés et soupira devant la stupidité de ses propos.

— Bon, d'accord… J'ai besoin d'une bonne douche.

Drew n'avait toujours pas fait un geste. Son visage et ses yeux étaient impénétrables. Elle détestait quand il la regardait ainsi. Cette froideur lui rappelait qu'elle ne savait rien de lui.

Absolument rien.

En fait, la seule chose qu'elle avait découverte depuis son arrivée était que quelqu'un semblait décidé à l'effrayer au point de la faire partir. Et que, jusqu'ici, le chasseur et Drew étaient les seuls à avoir osé le lui dire en face.

— Que s'est-il passé ? demanda-t-il.

— Au cas où tu serais subitement devenu aveugle, je suis tombée dans le bayou.

— Je t'avais avertie…

Il s'arrêta et serra si fort les lèvres que celles-ci blanchirent.

Pardon ? Il l'avait avertie ? C'était tout ce qu'il trouvait à dire ? Un tremblement qui n'avait rien à voir avec ses vêtements mouillés parcourut Laura.

Sans crier gare, Drew fit demi-tour et repartit en direction de la maison. Refusant de le laisser s'en sortir aussi facilement, Laura se précipita à sa suite.

— Alors, qu'as-tu découvert sur ma mère ? hurla-t-elle en avançant tant bien que mal. Qu'y avait-il de si important que tu voulais me montrer ici ?

Il s'arrêta pour se tourner vers elle. Son regard était toujours aussi froid et distant.

— Mais… de quoi parles-tu ? demanda-t-il.

— Tu m'as demandé de venir te retrouver ici. Je suis venue. Où étais-tu ?

Le visage de Drew trahissait la confusion la plus totale.

Soudain, elle comprit. Les yeux écarquillés, elle sentit sa bouche devenir sèche.

— Ce n'est pas toi qui m'as laissé ce message ? bafouilla-t-elle.

9

Après une longue douche chaude, Laura avait enfin réussi à se débarrasser de l'odeur fétide des marais. Un drap de bain propre enroulé autour d'elle, elle regagna tranquillement sa chambre. Elle n'était pas pressée d'affronter de nouveau Drew. Elle ne le comprenait plus : il lui offrait alternativement des baisers fougueux et un air sévère et buté.

Et d'ailleurs, pourquoi faisait-il de son mieux pour la convaincre de partir ?

Elle ouvrit un tiroir pour prendre une culotte propre, mais au lieu de toucher du coton, ses doigts rencontrèrent de la toile de jute et de la ficelle. Elle se pencha pour mieux voir et sortit brusquement quelque chose du tiroir.

C'était une poupée vaudou, avec de grands trous noirs à la place des yeux et un crâne blanc. Elle la lâcha brusquement avec dégoût. La poupée rebondit sur la commode et s'arrêta sur le flanc, le visage tourné vers elle.

Plusieurs mèches de longs cheveux noirs étaient accrochées à la tête de la poupée. Des cheveux qui ressemblaient beaucoup aux siens. Elle tendit une main tremblante vers les cheveux et se força à les toucher du bout des doigts.

S'agissait-il de vrais cheveux ?

En tout cas, cela y ressemblait beaucoup. En retirant prudemment sa main, elle aperçut un collier d'enfant enroulé plusieurs fois autour du cou de la poupée. Un petit pendentif en forme de licorne scintillait dans la lumière. C'était celui qu'elle portait sur une des photos accrochées dans le couloir.

Le collier lui appartenait-il ?

Et les cheveux ?

Ecœurée, elle se détourna de la poupée et sursauta de nouveau : debout sur le seuil de sa chambre, Drew la regardait sans rien dire.

— Est-ce toi qui as mis ça là ? demanda-t-elle en resserrant la serviette autour d'elle.

— De quoi parles-tu ?

Il la regarda un instant avant de poser les yeux sur la commode.

— C'était dans le tiroir… avec mes culottes !

Elle ne put retenir un frisson. En deux enjambées, Drew traversa la pièce et prit la poupée pour l'étudier de plus près, effleurant les plumes vertes attachées dans le dos. Une peur glacée envahit Laura.

— Drew, réponds-moi : est-ce que tu m'as jeté un genre de sort vaudou ?

— Non. Quelqu'un essaie de te faire peur, mais ce n'est pas moi, affirma-t-il en plongeant ses yeux verts dans les siens. Je vais trouver qui a fait ça.

Si seulement elle avait pu le croire…

Elle voulait lui faire confiance. Mais elle ne pouvait s'empêcher de se demander si c'était lui qui jouait avec ses émotions et tentait de la chasser d'ici. Il était le suspect numéro un. Il avait eu accès à ses pensées, à ses craintes… ainsi qu'à sa chambre. Impossible cependant de réconcilier ses doutes avec ce qu'elle avait ressenti la veille : sécurité, apaisement, désir.

Elle se rendit soudain compte que tout cela n'avait pas d'importance. Elle devait rester forte et ne se laisser impressionner par personne dans cette affaire. Drew lui toucha doucement le bras, un geste de réconfort qu'elle s'efforça d'ignorer.

— Laura… Je te promets que, si tu me le permets, je ferai tout mon possible pour te protéger.

Une hésitation dans sa voix trahissait sa sincérité. Comme elle aurait voulu croire qu'il s'inquiétait vraiment ! Mais peut-être ne cherchait-il qu'à faire d'elle une cruche crédule et malléable.

— Raconte-moi ce qui s'est passé ce matin, demanda-t-il. Où as-tu trouvé le message ?

— Sur la table de nuit, près de ton lit. Si ce n'est pas toi qui l'as déposé là, alors quelqu'un a dû entrer pendant que nous dormions.

Ce qui n'était pas forcément mieux.

— Quant à la poupée, je peux t'assurer qu'elle ne se trouvait pas dans le tiroir hier.

— Ma mère a avoué que c'était elle qui avait déposé le grigri sous ton oreiller. Elle…

— Ta mère ?

— Oui. Je suis désolé. Elle prétend que c'était uniquement pour t'aider.

— Miss Martha pratique le vaudou ?

En prononçant ces mots, elle sentit quelque chose s'illuminer en elle, comme un détail caché refaisant brusquement surface. Un détail qui la terrorisa jusqu'à l'écœurement.

Elle se détourna de Drew, ne sachant trop ce qu'elle devait faire ou penser. Elle avait la tête qui tournait. Elle prit appui sur le mur et la main de Drew se posa sur son épaule nue, déclenchant des frissons dans tout son corps.

— Elle prétend que c'était juste un sort pour t'aider à dormir et t'empêcher de te souvenir, reprit Drew.

— Me souvenir de quoi ? demanda-t-elle en jetant un regard par-dessus son épaule.

— De ce qui a pu se passer la nuit où ta mère a disparu et où nous avons failli nous noyer tous les deux dans le marais.

— Il a dû se produire quelque chose de terrible pour que personne ne souhaite que je m'en souvienne…

Elle réfléchit un instant.

— Et toi ? De quoi te souviens-tu ? demanda-t-elle.

Elle le vit baisser les yeux et poussa un soupir excédé.

— Pourquoi voudrait-on t'entraîner dans le cimetière ? demanda brusquement Drew, comme pour changer de sujet. As-tu vu quelqu'un là-bas ?

— Oui, dit-elle avec une grimace. Ce type étrange qu'on a croisé sur la route hier. Le chasseur d'opossums. Il est aussi passé sous ma fenêtre hier soir, dans sa barque.

— Il t'a dit quelque chose ?

— Il m'a appelée Delilah et m'a conseillé de quitter le pays, répondit-elle, mal à l'aise.

Drew soupira.

— Qu'est-ce que ce vieux fou vient faire dans cette histoire ?

— Il a aussi parlé de rendre justice à Georgette, mais dans l'ensemble, il a juste essayé de me faire peur. Ce qui est étrange, c'est qu'il m'a ensuite appelée « ma petite ».

— Et alors ?

— Je ne pense pas qu'il aurait utilisé ce terme pour s'adresser à ma mère… la prêtresse vaudou dont les gens du coin ont l'air d'avoir si peur. Je crois qu'il savait exactement qui j'étais et ce qu'il faisait.

Elle ferma les yeux et appuya sa tête contre le mur. Peut-être ferait-elle mieux de rentrer, après tout.

— Ça va aller ? demanda Drew d'une voix caressante.

Manipulatrice ?

Elle rouvrit les yeux, cherchant à mieux le cerner.

— Tu peux me faire confiance. Je sais que ça peut paraître fou, mais je veux t'aider. Je veux…

Ses yeux verts parcoururent lentement le reste de son corps… Laura se souvint alors qu'elle ne portait qu'un drap de bain et se sentit rougir. Lorsqu'elle se redressa, le coton un peu rêche de la serviette effleura les zones les plus sensibles de sa peau, caressant son dos, ses cuisses, ses fesses…

Elle se passa nerveusement la langue sur les lèvres. Le regard affamé que Drew posait sur elle acheva de l'affoler. Leurs regards finirent par se croiser.

— Je veux te croire, chuchota-t-elle.

Elle se retint de tendre une main vers lui. En dépit de ses pires craintes et doutes, elle voulait qu'il la touche, qu'il la serre dans ses bras. Elle voulait de nouveau ressentir ces frémissements… sur tout son corps.

Drew posa une main à côté de la sienne, sur le mur, et la caressa du bout du doigt. Un geste simple, un contact infime qui déclencha aussitôt un incendie dévastateur en elle.

Vraiment, elle n'avait aucune raison de ne pas lui

faire confiance. Depuis qu'il lui avait ouvert la porte de la maison, il s'était toujours montré serviable et disponible.

Et incroyablement sexy, aussi.

Non ?

Elle baissa les yeux vers son torse qu'elle distinguait sous la fine toile de sa chemise. Elle mourait d'envie d'y promener ses doigts.

Il avait été là pour elle lorsque la voiture avait failli la renverser. Et également la nuit du serpent. Inutile de se leurrer : elle ne le croyait pas capable de faire une chose pareille. Au fond d'elle-même, elle lui faisait confiance. D'ailleurs, la réaction violente de son corps en sa présence ne laissait aucun doute sur la question.

— Jure-moi que ce n'est pas toi qui as écrit ce message, demanda-t-elle doucement.

— Je te le jure, répondit-il d'une voix rauque, pleine d'un désir à peine contenu.

Elle savait que c'était de la folie et qu'elle se laissait diriger par ses propres émotions, mais elle le croyait.

Elle voulait le croire.

Elle le voulait, lui.

« Tu dois partir. Tout de suite.

Fais demi-tour. Sors de cette chambre. »

Evidemment, il n'en fit rien. Son corps refusait d'obéir aux injonctions de son esprit et de sa raison. En dépit de tout, il restait là.

Son regard se posa sur la bouche de Laura. A chaque inspiration, le parfum fruité de son shampooing l'enveloppait. Elle se tenait si proche de lui qu'il percevait la chaleur qui émanait par vagues de son corps. Elle était légèrement penchée vers lui, haletante. Dans ses yeux, cet éclat de désir fou la rendait encore plus belle.

Il la désirait.

Pire encore, elle le désirait aussi.

La tension sexuelle entre eux était palpable.

Rendant brusquement les armes, il posa les mains sur ses épaules et l'attira à lui pour s'emparer de sa bouche avec passion. Un baiser sans fin, fougueux. Il aurait voulu se noyer dans la douceur accueillante de sa bouche, pour ne jamais plus refaire surface. Un léger gémissement s'échappa de ses lèvres et il s'accrocha à ce doux son comme à un radeau salvateur dans une mer en furie.

Non ! Il ne pouvait pas.

Il se redressa, la relâcha et inspira avidement comme s'il émergeait de l'eau.

— Drew, chuchota Laura en portant une main à ses lèvres. Dis-moi que tu me veux.

Comment aurait-il pu ne pas la désirer ?

Elle se pencha en avant pour lui caresser doucement le torse. Il brûlait d'enlever sa chemise pour mieux sentir le contact de sa peau contre la sienne.

Elle vint lui mordiller la bouche, déposant comme une fine pluie de baisers le long de sa mâchoire. Son sang se rua dans ses veines comme une bête en furie, élevant la température de son corps et aiguisant tous ses sens.

Chaque contact, chaque souffle le laissait chancelant, haletant. Chaque caresse le rendait avide et plus impatient encore, attisant un désir vorace toujours renouvelé.

— Oui, je te veux, articula-t-il d'une voix rauque. Je te veux dans ma chambre et dans mon lit.

— Alors, montre-moi.

Elle baissa les yeux et, d'un simple geste, fit tomber sa serviette au sol.

Drew en resta bouche bée.

Suffoquant presque, il eut l'impression qu'il venait de recevoir un violent coup de poing dans le ventre. Elle avait des seins somptueux, un peu plus gros qu'il n'aurait pensé, mais fermes et rebondis. Leurs bouts roses se dressaient sous son regard, trahissant leur désir d'être caressés, pétris.

Il mourait d'envie de la toucher, de prendre ses seins à pleines mains pour les caresser, les embrasser, les sucer…

Il hésitait pourtant.

S'il franchissait cette ligne, il ne pourrait revenir en arrière. Impossible de garder ses distances, après ça. Impossible de dominer ses émotions et ses désirs.

Incapable de détacher son regard, il contemplait la poitrine de Laura qui se soulevait et s'abaissait rapidement. Son désir à elle était aussi évident. Il le voyait dans l'intensité de son regard, le ressentait dans la chaleur de sa peau, la rapidité de son souffle.

— Je te veux, tu le sais, chuchota-t-il, en s'agrippant comme un naufragé aux dernières bribes de raison qu'il lui restait.

Sa raison avait beau se débattre dans les griffes de son désir, il savait qu'il n'attendait qu'une seule chose : sombrer et se laisser emporter. Il se sentait glisser, entraîné par le feu dans ses veines.

Elle ne pouvait être à lui. Il ne devait pas s'abandonner. Il devait partir. Malgré tout, il se pencha vers elle et, évitant d'entrer en contact avec son corps, déposa un doux baiser sur ses lèvres, déterminé à en rester là.

C'est alors que, dans une caresse intime, Laura passa la pointe de sa langue sur la sienne, déclenchant un galop furieux de son cœur. Il se mit à trembler. Leurs langues se touchaient à peine, mais ce simple contact suffit à lui faire perdre la tête.

Tout de suite.

Il la voulait tout de suite.

Impossible de s'arrêter. Ni de revenir en arrière. Lentement, comme hypnotisé, il posa une main sur ses seins. L'un après l'autre, il les sentit durcir sous la pression légère de ses doigts qui reproduisaient la danse de leurs langues. Lorsque Laura gémit, il lui fallut faire appel à toute sa volonté pour ne pas la prendre par les hanches, la soulever contre lui et plonger sur-le-champ au plus profond de son corps.

Jouant avec cette image insoutenable, il laissait la pointe de sa langue entrer et sortir doucement de la bouche de Laura. Il sentait son sexe palpiter. Il s'approcha d'elle, glissant une main dans ses cheveux humides, comme pour imprimer en lui chaque parcelle de son corps.

— Laura… Tu es sûre ?

« Dis-moi oui, je t'en prie. »

Ses doigts agiles défirent rapidement les boutons de sa chemise, puis se mirent à courir sur son torse, explorant ses épaules, massant ses muscles tendus à l'extrême. Elle avait des mains fines, mais puissantes et sûres d'elles. Il aurait donné n'importe quoi pour les sentir… partout sur son corps.

Puis, ses lèvres légères commencèrent à explorer

ses épaules, son cou, faisant monter une fièvre insatiable en lui.

— Je ne suis sûre de rien…

Les mains de Laura glissèrent ensuite vers son ventre. Le souffle court, Drew baissa les yeux. Il devait se reprendre, sinon il risquait de lui faire l'amour sur place, à même le sol. Laura batailla quelques instants avec la ceinture de son pantalon, puis parvint à ses fins.

— Pas même de toi, ajouta-t-elle, en levant les yeux vers lui.

Son pantalon glissa au sol. Il enleva rapidement ses chaussures et se débarrassa du reste de ses vêtements.

Ils étaient à présents nus l'un devant l'autre.

Drew posa une main sur les hanches de Laura, puis la prit dans ses bras pour la porter sur le lit, fermant au passage la porte de la chambre d'un coup de pied. Il se pencha sur elle, les mains posées à plat de chaque côté de son visage.

Le moment de doute était passé. Il était au-delà de la raison.

Elle lui sourit en lui faisant signe d'approcher. Avec une douceur insupportable, elle glissa sa langue dans sa bouche pour caresser la sienne, le goûter, l'agacer.

Il la serra davantage contre lui, capturant sa langue à son tour, pressant ses lèvres avec force contre les siennes. Elle poussa un gémissement ravi qui le perça comme une lame brûlante. Il plongea dans sa bouche et elle l'accueillit avec ardeur.

Ils roulèrent sur le côté, enlacés. Drew explora un instant son dos, puis se glissa de nouveau sur elle. Laura leva les hanches vers lui pour l'attirer entre ses cuisses. Il décida de s'y installer, sentant la chaleur de son corps l'accueillir, la caresse de ses cheveux sur sa peau électrisée. Laura passa les bras autour de son cou et l'attira contre elle, contre chaque courbe délicieuse de son corps sublime.

Il prit doucement entre ses lèvres le bout rosé d'un de ses seins, puis sa caresse se fit plus pressante, plus précise. Laura gémit, la tête rejetée en arrière, ses hanches pressées contre les siennes. Elle était prête. Il le sentait dans ses caresses, dans le parfum musqué qui flottait dans l'air.

Il glissa une main vers son ventre, puis plus bas, jouant avec les boucles douces de sa toison. Avec une lenteur calculée, il glissa un doigt en elle, dans la chaleur de son intimité. Il ne s'était pas trompé : elle était brûlante et prête à l'accueillir.

Sans crier gare, Laura prit son sexe dans sa main. Surpris, il laissa échapper un bref halètement et leva les yeux vers elle. Après quelques caresses d'une douceur insupportable, elle serra plus fermement son membre pour l'inviter en elle. Voyant qu'elle souriait, il obéit et se glissa en elle. Elle vint à sa rencontre, soulevant le bassin pour l'accueillir au plus profond de son sexe brûlant.

Il resta immobile quelques instants, puis commença ses va-et-vient. D'abord lentement, comme un balancement paisible et profond, profitant de chaque sensation, de chaque caresse le long de son sexe.

Chaque mouvement lui donnait envie d'accélérer, de plonger plus profond et plus fort en elle, de précipiter leur extase. Mais il se retenait, encouragé par les halètements de plaisir qui échappaient à

Laura. Il y avait quelque chose de presque sauvage dans la danse qu'ils partageaient, ainsi agrippés l'un à l'autre.

Il se perdit dans les vagues de désir qui le parcouraient, se noya dans l'abysse bleu pâle de ses yeux et dans le parfum enivrant de son plaisir.

Il sentait son cœur contre le sien, le battement de son sang dans ses veines. Elle serra plus fort ses épaules et il sut alors qu'il ne désirerait plus jamais de femme comme il la désirait elle. C'est avec cette conviction qu'il atteignit l'ultime palier de son plaisir.

Il la contemplait, subjugué par sa beauté alanguie. Soudain, quelque chose vacilla dans la conscience de Drew et il comprit qu'une vision était en train de s'imposer à lui. Allongée sous lui, Laura sembla un instant se mettre à scintiller, puis ce fut comme une explosion fulgurante de lumière. Elle n'était plus qu'un corps céleste, inondé de clarté.

Plus rien d'autre n'existait.

Aveuglé par cette vision, Drew se retint encore un instant, mais déjà une vague immense prenait naissance au plus profond de ses reins et montait en lui sans qu'il puisse l'endiguer. L'orgasme le frappa avec une telle force qu'il crut que son cœur ne tiendrait pas le choc.

Le sourire de Laura dansait comme mille étoiles brillantes devant ses yeux, tournoyant et virevoltant pour mieux l'aveugler. Soudain, les cris de plaisir qu'elle poussa firent voler en éclats sa vision. La réalité reprit ses droits, dans toute sa douceur et sa fièvre. Elle fut de nouveau Laura, couchée sous lui, et, faisant sauter les derniers remparts de sa conscience, elle le poussa au-delà des limites de son plaisir.

Il retomba, aveuglé et tremblant.

Ebloui.

10

L'idée de cette confrontation ne réjouissait pas Laura.

Elle devait cependant savoir avec certitude ce que la mère de Drew tramait. Etait-ce elle qui avait laissé la poupée vaudou dans sa chambre ? Fini de jouer. Pendant que Drew prenait sa douche, elle était bien décidée à parler à Martha et à exiger la vérité.

D'un pas décidé, elle entra dans la cuisine.

— C'est bientôt le grand Eveil, annonça Martha, avec un sourire un peu trop éclatant, en la voyant entrer.

La table était encombrée de bougies de toutes les formes et de toutes les tailles. Martha, une vieille casserole en cuivre à la main, versa de la cire chaude dans des cylindres en aluminium carrés, frappés de motifs géométriques sur le côté. Puis, s'emparant d'une petite bouteille, elle fit couler une goutte d'un liquide dans la cire encore chaude.

Une odeur étrange mais familière envahit la pièce, sans que Laura parvienne à l'identifier.

— Martha, j'ai trouvé ceci à côté de mon lit, ce matin, annonça Laura sans préambule, en lui tendant la note froissée. Reconnaissez-vous cette écriture ?

Martha prit quelques secondes pour lire, avant de lui rendre le papier.

— Je ne sais pas. C'est signé Drew. Pourquoi ? Quel est le problème ?

— Et ça ? ajouta-t-elle en lançant la poupée vaudou sur la table.

Martha étouffa un cri de surprise.

— Seigneur ! Où as-tu trouvé ça ?

— Dans un tiroir de ma commode. Savez-vous ce que c'est ?

— Eh bien, c'est évidemment une poupée vaudou, même si je dois admettre qu'elle est parfaitement hideuse.

Elle s'empara de la poubelle.

— Tiens, jette-la tout de suite.

Laura fut tentée d'obéir mais décida qu'il valait mieux agir autrement.

— Non, je crois que je vais la conserver encore quelque temps.

— Mais... pourquoi ?

— Parce que si quelqu'un est entré dans ma chambre pour déposer ce genre de... cadeaux, alors nous devons découvrir de qui il s'agit et les motifs de la visite.

Martha la regarda un instant sans rien dire, les lèvres pincées, avant de revenir à sa casserole de cire qui chauffait sur la cuisinière.

— Martha... Drew m'a parlé du grigri, poursuivit Laura, sans se laisser impressionner. Etes-vous sûre que vous n'avez rien d'autre à me dire ?

Martha ne se retourna même pas.

— Martha ?

Avec un soupir, la vieille dame se tourna lentement vers elle.

— Je ne sais pas quoi dire, Laura... Je ne comprends pas pourquoi Drew semble déterminé à se montrer aussi grossier envers toi. J'en suis vraiment désolée. Je peux lui parler si tu veux.

Stupéfaite, Laura regarda la femme qui avait été sa nounou quand elle était enfant. Qui avait toujours été merveilleuse et gentille avec elle.

Etait-ce possible ? Venait-elle de faire l'amour avec un homme qui jouait avec elle ? Qui lui mentait ? Qui la manipulait ? S'était-elle à ce point trompée sur son compte ?

— Martha, reprit-elle, nerveusement. Savez-vous où se trouve la clé de ma chambre ? J'aimerais pouvoir la fermer en mon absence.

— Il y en avait une mais elle a été perdue voilà des années, répondit Martha. Personne n'a jamais eu besoin de fermer quoi que ce soit à clé, par ici.

— Peut-être... Mais ce n'est plus le cas aujourd'hui, dit Laura avec un geste vers la poupée. De plus, un chasseur fou se balade dans les parages sur sa barque, le soir. C'est peut-être lui qui a glissé ce serpent dans mon lit et qui a laissé la poupée.

Et pas Drew.

A cet instant, Drew entra dans la cuisine. Laura sentit son cœur se serrer.

— Tu veux parler de Charlie Wallis ? demanda Martha. Est-ce lui que tu as vu ?

— Ce type est le mari de Mabel ? demanda Drew, en cherchant le regard de Laura. Que lui est-il arrivé ?

— Le pauvre homme a perdu la tête après la mort de sa fille, Georgette, expliqua Martha. Il ne ferait pas de mal à une mouche. Il passe ses journées sur sa barque à errer dans le bayou et à marmonner contre les sorcières et les fantômes qui vivent près de l'eau. Il prétend que le marais lui raconte des secrets terribles.

— Comment savez-vous qu'il ne ferait pas de mal à une mouche ? demanda Laura en repensant à la machette que tenait l'homme.

— Oh ! Charlie n'est pas du genre violent, répondit Martha avec un sourire.

— Je ne suis pas sûre que les opossums soient de cet avis, marmonna Laura en s'approchant de Drew.

Se pouvait-il que ce soit lui ? Le message, la poupée, le serpent ?

— Martha, si jamais vous retrouviez la clé de ma chambre, je vous en serais très reconnaissante.

Martha la regarda un moment, l'air perplexe, puis elle leva les yeux vers Drew. Soudain, elle sourit et s'essuya les mains sur son tablier.

— Bien sûr, comme tu voudras...

Elle ajouta, en désignant la poupée posée sur la table :

— Je suis vraiment désolée, Laura. J'espère que toutes ces histoires ne vont pas t'inciter à repartir. Tu es chez toi à Lionsheart. Ce sera toujours ta maison. Si tu veux faire changer les serrures, je peux appeler le serrurier dès demain pour qu'il s'en occupe. Je veux que tu te sentes en sécurité ici. Je l'appellerais bien dès ce matin, mais j'ai un rendez-vous tout à l'heure. Je suis désolée si j'ai pu sembler distraite et occupée.

— Merci, Martha, dit Laura, soudain soulagée. C'est très gentil à vous. Demain, ce sera parfait.

— Nous allons en ville, annonça soudain Drew, en s'emparant de la poupée.

Lorsqu'il la prit par la main, Laura hésita une seconde.

Elle devait se montrer prudente si elle voulait découvrir la vérité. Elle devait déterminer qui était le vrai Drew. L'homme qui lui avait fait l'amour avec passion ? Ou celui qui était prêt à tout pour la voir quitter la maison ?

Sa maison.

— Serez-vous rentrés pour le dîner ? J'essaie une nouvelle recette que je veux servir à la soirée et je tiens à m'assurer que tout est parfait.

— Je suis sûr que ce sera parfait, maman, répondit Drew. Mais oui, nous dînerons ici ce soir, ajouta-t-il avant qu'elle ne puisse protester.

Avec un sourire, Martha s'empara d'un nouveau bloc de cire qu'elle posa dans sa casserole.

— Parfait. A tout à l'heure, alors ! Laura, tu devrais prendre un pull. Il y a de l'orage dans l'air.

— Merci, Martha.

Dans l'entrée, Drew récupéra deux parapluies dans un grand vase, pendant que Laura courait chercher un pull dans sa chambre. Elle aussi sentait qu'un orage était sur le point d'éclater.

Et elle soupçonnait qu'il ne serait pas seulement question de pluie et de tonnerre.

Dans la voiture, Laura tenta d'apaiser l'inquiétude qui la rongeait, tandis qu'ils franchissaient la Marche du Diable pour se rendre à la boutique vaudou. Elle avait beau se répéter qu'il s'agissait d'un magasin comme les autres, elle ne pouvait s'empêcher de ressentir une certaine appréhension.

— Tu veux bien me parler un peu de Mary ? demanda-t-elle soudain.

Drew eut l'air surpris.

— Que veux-tu savoir ?

— Je rêve peut-être, mais il m'a semblé qu'elle préférait rester dans l'ombre, hier. Tu es sûr qu'elle va accepter de nous recevoir ?

— Mary se montre parfois un peu bizarre, expliqua Drew.

Les premières gouttes de pluie s'écrasèrent lourdement sur le pare-brise. Drew actionna les essuie-glaces.

— Les gens pensent qu'elle a aidé ta mère à combiner la mort de Paul. On a beaucoup parlé d'elle après l'accident. Elle ne doit pas être très à l'aise en présence des Larame.

— Encore du vaudou ?

— Oui… Ta mère et elle ont fait de Mystique Vaudou la meilleure boutique du pays, en dehors de La Nouvelle-Orléans.

L'orage éclata brusquement au moment où Drew garait la voiture le long du trottoir. Ils restèrent un moment assis à regarder la pluie tambouriner sur le pare-brise. La violence de l'orage accentuait l'aspect chaleureux de l'habitacle.

L'ambiance était presque intime.

Presque.

— Ta mère affirme que ce n'est pas elle qui a caché la poupée dans mon tiroir, dit soudain Laura, rompant le silence qui s'était installé entre eux. En fait, elle voulait même la jeter à la poubelle. Pourquoi une personne qui pratique le vaudou agirait-elle de la sorte ?

— Je ne sais pas… Il ne faut pas toujours se fier aux apparences, avec ma mère.

— Il n'y a pas qu'avec elle, répondit-elle en se tournant vers lui.

Il la regarda un instant, perplexe, puis son expression se radoucit et il lui toucha tendrement la joue.

— Tu es sûre que tu veux aller au magasin ? Je peux m'en occuper tout seul, si tu veux.

Elle refoula l'envie d'accepter sur-le-champ. Elle devait parler à Mary en personne. Elle jeta un regard inquiet par la fenêtre vers les poupées vaudou dans la vitrine et retint un frisson.

— Ça va aller, assura-t-elle. Mary était la meilleure amie de ma mère, en plus d'être son associée. Il est important que je lui parle. J'espère juste qu'elle pourra me fournir quelques réponses.

Lorsqu'il lui serra la main pour la rassurer, elle fut heureuse qu'il soit auprès d'elle. Même si elle ne pouvait lui faire totalement confiance.

— Alors, allons-y ! lança-t-il en lui tendant un parapluie.

Dès qu'elle sortit de la voiture, Laura se rendit compte que le parapluie ne servirait à rien. Le vent et la pluie étaient si violents qu'elle fut trempée avant même d'arriver à la porte de la boutique. Ensemble, ils entrèrent en trombe. Au même moment, un coup de tonnerre déchira l'air.

Lorsqu'ils refermèrent la porte, Mary reposa sa tasse de thé dans sa soucoupe. Elle se cala dans son fauteuil à bascule installé près de la vitrine et les étudia avec attention pendant qu'ils mettaient leurs parapluies à sécher près de l'entrée.

— Je me demandais quand vous reviendriez, lança-t-elle en retournant une carte de la pile de tarots posée devant elle sur une petite table.

Laura sentit son ventre faire un saut périlleux en entendant le bruit caractéristique de la carte retournée. Posant une main légère sur son dos, Drew l'invita à avancer. Il tira une chaise pour elle avant de s'asseoir à son tour.

— Merci de nous recevoir, Mary, dit-il en guise de salutation.

Laura tourna les yeux vers la vitrine, afin de ne plus voir les silhouettes tordues et grotesques des poupées qui l'entouraient, ni les dessins dérangeants des cartes de tarots étalées sur la table.

— Nous avons quelques questions à vous poser, commença Drew. Mais d'abord, nous espérions que vous pourriez nous aider.

Laura regarda Mary, dont le regard noir trahissait la curiosité.

Tant de secrets et de mensonges.

Et à qui faire confiance ?

— Que puis-je pour vous ? demanda Mary en rassemblant ses cartes en une pile nette qu'elle enveloppa dans un foulard violet avant de les placer dans une boîte de bois aux motifs intriqués.

Laura inspira plusieurs fois pour tenter de se détendre. Elle était fascinée par les boucles d'oreilles en argent de Mary, qui jouaient à cache-cache entre ses nattes.

Puis Drew sortit la poupée vaudou de sa poche

et la posa sur la table. Laura remarqua que Mary ne la touchait pas, pas même pour la retourner.

— Est-ce une poupée que vous vendez ici ? demanda Drew en regardant autour de lui, comme s'il cherchait une confirmation.

Laura connaissait la réponse.

Elle se souvenait de tout ce qu'elle avait vu la dernière fois : les poupées, les têtes de reptile, les crânes divers et variés et les mues de serpent.

Elle frissonna.

— Non, répondit Mary, toujours sans toucher la poupée.

Elle avait légèrement pâli.

— Vous en possédez tant… Comment pouvez-vous en être sûre ? insista Drew.

Mary marmonna quelque chose, mais Laura n'écoutait déjà plus. Elle avait l'impression d'être observée. La pénombre gagnait la pièce et la pluie tambourinait toujours avec force sur le toit, sans pour autant procurer la même impression d'intimité que dans la voiture. On aurait plutôt dit que des dieux en colère frappaient du poing sur la toiture. Des éclairs zébraient le ciel, baignant la pièce d'une lueur bleutée.

Laura jeta un coup d'œil par la fenêtre, craignant à l'avance ce qu'elle allait voir.

Rien. Personne.

Elle fit le gros dos pour se protéger du courant d'air glacé qui se glissait dans son cou et coula un regard derrière elle.

De nouveau, personne.

Il n'y avait qu'eux dans le magasin. Personne ne l'observait à la dérobée, à part les centaines d'orbites vides des crânes et des poupées vaudou. Pourtant, elle n'avait pas rêvé. Elle avait senti un regard dans son dos. Son ventre se noua.

— Existe-t-il d'autres magasins dans le pays où l'on vend ce genre de poupées ? demanda Drew.

Mary fit signe que non, puis se leva brusquement.

— Voulez-vous une tasse de thé ?

— Avec plaisir, merci, répondit Drew.

Elle s'éclipsa un instant dans l'arrière-boutique.

— Elle sait quelque chose, murmura Laura. Tu as remarqué qu'elle ne touchait pas la poupée ?

Drew lui prit la main. Son contact était chaud et doux. Elle repensa à l'intimité qu'ils avaient partagée quelques heures plus tôt. Elle aurait voulu être de nouveau dans ses bras. Elle voulait sortir de cette boutique, oublier ses craintes et ses doutes pour profiter de sa présence.

Mais si c'était lui qui avait laissé ce message sur sa table de nuit ? Et la poupée ? Elle le regarda, espérant apercevoir la vérité au fond de ses yeux.

— Ne t'inquiète pas. Elle va nous répondre.

Il se pencha vers elle pour déposer un baiser sur ses lèvres.

— Comment se fait-il que tu sois revenu chez ta mère exactement au moment où j'avais besoin de toi ? demanda Laura.

Il sourit, mais ses yeux restèrent étrangement tristes.

— Impossible de combattre le destin…

Une coïncidence ? C'était un peu gros quand même.

Il prit sa main pour la porter à ses lèvres et embrasser doucement ses doigts. Elle se détendit un peu et se perdit un instant dans la chaleur de son regard, certaine qu'il ne ferait jamais rien pour lui causer du tort.

Elle se laissa bercer par cette idée juste une seconde.

— Alors, où avez-vous trouvé cette poupée ? demanda brusquement Mary en revenant avec un plateau chargé d'une belle théière de porcelaine blanche, d'un sucrier et de deux tasses assortis.

— Quelqu'un l'a laissée dans ma chambre. Dans mon tiroir à sous-vêtements.

Mary fit la moue, mais elle ne dit rien pendant qu'elle versait le thé. Laura serra la tasse qu'elle lui tendait, laissant la chaleur du breuvage se diffuser en elle.

— Je crois que ce collier m'appartenait quand j'étais enfant, expliqua-t-elle en désignant la petit licorne autour du cou de la poupée. Quant aux cheveux…

Elle prit une mèche de ses cheveux entre deux doigts.

— … il pourrait bien s'agir des miens, également, conclut-elle, incapable de réprimer un frisson.

Mary fronça les sourcils mais ne répondit rien. Pourquoi refusait-elle de leur dire ce qu'ils avaient besoin de savoir ? Agacée, Laura se massa les tempes. La puissante odeur d'encens au bois de santal qui flottait en permanence dans la boutique commençait à lui donner la migraine.

— Vous devez savoir quelque chose sur cette poupée… Quelque chose que vous ne nous dites pas.

Mary se recula dans son fauteuil et contempla Laura un moment, l'air soucieux.

— Etes-vous sûre de ne jamais avoir vu cette poupée ? insista Laura.

— Je n'ai jamais prétendu que je ne l'avais pas

vue, répondit Mary en buvant une gorgée de thé, sans quitter Laura des yeux. J'ai simplement dit que ce n'était pas moi qui l'avais vendue.

Laura se raidit, à bout de patience.

— Vous la reconnaissez alors ? Savez-vous qui l'a fabriquée ? Pourquoi quelqu'un l'aurait-il ornée avec un de mes colliers avant de la mettre dans mon tiroir ?

— C'est une poupée pour chasser l'ennemi, dit doucement Mary dans le vacarme de la pluie.

Laura se pencha, déterminée à ne pas manquer une seule de ses paroles, même si celles-ci l'écœuraient.

— A quoi sert-elle ?

— A faire partir quelqu'un. A se débarrasser d'une présence importune.

Laura jeta un regard à Drew, mais celui-ci n'eut pas la moindre réaction. Il avait ce regard impassible qu'elle commençait à connaître.

— C'est aussi une poupée cérémonielle pour aider les esprits à trouver l'élu, poursuivit Mary.

Le souffle froid qui avait effleuré Laura quelques minutes plus tôt se transforma en une main glacée qui lui oppressait le cœur.

— L'élu ? répéta-t-elle, en manquant s'étouffer sur le mot.

— La personne désignée que l'on souhaite voir s'éloigner. Cette personne est alors marquée.

L'étau qui lui tenait le cœur se resserra un peu plus. Pourquoi cherchaient-ils tous à se débarrasser d'elle ?

— Qui aurait pu laisser une chose pareille dans mes affaires ?

Mary haussa les épaules, mais ses yeux contredisaient sa nonchalance.

— Tu dois te montrer plus prudente, Laura. Ce n'est peut-être pas raisonnable de ta part de rester à Lionsheart. Tu ferais mieux de prendre une chambre à l'auberge, de l'autre côté de la rue.

Encore un avertissement ?

Laura croisa le regard de Drew avant de retourner à Mary. Se penchant en avant, elle posa les paumes à plat sur la table.

— Si vous saviez quelque chose sur tout ça, sur ce qui m'arrive, vous m'en parleriez, n'est-ce pas ?

— Parce que j'étais la meilleure amie de ta mère ?

— J'espère que cela compte un peu.

Mary fit tourner sa tasse entre ses mains.

— Je peux te dire que cette poupée n'a pas été achetée dans un magasin.

— Comment le savez-vous ? demanda Drew.

— Elle a été confectionnée à la main. Par quelqu'un de la ville. Quelqu'un qui pratique… les arts.

— Voulez-vous dire que c'est ma mère qui a fait ça ? demanda Drew d'une voix soudain glaciale.

Laura repensa au grigri que Martha avait laissé sous son oreiller et à l'autel dans le grenier. Se pouvait-il que Martha soit derrière toute cette histoire depuis le début ? Alors, pourquoi avait-elle cherché à accuser Drew, son propre fils ?

— Ce n'est pas de ta mère que je parle, répondit Mary d'une voix grave. C'est de celle de Laura.

Ces paroles atteignirent Laura comme une balle. Sursautant violemment, elle regarda Mary et se souvint de toutes les poupées du grenier. Nombre d'entre elles étaient sans visage, inachevées. Quelques secondes de réflexion suffirent.

— Ma mère fabriquait des poupées vaudou ? demanda-t-elle, abasourdie.

Drew lui tendit une nouvelle tasse de thé, cherchant visiblement un moyen de l'apaiser. Elle l'accepta, sans pourtant boire.

— Pourquoi ? articula-t-elle, incapable de détacher son regard de Mary.

— Cela rapportait pas mal d'argent et elle était douée. Elle confectionnait également des poupées classiques pour les enfants. Des petites poupées de chiffons de grande qualité qu'elle vendait à prix d'or dans les meilleures boutiques de La Nouvelle-Orléans.

Elle poussa un bref soupir.

— Malheureusement, ces dernières ne s'écoulaient pas aussi bien. Lorsque nous avons ouvert Mystique Vaudou, nous n'avions pas la moindre idée du succès que nous aurions. Ni des conséquences…

— C'est comme ça que Delilah s'est improvisée prêtresse vaudou ? demanda Drew.

— Exactement, répondit Mary avec gravité. Afin de vendre plus de poupées.

— Mais pourquoi ? s'écria Laura. Ma mère était mariée à un Larame. Pourquoi avoir recours à de telles extrémités pour gagner de l'argent ?

— Ta mère et Paul avaient prévu de partir. Paul ne voulait plus travailler pour le cabinet d'avocats de son père. Ils ne voulaient plus rester à Lionsheart. Ils projetaient de quitter la Louisiane pour recommencer leur vie de zéro. Tenter leur chance ailleurs.

Laura la regarda sans rien dire. Quelque chose

clochait dans cette histoire. S'ils souhaitaient partir, pourquoi tous ces secrets ?

A moins que…

— J'imagine que ça ne devait pas trop plaire à Randal et Jeanne, soupira Drew en s'emparant d'une bougie sur une étagère derrière lui.

A moins que sa mère et Paul n'aient eu peur de quelque chose… ou de quelqu'un. Couraient-ils un danger ?

— Randal et Jeanne Larame n'en ont jamais rien su. Delilah avait presque réuni l'argent dont ils avaient besoin, mais la voiture de Paul a dérapé sur la Marche du Diable et il est mort.

Drew jouait toujours avec la bougie, la tournant entre ses mains, la portant à son nez pour la sentir. Elle ressemblait beaucoup à celle que Martha fabriquait dans la cuisine, un peu plus tôt. Etait-ce elle qui fournissait la boutique de Mary ?

— Ensuite, Laura et toi avez failli vous noyer. Après ça, Delilah a disparu et personne ne l'a plus jamais revue.

— Comment ai-je fait pour me retrouver dans le marais ? demanda Laura.

— Personne ne le sait, répondit Mary en se servant une nouvelle tasse de thé.

— Et Georgette ? Qu'est-ce qu'elle a à voir avec tout ça ? insista Drew.

— Georgette s'est trouvée au mauvais endroit au mauvais moment.

Que cachait Mary ?

De nouveau, un souffle froid frôla la nuque de Laura. Elle tourna la tête, mais ne vit rien. Elle frissonna. Comme elle détestait cet endroit ! Drew reposa la bougie.

— Etes-vous sûre que c'est tout ?

— Bien sûr. Pourquoi ?

— Mabel a violemment réagi quand elle a vu Laura. Et puis, il y a Charlie… Disons qu'il traîne beaucoup autour de nous.

— Georgette était leur seule fille. Sa mort a bouleversé leur vie et leur mariage. Charlie a quitté son travail, sa maison et sa famille pour errer dans le marais. Ils cherchaient tous les deux un coupable. Ils ont choisi Delilah.

Un silence pesant s'installa. Drew reprit la bougie et la porta de nouveau à son nez.

— Que pouvez-vous me dire sur ces bougies ?

— Pas grand-chose. On s'en sert pour les cérémonies, c'est tout.

— Les cérémonies vaudou ? demanda Laura.

Mary acquiesça, confirmant ce que Drew avait dit sur Martha. Si celle-ci ne pratiquait pas le vaudou, pourquoi sa cuisine était-elle emplie de bougies cérémonielles ? Vaguement soulagée, elle jeta un regard vers Drew. Martha lui avait menti. Il fallait à présent savoir pourquoi.

— C'est étrange, cette odeur, dit Drew en reniflant encore la bougie. Qu'est-ce que c'est ?

— Du vinaigre.

Surpris, il contempla un instant la bougie avant de la reposer.

— Mary, est-ce que ma mère est ici ? demanda Laura de but en blanc.

Peut-être Martha avait-elle également menti à ce sujet.

— Pardon ?

— Hier, je manque de me faire renverser par une voiture. Le soir même, je trouve un serpent dans mon lit. Aujourd'hui, quelqu'un laisse une poupée dans mon tiroir. Une poupée qui, selon vous, a été confectionnée par ma mère.

Mary se leva, prit la bougie abandonnée par Drew sur la table et la replaça sur l'étagère.

— C'est vrai mais quelqu'un y a ajouté la mèche de cheveux et le collier. Cette personne devait déjà les avoir en sa possession. Je dirais que quelqu'un veut vraiment que tu quittes les lieux.

Ce n'était pas une réponse.

— Se pourrait-il que cette mystérieuse personne soit ma mère ? insista Laura, sachant qu'elle devait sembler bien désespérée. Est-il possible qu'elle soit vivante et que, pour une raison quelconque, elle ne souhaite pas que je la retrouve ?

Mary se rassit et la regarda longuement. Elle semblait se demander si elle devait parler et ce qu'elle pouvait dire.

— Non, finit-elle par répondre.

— Pourquoi pas ? Comment pouvez-vous en être si sûre ? Elle pourrait facilement avoir en sa possession une mèche de mes cheveux et mon collier.

— Pour ta mère, tu passais toujours en premier, dit Mary en se penchant en avant. Jamais elle ne t'aurait abandonnée si elle avait eu le choix. Jamais.

Ces paroles étaient celles que Laura avait toujours espéré entendre. Pourtant, une profonde tristesse l'envahit, l'atteignant au plus secret d'elle-même.

— Vous en êtes sûre ? chuchota-t-elle.

— Certaine. Comme jamais dans ma vie. Si ta

mère n'est pas revenue pour te chercher, c'est parce qu'elle ne le pouvait pas.

Parce qu'elle ne le pouvait pas.

Laura sentit une douleur intense lui vriller le ventre. C'était la vérité. Au fond d'elle-même, elle l'avait toujours su.

— Je crois que j'espérais…

Mary se leva.

— Ta mère m'était très chère. Elle t'aimait plus que tout. Quelqu'un l'a empêchée de venir te chercher. A présent, quelqu'un te laisse des avertissements. Ne les prends pas à la légère, Laura. Rentre chez toi. Retourne à San Francisco avant qu'il ne soit trop tard. Il n'y a plus rien que tu puisses faire ici. Aucune raison pour toi de rester. Le passé est derrière toi.

Les paroles de Mary détruisaient les derniers espoirs dans le cœur de Laura.

Sa mère était sans doute morte.

— Ce bijou pourrait t'intéresser, dit soudain Mary en retirant le collier qu'elle portait autour de son cou. C'est un St-Christophe. C'était celui de ta mère.

Laura prit la chaîne et retourna le médaillon. Un nom y était gravé : Delilah.

— C'est son père qui le lui avait offert quelques jours avant de mourir.

Un grand-père dont elle ne saurait jamais rien, pensa Laura en laissant couler des larmes brûlantes.

— Merci, chuchota-t-elle, avec gratitude.

— Que devons-nous faire de la poupée, Mary ? demanda Drew.

— Donnez-la-moi. Je vais la détruire par le feu purificateur. Quel que soit le pouvoir qu'elle détient, celui-ci sera supprimé.

Drew prit Laura par le bras pour la conduire vers la porte. Sans un regard en arrière, elle prit son parapluie et sortit. Une douleur sourde lui serrait le ventre. Quelqu'un lui avait menti sur la présence de sa mère ici. C'était méchant, cruel. Quoi qu'il se trame dans cette ville, c'était malsain et dangereux.

Mary avait raison. Elle n'avait plus rien à faire ici. Sa vie était en Californie.

Soudain, un détail la frappa : Mary avait parlé de San Francisco. Comment savait-elle que c'était là qu'elle avait grandi et qu'elle vivait ?

Elle repoussa le sentiment de malaise qui se frayait un chemin dans sa conscience. C'était une petite ville. Tout le monde se connaissait ; tout se savait. Elle ne découvrirait sans doute jamais ce qui était arrivé à sa mère, mais elle avait trouvé ce pour quoi elle était venue : elle savait qu'elle avait été aimée. C'était tout ce qui comptait.

Il était temps de rentrer chez elle et de laisser toutes ces horreurs derrière elle.

11

Sur le trottoir, Laura contempla un instant la pluie qui tombait toujours et ouvrit son parapluie.

— Et maintenant ? demanda Drew, à son côté.

— Je préférerais ne pas retourner à Lionsheart.

— Tu es sûre ? s'enquit Drew, surpris.

— Oui. Mary a raison. Si je ne peux retrouver ma mère, je n'ai rien à faire ici. Il est temps de rentrer et de laisser tout cela derrière moi.

Un mélange de soulagement et d'inquiétude brilla dans le regard de Drew. Elle le rassura d'un sourire.

— Ne t'inquiète pas. Je sais que c'est ce qu'il y a de mieux à faire. C'est ce que tu essayais de me faire comprendre depuis le début, mais j'avais besoin de m'en rendre compte par moi-même. Maintenant, il est temps de rentrer. Mais d'ici là…

— Que penses-tu de l'auberge ?

Il désigna une maison blanchie à la chaux de l'autre côté de la rue. La bâtisse avait visiblement été restaurée pour être transformée en hôtel. Des fauteuils à bascule avaient été installés sur le porche et des bégonias suspendus dans des pots se balançaient doucement au vent. L'endroit semblait plutôt accueillant. Laura acquiesça et ils traversèrent la rue en courant, côte à côte sous la pluie, jusqu'aux marches de bois.

Une fois à l'abri du porche, Laura laissa s'égoutter l'excès d'eau de son parapluie avant d'entrer. Elle sursauta lorsqu'une clochette retentit, puis elle s'avança sur le parquet d'acajou, essayant de ne pas mettre de l'eau partout.

Derrière le large comptoir qui occupait le mur du fond, une porte s'ouvrit et une femme d'un certain âge au visage rond et rose apparut.

— Oh ! Mes pauvres agneaux ! s'écria-t-elle d'une petite voix chantante. Vous êtes trempés ! On dirait bien qu'il tombe des cordes.

— Vous avez raison, répondit Drew, en s'essuyant le visage. Nous voudrions votre plus belle chambre.

— Bien sûr. Combien de temps comptez-vous rester ? demanda-t-elle en sortant un gros registre d'un tiroir et en ajustant ses lunettes.

Drew se tourna vers Laura. Dans ses yeux brillait la même question. Elle se mordit la lèvre inférieure. Elle savait qu'il était temps de mettre un terme à ce petit voyage et à ses recherches. Il était temps de passer à autre chose. Elle aurait seulement voulu se sentir prête à oublier Drew.

— Juste une nuit. Je pars demain.

Elle lut l'approbation dans le regard de Drew, mais aussi une pointe de regret. Elle l'espérait, en tout cas.

— Très bien, dit la femme en leur tendant le registre.

Drew signa, puis tendit sa carte de crédit.

— Je vous installe dans la chambre rose, dit-elle en leur tendant une clé. Troisième étage à droite. Il y a une très belle vue sur la place.

— C'est parfait.

Laura comprit soudain que c'était peut-être les derniers moments qu'ils passaient ensemble.

— Voulez-vous que je fasse monter vos bagages ? demanda la femme.

— Nous... nous irons les chercher plus tard, merci, répondit Drew.

— Oh...

La femme les regarda un instant, puis elle rougit brusquement et baissa les yeux, un sourire encore plus radieux aux lèvres.

Laura se sentit rougir à son tour en comprenant ce que la patronne de l'hôtel venait sans doute de penser. Inutile de prétendre qu'elle n'avait pas elle-même eu la même idée en tête. Si l'heure était venue de dire adieu à Drew, autant que leurs derniers instants ensemble soient un bon souvenir.

Des images agréables, pour lui tenir chaud lors des froides soirées solitaires à San Francisco.

— Si vous voulez laisser vos vêtements mouillés devant la porte, je les mettrai à sécher, poursuivit l'hôtelière pendant que Laura remplissait à son tour le registre.

— Merci, dit Laura en regardant son jean et son T-shirt. C'est vraiment gentil.

— Du thé et des gâteaux seront servis à quatre heures dans le salon, si cela vous tente. J'espère que tout sera à votre convenance.

— J'en suis sûre, dit Laura.

Elle suivit Drew dans l'escalier jusqu'au troisième étage. Tandis qu'ils montaient, elle admira ses larges épaules et ses bras musclés, se rappelant leur force lorsqu'il l'avait serrée dans ses bras, ce matin-là.

Les adieux ne seraient pas faciles.

Drew ouvrit la porte. La chambre était d'une propreté irréprochable. La décoration datait passablement, avec un excès de vieux rose un peu partout, mais le lit semblait confortable. Elle le testa du bout des doigts, s'imaginant en train de se blottir contre Drew sous les couvertures.

— Regarde ça ! appela Drew depuis la porte de la salle de bains.

Laura poussa un soupir ravi en découvrant une baignoire avec des robinets à l'ancienne.

— Mon royaume pour un bain chaud !

S'emparant d'une boîte d'allumettes sur la table de nuit, Drew alluma une bougie.

— Tu devrais retirer ces vêtements mouillés.

L'idée n'était pas mauvaise.

— Prends un bain chaud pendant que je vais chercher à manger.

Hum. Laura regarda la bougie et les huiles de bain. C'était tentant.

— Tu es merveilleux, Drew. Tu es sûr que cela ne te dérange pas ?

— Aucun problème. Je meurs de faim. Je n'en ai pas pour longtemps.

— Parfait, dit Laura en ouvrant le robinet pour ajuster la température.

Drew quitta la salle de bains.

— Passe-moi tes vêtements quand tu seras prête ! appela-t-il depuis la chambre.

Elle était prête… Plus que prête.

De toute évidence, ils n'étaient pas sur la même longueur d'onde. Avait-il simplement faim ? Ou y avait-il autre chose ? Après ce qui s'était passé ce matin-là, elle était surprise qu'il puisse encore essayer de la tenir à distance. C'était leur dernier après-midi ensemble et elle n'avait pas l'intention de le passer seule.

Elle retira ses vêtements, les rassembla en un paquet et sortit de la salle de bains.

Drew était au téléphone, en train d'informer sa mère de leur changement de programme : ils ne seraient pas là pour le dîner. Elle espérait seulement que cela signifiait qu'il avait l'intention de passer les prochaines heures avec elle.

— Et voilà ! annonça-t-elle lorsqu'il raccrocha.

Drew se tourna vers elle et, la découvrant nue, écarquilla les yeux de surprise. Il parcourut son corps du regard, de la tête aux pieds, avant de revenir se poser sur ses seins. Ses pupilles s'étaient dilatées sous l'effet du désir. Lorsqu'elle inspira profondément, sa poitrine se souleva et Drew crispa nerveusement les mâchoires. Elle ne put retenir un petit sourire de victoire : il avait envie d'elle.

Elle lui tendit les vêtements, puis se dirigea nonchalamment vers le lit pour chercher une pince à cheveux dans son sac à main. Lui tournant le dos, elle ramassa sa chevelure en un haut chignon qu'elle épingla d'un geste rapide.

Jetant un coup d'œil par-dessus son épaule, elle vit que Drew n'avait pas bougé d'un pouce. Cloué au sol, la dévorant du regard, il tenait toujours le paquet de vêtements mouillés contre lui. Elle sentait presque la caresse brûlante de ses yeux sur son corps.

— Tu es sûr que tu ne préférerais pas d'abord venir prendre un petit bain avec moi ? demanda-t-elle, comme si de rien n'était.

Elle l'entendit déglutir avec peine. Il bafouilla quelque chose d'inaudible, puis ouvrit brusquement la porte, posa les vêtements en boule dans le couloir, et referma.

A clé.

Un sourire aux lèvres, Laura regagna la salle de bains en ondulant très légèrement des hanches.

La pièce était pleine de vapeur. Elle versa quelques gouttes d'une huile parfumée à la vanille dans l'eau, humant le doux parfum. Avec un gémissement de plaisir, elle se glissa dans l'eau chaude.

C'était le paradis. Elle resta un instant allongée, les yeux fermés, savourant le contact de l'eau chaude sur ses muscles endoloris et le parfum de la vanille. Lorsqu'elle rouvrit les yeux, Drew la regardait depuis la porte. Elle perçut quelque chose de différent en lui, quelque chose qu'elle avait envie d'explorer, quelque chose qu'elle ne voulait pas perdre.

Drew sut qu'il faisait une grosse erreur à l'instant même où il entra dans la salle de bains.

Il aurait dû aller chercher à manger, comme prévu, mais la vue de Laura, allongée dans l'eau, ses seins lourds flottant sur la mousse... Elle semblait si douce, si attirante et si incroyablement sexy qu'il en perdit toute volonté. Et l'appétit.

Il ferma la porte de la salle de bains.

— C'est tout simplement divin, soupira-t-elle d'une voix rauque qui enflamma son corps plus encore que la chaleur de la pièce.

Il s'assit sur le rebord de la baignoire sans la quitter des yeux, et se pencha vers elle pour l'embrasser doucement. La douceur de ses lèvres fit battre son cœur plus fort.

Elle le désirait.

Et ce désir était un aphrodisiaque puissant auquel il ne pouvait résister. Elle leva une main pour le prendre par la nuque, laissant une mince traînée de mousse sur sa peau. L'odeur de vanille enveloppa son cerveau de volutes délicieuses.

— Tu sens merveilleusement bon, murmura-t-il en essayant de ne pas penser à son corps nu sous cette mousse, à son bras luisant d'eau.

En vain.

L'image de ses seins rebondis, de son ventre ferme, de ses cuisses musclées, soyeuses, parfaites, prenait son esprit d'assaut. Encore un baiser, un seul, un dernier, puis il reprendrait le contrôle de la situation avant qu'il ne soit vraiment trop tard. Elle était sur le point de rentrer à San Francisco où elle serait hors de danger. Il serait idiot d'essayer de la retenir.

Il l'embrassa de nouveau, sa bouche s'attardant au-dessus de la sienne comme s'il tentait de se contenir.

Elle était si douce.

Lorsqu'il lui caressa les lèvres de la langue, elle ouvrit la bouche pour l'accueillir. Il sut alors qu'il était perdu. Avec un gémissement, il se fondit en elle, dans une danse exultante de leurs deux langues. Il était parcouru d'un frisson électrique qui enflammait son désir.

Il devait s'arrêter.

Il devait se montrer fort.

Au prix d'un effort de volonté extrême, il s'écarta un peu d'elle.

— Je suis désolé, murmura-t-il tout contre sa bouche, incapable de s'éloigner davantage.

Il ne voulait pas partir. Mais il le devait. Tout de suite. Avant qu'il ne soit trop tard.

Comme si elle devinait ses intentions, Laura lui passa un autre bras autour du cou et se hissa légèrement hors de l'eau pour venir à sa rencontre. Sa poitrine généreuse était ruisselante d'eau, couverte de mousse qui glissait lentement sur sa peau, laissant apparaître peu à peu le bout de ses seins. Le désir sauvage qui lui brûlait les veines sembla exploser, accélérant son pouls.

Il glissa une main sur l'un de ses seins à la douceur incroyable et sentit avec satisfaction le téton durcir sous ses caresses, comme un bouton de rose tentateur. Le souffle haletant de Laura n'avait non plus rien pour le décourager. Il se souvint soudain des petits cris de plaisir qu'elle avait poussés en jouissant ce matin-là. De la façon dont ses longues jambes s'étaient enroulées autour de sa taille, comme si elle avait voulu ne jamais le laisser partir.

Il se pencha pour tracer de lents cercles de la langue sur le bout de son sein droit, avant de l'aspirer doucement dans sa bouche. Un coup de langue plus rapide arracha à Laura un gémissement plus prononcé et la pointe du sein se durcit davantage.

Il se redressa tandis que Laura défaisait les boutons de sa chemise. Elle souriait, le regard voilé et lourd de désir encore inassouvi.

— Tu viens me rejoindre ? demanda-t-elle d'une voix séductrice, en glissant une main dans sa chemise.

Ses doigts glissèrent sur son torse, s'attardèrent

sur le bout de ses seins, déclenchant des étincelles de chaleur dans tout son corps.

— Non, articula-t-il avec difficulté. Je ne peux pas.

— Mais si…

Se penchant en avant pour déboutonner son pantalon, elle y glissa une main chaude et humide. Il pria pour trouver la force de résister, même s'il brûlait de la sentir descendre plus bas. De la sentir caresser son membre de ces mains brûlantes.

— La baignoire…, murmura-t-il, dans un dernier effort pour reprendre les choses en mains. C'est un peu petit.

Il peinait à reprendre son souffle.

— Je vais te faire un peu de place, l'encouragea-t-elle en tirant un peu plus son pantalon sur ses hanches. Viens…

Une chaleur presque douloureuse le traversa, aggravant son désir au-delà de la raison.

Au-delà de la réflexion.

Lui prenant le visage à deux mains, il l'embrassa comme un fou, plongeant sa langue avec fureur dans la douceur de sa bouche. Puis, il se releva et laissa son pantalon tomber au sol. Les pupilles de Laura se dilatèrent devant l'évidence de son désir pour elle. Une faim dévorante gagna son regard. Elle passa la pointe rose de sa langue sur ses lèvres pour les humidifier. A la hâte, il arracha le reste de ses vêtements, habité par un désir presque doué d'une volonté propre.

Elle sourit lorsqu'il entra dans la baignoire. Une fois allongé, il l'attira sur lui. Son corps, luisant d'eau et de mousse, glissa sur le sien. Ce fut presque douloureux pour lui, lorsque ses seins, son ventre, et les replis délicats de son sexe effleurèrent son érection.

Puis Laura se redressa et se plaça à califourchon sur lui. Il laissa échapper un gémissement lorsqu'elle vint s'empaler doucement sur toute la longueur de son sexe érigé. Il se mit lentement à bouger, se frottant contre elle, avançant un peu plus vers le sommet à chaque balancement. Laura poussa à son tour un petit soupir de plaisir.

Elle se pencha pour l'embrasser et il ouvrit la bouche pour elle, savourant la passion de ce contact. Elle s'attarda sur le coin de sa bouche, l'agaçant de la langue et des dents. Puis, elle se redressa légèrement, le laissant presque se retirer, mais pas tout à fait. Lorsqu'elle commença de petits va-et-vient, Drew dut lutter pour ne pas laisser sa raison lui échapper complètement.

Il devait conserver un semblant de contact avec le monde réel, le monde de la douleur et de la perte, le monde de la réalité.

Un monde dans lequel il n'aurait pas dû faire ce qu'il faisait, dans lequel faire l'amour à une femme sur le point de partir et qui risquait aussi de mourir était une très mauvaise idée.

Lorsqu'elle s'abaissa de nouveau sur lui, enfouissant son sexe tout entier au plus profond de son corps, il se rendit compte avec un soubresaut de plaisir qu'il était déjà trop tard. Avec Laura, il ne pouvait s'empêcher de plonger tête la première dans les abysses. Il y avait trop de choses entre eux. Cela dépassait la simple attraction sexuelle ou les souvenirs d'enfance.

Malheureusement, il n'aurait jamais le loisir de

l'explorer, car Laura n'avait plus que quelques jours à vivre. Peut-être même quelques heures.

Cette pensée, qu'il essayait de chasser depuis le début, acheva de faire voler sa volonté en éclats. Laissant libre cours à son désir vorace, il l'embrassa comme un affamé.

Ses mains se mirent à danser sur les courbes appétissantes de son corps magnifique. Il voulait accepter son invitation et mettre un terme à son tourment en quelques coups rapides de bassin, tout en espérant que cet instant dure toujours.

Il fallait qu'il dure toujours.

Il se retira puis il s'empara du savon qu'il laissa glisser le long de son dos jusqu'à ses fesses rebondies. Il savonna sa peau fine, puis rinça la mousse, explorant au fur et à mesure de sa bouche chaque parcelle de son corps. Il voulait en connaître chaque recoin, goûter chaque centimètre carré de sa peau.

Elle gémit doucement, un petit bruit de plaisir qui lui fit perdre la tête. C'était la dernière fois. La dernière fois qu'il la tenait contre lui, qu'il la touchait. Le lendemain, elle serait partie.

Cette pensée l'emplit d'une urgence incandescente. Un besoin de lui montrer à quel point elle comptait pour lui. Il voulait que cet après-midi ne prenne jamais fin.

Lorsqu'il effleura ses seins du bout des doigts, elle se cambra pour s'offrir davantage. Il la souleva jusqu'à son visage, attirant sa peau souple et douce à sa bouche. Sa peau propre et fraîche, au parfum de vanille. Tout en elle lui plaisait. Et c'était ainsi qu'il voulait la toucher, la goûter. La baignoire faillit déborder lorsqu'il tenta de la caresser davantage.

— Allons essayer le lit, proposa-t-il en prenant le lobe de son oreille dans sa bouche, laissant sa main remonter sa main le long de sa cuisse.

Pour seule réponse, elle poussa un gémissement sourd et incompréhensible.

Drew sortit de la baignoire et s'enroula dans un des grands draps de bain, sous le regard fiévreux de Laura. S'emparant d'une autre serviette dans un panier, il la tint ouverte pour elle. Elle se leva à son tour et sortit de la baignoire. Il l'enveloppa et frotta doucement le coton sur sa peau pour lui sécher les bras, le cou, les seins. Tous ces endroits qu'il voulait embrasser.

Et goûter.

Il se mit ensuite à genoux devant elle, passant la serviette sur son ventre avant de l'attirer à lui pour glisser sa langue dans son nombril et y dessiner des petits ronds. La serviette descendit sur ses cuisses, ses mollets, puis remonta vers sa toison soyeuse, entre ses jambes.

Incapable de se retenir plus longtemps de la goûter, il enfouit son visage entre ses cuisses et y glissa sa langue pour atteindre la chair tendre et humide. Laura le saisit par les épaules, enfonçant ses ongles dans ses muscles pour ne pas perdre l'équilibre.

Elle gémissait, haletait, le souffle court. Déjà, elle vacillait. Elle était proche, trop proche de cet abysse de douceur. Il s'arrêta, s'écarta d'elle et la prit dans ses bras pour la porter jusqu'au lit.

Il ne voulait plus perdre le contrôle.

Pas encore.

*
* *

Un tourbillon de sensations et d'émotions s'abattit sur Laura, tandis que Drew la déposait sur le lit. Elle pensait à la façon parfaite dont son corps s'accordait au sien, au contact de sa main sur sa peau. Elle se blottit contre lui et inspira le parfum viril qui émanait de lui.

Doucement, il la repoussa et lui mordilla le bout d'un sein. Elle ferma brusquement les yeux, laissant la violente décharge de plaisir la transpercer.

— Ça te plaît ? demanda-t-il d'une voix rauque.

— C'est toi qui me plais, répondit-elle en touchant son menton du doigt. Et tout ce que tu me fais.

Il prit délicatement son doigt dans sa bouche pour le sucer. Le contact léger de sa langue déclencha en elle un frisson érotique incontrôlable. Il descendit vers sa poitrine, en une traînée de baisers qui alimentait un feu déjà hors de contrôle. Une fois encore, il glissa sa langue dans son nombril. En silence, elle pria pour qu'il descende plus bas.

Cependant, il se redressa pour revenir à hauteur de son visage, la caressant de ses mains jusqu'à ce qu'elle se mette à gémir de frustration.

Elle connaissait bien ce jeu. A son tour, elle suivit du bout du doigt les reliefs de son abdomen musclé. Il prenait bien soin de son corps : sa peau était douce et délicatement bronzée, ses muscles longs et souples.

Elle laissa sa main descendre plus bas, légère et caressante, jusqu'à effleurer le bout de son pénis. Elle sourit lorsque ce contact le fit sursauter. Puis, elle empoigna son sexe. Celui-ci était doux, mais puissant. Après quelques caresses légères, Drew haletait. Il l'attira contre lui.

— Drew, dis-moi que tu veux que je reste, chuchota-t-elle en le serrant plus fort dans sa main.

Les doigts de Drew se glissèrent entre ses jambes et s'attardèrent.

— Tu dois partir. Nous le savons tous les deux.

Elle ouvrit les cuisses et avança le bassin pour se rapprocher de sa caresse.

— Tu dois retourner à San Francisco. Ici tu n'es pas en sécurité.

Il glissa le long de son corps et sa bouche vint rejoindre sa caresse. C'était une magie encore plus puissante que les potions ou les poupées vaudou. Il ne fallut pas longtemps pour qu'elle tressaille, au bord du gouffre. Il glissa alors un doigt en elle et elle se raidit, éperdue, haletante.

— Ce n'est pas du jeu, chuchota-t-elle en ondulant du bassin.

Son doigt glissait en elle, entrant et sortant, explorant. C'était doux et insupportable à la fois. Elle voulait le sentir en lui. Tout de suite.

— Drew, je t'en prie ! haleta-t-elle.

Il se coucha sur elle et, d'un mouvement rapide, la pénétra. Avec un cri rauque, elle vint à sa rencontre. C'était presque trop pour elle, mais lorsqu'il commença ses va-et-vient, elle sentit qu'elle se détendait pour le recevoir plus pleinement. La sensation était délicieuse.

Les yeux fermés, elle se laissa emporter par le rythme qu'il lui imposait, lent comme une danse paresseuse, suivant presque les battements de leurs cœurs. Elle enroula ses jambes autour de sa taille, s'ouvrant davantage.

Comment pouvait-elle retourner à San Francisco

et renoncer à cela ? Renoncer à Drew ? Il entremêla ses doigts aux siens et son rythme s'accéléra.

Des aiguilles de feu la transperçaient, la brûlant à blanc, lui coupant le souffle. Incapable de la moindre pensée, encore moins de la moindre inquiétude, elle ne ressentait plus que le plaisir qui montait en elle.

Soudain, ce fut le sommet.

Emportée par une vague de plaisir qui lui arracha un cri, elle lâcha prise et se laissa aller. Drew se raidit. Il était avec elle. Au même endroit, au même moment. Main dans la main, ils se précipitèrent dans l'abîme de plaisir qui s'offrait à eux.

Laura, perdue quelque part entre la félicité la plus douce et la réalité la plus brutale, comprit alors que certaines choses valaient la peine qu'on s'y attache, qu'on se batte pour elles.

Et Drew en faisait partie.

Comment pouvait-elle seulement envisager de renoncer à lui ?

12

Drew s'adossa contre les oreillers, tandis que Laura venait se blottir contre lui. Il aimait tant la sentir près de lui. Il savait pourtant, en passant la main dans ses longs cheveux noirs et soyeux, qu'il avait déjà laissé les choses aller trop loin.

— Penses-tu que Mary ait raison ? demanda Laura en lui caressant le torse, attisant déjà les braises de son désir à peine assouvi. Penses-tu que ma mère soit morte ?

Pour éviter d'avoir à la regarder, il se perdit dans la contemplation de la vallée parfaite entre ses deux seins. Il ne voulait pas voir sa souffrance, ni ressentir la tendresse qu'elle éveillait en lui.

Il ne voulait pas tomber amoureux d'elle.

— Je pense… que quelque chose a dû lui arriver, sinon elle aurait repris contact avec toi.

Lorsque Laura soupira, ses seins s'écrasèrent davantage contre lui.

— Je sais que ça risque de sembler dément, mais je suis presque soulagée…

Cette fois-ci, il la regarda, surpris.

— Toutes les excuses du monde n'auraient jamais suffi, reprit Laura. J'aurais toujours pensé qu'elle ne m'aimait pas assez. Rien ne peut justifier qu'elle m'ait laissée seule. Sauf… la mort. Il m'est plus facile d'envisager qu'elle n'a pas eu d'autre choix que de m'abandonner.

Ses paroles poignantes transpercèrent le mur de protection qu'il essayait de construire autour de son cœur. Il passa un bras autour de ses épaules.

— Laura, les décisions que ta mère a pu prendre ne définissent pas qui tu es. Elle était adulte. C'était sa vie. Bon ou mauvais, c'est le choix qu'elle a fait. Cela n'a aucune incidence sur qui tu es. Qu'elle t'ait abandonnée ne signifie pas qu'elle ne t'aimait pas.

Il hésita, avant de reprendre :

— Parfois, la meilleure volonté du monde ne suffit pas à changer le cours des choses.

— Je comprends. Mais… si elle est en vie, alors c'est qu'elle a choisi de me laisser seule, sans famille, répondit Laura que la perspective d'une telle trahison blessait plus que tout.

— Je suis désolé.

— Non. Ce n'est pas grave. Ça va.

Elle se redressa sur un coude pour le regarder et il l'embrassa avec beaucoup de douceur. Si seulement ils avaient pu être ailleurs, n'importe où mais pas perdus dans ce marécage. Malheureusement, ce n'était pas le cas et Laura risquait toujours de mourir.

— Tu n'as pas faim ? demanda-t-il brusquement, comprenant qu'il devait mettre un peu de distance entre eux. Moi, je meurs de faim. Je vais faire un rapide saut chez Mabel pour nous ramener des hamburgers.

— Si c'est toi qui le proposes… Je me vois mal

me retrouvant de nouveau face à face avec cette femme. La première fois m'a suffi.

— Que veux-tu boire ?

— Une limonade fera l'affaire.

Drew se rhabilla rapidement et sortit.

— Qu'est-ce que ce sera ? demanda Mabel en voyant Drew s'approcher du comptoir.

Il commanda deux hamburgers avec des frites et deux sodas. Pendant que Mabel transmettait sa commande dans la cuisine, il ne put s'empêcher de se demander comment elle et tous les autres habitants de la ville avaient aussi facilement pu rendre Delilah responsable de la mort de Georgette et de Paul.

— Mabel, je dois vous demander quelque chose à propos de Charlie, dit-il, lorsque la femme revint vers lui d'un pas traînant.

Le visage de la vieille femme se ferma. Toute trace d'affabilité commerçante avait disparu.

— Je t'écoute, Drew, marmonna-t-elle, comme à contrecœur.

— Charlie est-il dangereux ?

Tirant sur une mèche de ses cheveux gris, elle le regarda un moment sans rien dire, puis elle partit d'un rire tonitruant qui agita de tremblements son ample poitrine.

— Charlie ? Dangereux ? C'est la meilleure de l'année, celle-là !

Drew, lui, ne trouvait pas cela drôle du tout.

— J'ai l'impression qu'il traîne beaucoup autour de Lionsheart, en ce moment.

— Ce vieux fou ne sait plus ce qu'il fait. Depuis la mort de Georgette, il n'a plus toute sa tête. Il a commencé à disparaître dans le marécage pendant des jours entiers. Il cherchait « son bébé ». Quand il rentrait, il puait comme l'enfer.

Elle poussa un petit soupir.

— J'ai fini par me lasser de tout ça, reprit-elle. Y compris de lui.

— Il pense que Georgette est dans le marais ?

— Jamais compris pourquoi. Il était avec moi quand on l'a enterrée, mais il dit qu'il la voit se promener dans la brume. Il a perdu la boule, je te dis.

— Cela ne semble pas vous inquiéter plus que ça.

— Il n'y a pas grand-chose à faire pour aider les âmes perdues ou les morts.

Une lueur démente brilla dans son œil. Drew frissonna.

— Mais si c'est pour ta petite demoiselle que tu t'inquiètes, je te rassure tout de suite. Charlie fait très bien la différence entre Delilah et sa fille, malgré la forte ressemblance. Cela dit, elle a fait remonter de vieux souvenirs… des choses auxquelles j'aurais préféré ne pas repenser moi-même. Il n'est jamais bon de remuer le passé. Est-ce qu'elle part bientôt ?

Il fit signe que oui.

— Tu m'excuseras, mais je ne suis pas fâchée de l'apprendre.

Drew n'en fut pas surpris.

— Pourquoi tout le monde est-il si sûr que Delilah a quelque chose à voir avec l'accident de Paul ?

— Ce n'était pas le cas, au début. Jusqu'à ce que le shérif sorte la voiture du marais et découvre une poupée vaudou dans la poche de Paul. Une poupée destinée à chasser l'ennemi qu'une seule personne avait pu confectionner : sa femme bien-aimée.

— Et cela a suffi à l'accuser aux yeux de toute la ville ? s'étonna Drew.

— Delilah prévoyait de quitter Paul. Elle avait économisé beaucoup d'argent, qu'elle avait placé sur un compte à La Nouvelle-Orléans. Elle avait également acheté deux billets d'avion pour le lendemain. Et devine où elle avait prévu de partir ?

Drew la regarda sans rien dire, bien qu'il connaisse d'avance la réponse.

— San Francisco.

— Alors, pourquoi le shérif ne l'a-t-il pas arrêtée ? demanda Drew qui trouvait cette explication étrange.

— C'est ce qu'il voulait faire, mais la mère et la fille se sont envolées avant que quiconque puisse leur parler. Ce qui était drôlement arrangeant, si tu vois ce que je veux dire…

Elle hocha la tête d'un air entendu.

— Après votre passage, l'autre jour, j'ai appelé le shérif pour l'avertir que la fille était revenue et que je voulais qu'il l'interroge. Je ne connaîtrai pas de repos tant que Delilah ne sera pas derrière des barreaux.

— Et… qu'a répondu le shérif ? demanda Drew, soudain tendu.

— Cet incapable a dit qu'il allait s'en occuper. Mais je le connais…

— J'ai entendu dire que Paul et Delilah avaient prévu de s'enfuir ensemble pour recommencer de zéro ailleurs.

Mabel le regarda avec incrédulité.

— Et abandonner sa fille ? Elle n'allait quand même pas la laisser ici ? J'ai parlé de deux billets, pas de trois.

Le commis de cuisine sonna pour annoncer que la commande était prête. Mabel s'empara des deux sacs en papier qu'elle tendit à Drew. Celui-ci attrapa des serviettes en papier, du sel, du poivre, des pailles et du ketchup sur le comptoir.

— Si cela peut vous consoler, Laura n'a pas revu sa mère depuis son enfance.

Mabel sembla réfléchir un instant, puis soupira.

— A vrai dire, ça ne me console pas vraiment, Drew.

— Certaines personnes semblent penser que Delilah est morte, reprit-il de but en blanc, en guettant sa réaction.

Les yeux de la vieille femme, qui disparaissaient déjà sous les rides, n'étaient plus que deux fentes.

— Alors, ça, c'est encore plus fort…

— L'avez-vous vue ?

Comment pouvait-elle en vouloir à une femme morte depuis vingt ans au point de chercher encore à se venger d'elle ?

— Bien sûr ! Tout le monde l'a vue ! cracha Mabel.

Stupéfait, Drew mit quelques secondes à se reprendre.

— Quand ? Est-ce qu'elle vit toujours ici ?

— Tout le monde l'a aperçue, un jour ou l'autre, dans le marais. Lorsque la lune est pleine, elle aime sacrifier des poulets aux démons.

Drew se rendit compte qu'il retenait son souffle.

— Mabel… Delilah n'était pas une prêtresse

vaudou. C'était un jeu, une ruse pour faire marcher les affaires de la boutique.

A la moue que fit Mabel, il comprit que celle-ci n'était pas convaincue.

— Je l'ai vue de mes propres yeux, répéta-t-elle, l'air buté. Et je ne suis pas la seule.

Sachant qu'il était vain de chercher à la convaincre, Drew paya sa commande et sortit, plein d'amertume.

Delilah était-elle vivante ? Mary savait-elle quelque chose ? Leur avait-elle menti ? Que Delilah soit vivante ou non, quelqu'un s'était arrangé pour ramener Laura au pays juste à temps pour sa prétendue cérémonie d'Eveil.

Il repensa à ce que Mabel avait dit à propos de Paul et de la poupée vaudou trouvée dans sa poche. Se pouvait-il que la mort de Paul ne soit pas un accident ? Quelqu'un avait-il vraiment cherché à le tuer ? La poupée était-elle destinée à le marquer du sceau de la mort ? Avec angoisse, il se demanda s'il s'agissait de la même personne qui avait placé la poupée dans le tiroir de Laura. Une poupée cérémonielle censée aider les esprits à trouver la personne désignée… La personne destinée à mourir ? Etait-ce le plan ourdi contre Laura ? Etait-ce pour cela qu'il avait eu cette vision de mort ?

Trop de questions se bousculaient dans sa tête et il n'avait pas le moindre début de réponse. Soudain pris d'angoisse, il pressa le pas. Etait-ce ce que sa mère était en train de préparer ? Le repas d'anniversaire, l'Eveil… S'agissait-il en réalité d'une cérémonie vaudou ? Faisait-elle tout cela pour lui ?

Pourquoi Mary n'avait-elle pas mentionné le lien

entre la poupée de Laura et celle de Paul ? Elle semblait en savoir plus long qu'elle ne l'affirmait. Et pourquoi Martha fabriquait-elle en quantité les bougies cérémonielles que Mary vendait dans son magasin ?

Il pressa encore le pas.

Laura devait rentrer à San Francisco au plus vite. Elle rentrerait chez elle, même s'il devait la ligoter et l'y conduire de force. Il refusait de servir de prétexte aux plans malsains de ces mystérieux ennemis. Il ne voulait pas faire partie de leur machination diabolique.

Sur le porche de l'hôtel, il craignit soudain de s'être absenté trop longtemps. Il n'aurait pas dû la laisser seule. Il se rua dans l'entrée, monta les marches quatre à quatre et entra en trombe dans leur chambre.

— Laura ? appela-t-il, paniqué de trouver le lit vide.

— Par ici, répondit-elle depuis la salle de bains.

Il poussa un soupir de soulagement. Elle n'avait rien. Tout allait bien. Il s'avança vers la petite table devant la fenêtre et, après avoir poussé le vase, posa leur repas dessus.

— La dame de l'accueil a gentiment fait sécher nos vêtements, annonça Laura en sortant de la salle de bains.

Elle était habillée et semblait rayonner de l'intérieur.

— C'est bien dommage, lança-t-il avec un clin d'œil, pour dissimuler sa détresse. J'espérais que tu serais encore enveloppée d'une simple serviette.

Il sortit sa boisson du sac et but une longue gorgée. Il se demandait ce qu'il devait lui raconter de sa rencontre avec Mabel… Peut-être valait-il mieux garder cela pour lui. Laura s'assit en face de lui et déballa un hamburger.

— Il faudrait que je retourne à Lionsheart pour faire mes bagages, annonça-t-elle à la grande surprise de Drew. Mary et toi avez raison. Il est grand temps que je rentre chez moi. J'ai appelé une compagnie aérienne pendant que tu étais parti. J'ai réservé une place à bord du vol de 10 heures, demain matin.

— C'est bien, répondit-il, profondément soulagé malgré le tiraillement douloureux qui lui vrillait la poitrine.

Laura allait lui manquer.

— Cela t'embêterait de rester ici avec moi cette nuit et de me conduire à l'aéroport demain matin ?

— Non, pas du tout. Avec plaisir, même.

— Je me disais aussi…, commença-t-elle, une frite à la main, après ta grande soirée d'anniversaire, peut-être pourrais-tu venir à San Francisco quelques jours. Je te ferais visiter la ville.

Elle semblait à l'aise et détachée, mais il lut une certaine appréhension dans son regard. Elle craignait que, comme les autres, il ne revienne pas vers elle.

— Oui, cela me plairait beaucoup.

— Au fait, qu'est-ce que c'est que toute cette histoire d'Eveil ou je ne sais quoi ? demanda-t-elle en le fixant de ses grands yeux bleus.

— Avant aujourd'hui, je pensais qu'il s'agissait juste d'une soirée d'anniversaire…

— Et maintenant ? Tu n'en es plus si sûr ?

— Les bougies que ma mère fabriquait en masse ce matin étaient cérémonielles. Je ne sais plus trop quoi penser.

— Il me semble qu'elle a parlé de trouver sa vraie nature à trente ans. Quelque chose dans ce goût-là.

— C'est bien ce qui me fait peur. Et puis… il y a toi, ajouta-t-il. Et la raison de ta venue.

— Tu penses que c'est ta mère qui m'a appelée, pour que j'assiste à une sorte de cérémonie ?

Il se passa la main sur le menton, perplexe.

— Tout ce que je sais, c'est que c'est trop gros pour être une simple coïncidence.

— Elle aurait pu se contenter de m'envoyer une invitation. J'aurais adoré venir pour rencontrer tout le monde. Pourquoi avoir recours à cette ruse ? Pourquoi me donner des espoirs sur ma mère ?

— Je ne sais pas. Peut-être voulait-elle s'assurer que tu restes.

Tout en mangeant, Drew tentait de se souvenir des conversations qu'il avait pu avoir avec sa mère, récemment. N'importe quoi qui aurait pu lui donner un indice sur cette fête. En vain. Peu importait. Laura rentrait chez elle. Bientôt, tout serait fini.

— Tu veux vraiment retourner à Lionsheart ?

— Non, mais je n'ai pas le choix, répondit-elle, en se levant d'un air décidé.

Juste avant le dernier virage, Drew ralentit. Il avait cessé de pleuvoir et la chaussée séchait rapidement. Malgré son appréhension, il se força à lever les yeux vers le dernier étage de la maison. Une ombre fugace passa devant une des fenêtres du grenier.

Paul ?

Drew tenta de distinguer quelque chose derrière

la vitre sale sous le toit, mais il ne vit rien bouger. Il gara la voiture derrière la maison, sous de longues guirlandes de mousse espagnole qui pendait d'un arbre. Si la pluie avait cessé, de gros nuages noirs obscurcissaient toujours le ciel, plongeant l'après-midi dans une lumière grisâtre qui rendait la maison encore plus impressionnante.

Ils sortirent de la voiture et contournèrent les buissons de camélias pour entrer par la porte de derrière. L'odeur puissante des fleurs mêlée à celle de pourriture du marais l'écœurait. Il était temps que ce séjour se termine.

Dans la cuisine, deux grosses caisses de bougies étaient posées sur le sol. Sa mère entra au même moment par l'autre porte, surprise de les trouver là.

— Je ne vous attendais pas si tôt.

— As-tu besoin d'aide ? demanda-t-il en désignant les caisses.

— Oui, si tu pouvais les porter à ma voiture, ce serait très gentil.

Laura s'avança dans la pièce.

— Martha, je suis venue récupérer mes affaires. Je voulais aussi vous remercier pour votre accueil et votre hospitalité.

Martha sembla un instant ne pas comprendre, puis un large sourire se dessina sur son visage.

— Oh ! Mais je t'en prie, ma chérie ! Tu fais un peu partie de la famille. Tu seras toujours la bienvenue ici.

Elle prit Laura dans ses bras.

— Quel dommage que tu repartes si vite. Promets-moi de revenir nous voir bientôt.

C'était exactement ce que Laura avait toujours

voulu entendre, pensa Drew, en espérant simplement que sa mère était sincère.

— Je vous le promets, dit Laura avec un sourire.

— Vous ne voulez vraiment pas rester dîner ?

— Non. Laura a pris une chambre à l'auberge, répondit Drew. On dînera en ville. Je dois emmener Laura à l'aéroport, tôt demain matin.

— Je comprends, fit Martha, avec une petite moue de déception. J'espérais juste te faire goûter quelques desserts que j'ai préparés. Vous pourriez repasser plus tard. Cela ne prendra pas longtemps, je vous le promets. Et ça m'aiderait vraiment.

— On verra..., dit Drew en se baissant pour ramasser une caisse.

— Merci, fils. Cela m'a fait plaisir de te revoir, Laura. Donne-nous rapidement de tes nouvelles.

— D'accord.

Drew sortit de la cuisine avec sa mère.

— Où vas-tu avec toutes ces bougies ? demanda-t-il en déposant sa caisse dans le coffre de la voiture.

— Chez Jeanne. C'est pour décorer l'entrée. Je veux que tout soit parfait pour ta soirée. Ce n'est pas tous les jours qu'un homme fête ses trente ans.

— Tu te donnes beaucoup de mal, répondit-il avec un sourire forcé.

— Tu es mon fils unique. C'est normal.

— Je viens de passer devant chez les Larame : il ne semblait pas y avoir grand monde.

— Ce n'est pas grave : j'ai une clé, répondit sa mère en se glissant au volant. Au fait, cela n'a plus d'importance à présent, mais j'ai appelé le serrurier. Il viendra changer les serrures demain après-midi.

— D'accord. Merci, maman.

Il se pencha pour lui déposer un baiser sur le front. Levant les yeux vers lui, elle posa une main sur sa joue.

— Je suis contente que tu sois rentré, Drew. Tu me manques beaucoup, ici. J'espère qu'après la soirée, tu verras à quel point tout le monde te manque aussi et que tu te sentiras obligé de rester.

Drew ne sut pas si c'était ses paroles ou la façon dont elle le regardait, mais il sentit une main glacée se poser sur son cœur. Avec un dernier sourire, elle démarra.

— Attends que j'aille chercher la seconde caisse.

Il courut jusqu'à la maison. Quand il se baissa, l'odeur de vinaigre des bougies le saisit. Il ne s'agissait pas de bougies ordinaires et, pour une raison mystérieuse, il ne croyait pas une seconde que sa mère se rendait chez Jeanne pour décorer l'entrée.

Il se tourna vers Laura.

— Je vais suivre ma mère. Ça ne te gêne pas de rester seule ici un moment ?

— Pas de problème, répondit-elle en se servant un verre de thé glacé. Ça me laissera le temps de faire mes bagages. Veux-tu que je m'occupe aussi des tiens ?

— Je veux bien, merci.

Il l'embrassa rapidement, puis se dépêcha de ressortir.

Il ne serait parti que quelques minutes, se promit-il en portant les bougies dans la voiture. Juste le temps de s'assurer que celle-ci se rendait bien chez Jeanne. Il déposa la seconde caisse dans le coffre, referma le hayon et fit signe de la main à sa mère qui s'éloigna dans l'allée. Il attendit que sa voiture disparaisse, essayant d'ignorer le mauvais pressentiment qui montait en lui.

Il sentait confusément que le départ de Laura ne plaisait pas à sa mère.

Tout comme il sentait que celle-ci ne se rendait pas chez Jeanne.

Alors, que préparait-elle ?

13

Drew sortit en claquant la porte derrière lui. Le bruit résonna dans la cuisine, faisant place à un silence assourdissant. Immobile, Laura se laissa gagner par la présence oppressante de la grande maison vide.

Quelle idée de rester seule ici ! pensa-t-elle soudain. Elle courut jusqu'à la porte pour rappeler Drew, mais la voiture disparaissait déjà.

Trop tard.

Refermant la porte, elle fit face à la pièce vide. Elle était seule dans la maison. Elle déposa son verre dans l'évier, puis se dépêcha de monter pour faire son sac. Le cœur battant un peu trop vite, elle traversa le couloir au pas de charge pour regagner sa chambre.

Elle ouvrit en grand la porte du placard et sortit sa valise. Elle ne devait surtout pas penser à l'autel vaudou au grenier, ni à la façon mystérieuse dont elle s'était retrouvée coincée dans l'escalier. Il ne pouvait rien lui arriver en l'absence de Drew.

La maison ne pouvait lui faire aucun mal, se rassura-t-elle, avant de repenser à la brûlure fantôme qu'elle avait ressentie en touchant la poignée de la porte de sa mère.

« Cela n'était pas réel. »

Elle jeta ses vêtements pêle-mêle dans la valise ouverte, puis se tourna vers la commode. La main sur le premier tiroir, elle hésita. Son cœur battait fort. Elle avait les paumes moites.

« Il n'y a rien dans ce tiroir. Pas de serpent, pas de grigri, pas de juju, pas de poupée défigurée. »

Prenant son courage à deux mains, elle ouvrit le tiroir et, soulagée, n'y vit que son pyjama et ses sous-vêtements.

— Tu vois bien, se dit-elle à voix haute. Aucune raison de s'inquiéter.

Elle termina de ranger ses affaires, vérifiant systématiquement chaque placard et tiroir, puis elle ramassa la petite poupée trouvée dans le grenier et la rangea dans la valise. Celle-ci irait rejoindre l'autre poupée de poche qu'elle possédait déjà chez elle, rassemblant ainsi les seuls souvenirs qu'il lui restait de sa mère.

Elle repensa alors aux photos accrochées dans le couloir. Il faudrait qu'elle s'arrête chez Jeanne avant de retourner à l'auberge pour demander à Martha l'autorisation de les emporter. Elle savait déjà exactement où elle pourrait les mettre dans son appartement de San Francisco.

Après une dernière vérification dans la salle de bains, elle se dirigea vers la chambre de Drew en tirant sa valise derrière elle. Dès qu'elle franchit la porte, son regard se posa sur le lit défait. Elle avait du mal à croire que la veille au soir seulement, terrifiée par le serpent, elle avait demandé à Drew de dormir à son côté. A présent, elle ne voulait plus dormir sans lui.

Comment avait-il pu devenir une part si importante de sa vie en si peu de temps ?

Avait-elle la même importance à ses yeux ? Elle aurait voulu en être sûre. Pourtant, elle savait qu'une fois de retour à San Francisco, les chances de le revoir seraient minces. Son cœur se serra à cette idée, mais si Drew était sincère, s'ils avaient un avenir ensemble, alors il viendrait la voir.

Sinon…

Elle repoussa cette pensée douloureuse. Inutile de se charger de doutes supplémentaires. La vie était pleine de surprises. Elle n'avait pas été abandonnée. Elle n'avait plus aucune raison de ne pas croire au bonheur. Sa mère ne l'avait pas délaissée. Elle n'avait tout simplement pas été en mesure de revenir la chercher.

Elle était morte.

La gorge soudain serrée, elle sentit des larmes lui piquer les yeux. Elle était venue dans cette maison avec l'espoir fou de retrouver sa mère. Elles auraient enfin fait connaissance, rattrapé le temps perdu et Laura n'aurait plus jamais été seule.

Au lieu de cela, elle n'avait trouvé que mort et malheur.

Et peut-être l'amour ?

Elle soupira. Elle l'espérait, en tout cas.

Elle s'approcha du placard de Drew pour faire sa valise. A l'intérieur, un vieux gant de base-ball et une balle étaient posés sur une étagère. Elle eut soudain l'impression que c'était exactement la même que celle qui lui avait provoqué une peur bleue, dans l'escalier du grenier.

Drew avait-il ramassé la balle pour la remettre

à sa place ? Elle tenta de rassembler ses souvenirs, mais en vain. Apercevant un sac en toile au fond du placard, elle le ramassa et commença rapidement à rassembler ses affaires.

Quelques minutes plus tard, elle avait fini et referma le placard. Plus vite elle partirait de cette maison, mieux ce serait. Un bruit sourd retentit alors dans le placard, la faisant sursauter.

La balle avait-elle roulé ? Une boule de terreur vint se loger dans sa gorge. Elle regarda la porte, s'attendant plus ou moins à la voir s'entrouvrir en grinçant.

Jetant le sac de Drew sur son épaule, elle sortit rapidement de la chambre en tirant sa valise. Elle haïssait cette maison. Le marais. Ce pays. Elle avait hâte de rentrer chez elle.

Il lui restait toutefois encore une chose à faire.

Avec un soupir résigné, elle se dirigea vers la chambre de sa mère. Elle ne reverrait peut-être plus cette dernière, mais elle voulait savoir ce qu'elle avait laissé derrière elle. Il n'y avait rien à craindre, se dit-elle en s'approchant de la porte. Ce n'est qu'une chambre. Rien de plus. Pourtant, son instinct lui criait de passer sans s'arrêter, d'attraper les photos de sa mère et de partir au plus vite.

Sa mère était morte. Quoi qu'il lui soit arrivé, quels que soient les secrets enfouis dans la mémoire de Laura, cela n'avait plus d'importance. Cela s'était passé il y a trop longtemps.

« Allez, sors de cette maison ! »

La porte de la chambre de sa mère semblait lui faire de l'œil.

« N'entre pas là-dedans. »

La petite voix dans son esprit se faisait de plus en plus impérieuse à chaque pas.

« Non ! »

Elle s'arrêta devant la porte.

Voilà. C'était sa dernière chance.

« Je n'ai touché à rien depuis son départ. » Les paroles de Martha se glissèrent sournoisement en elle. Derrière cette porte se trouvait une fenêtre ouvrant vers le passé. Une chance de voir les affaires de sa mère. Un cliché de la vie qu'elles avaient toutes les deux perdue.

Elle posa une main tremblante sur la poignée.

Drew maintenait une distance prudente entre sa voiture et celle sa mère. Ce fut sans surprise qu'il la vit tourner sur la gauche pour emprunter un petit chemin de terre, au lieu d'emprunter la Marche du Diable pour gagner la maison des Larame, située de l'autre côté.

Il savait qu'elle préparait quelque chose. Il ne pouvait nier plus longtemps l'évidence : personne ne confectionnait autant de bougies cérémonielles vaudou sans préparer une véritable cérémonie.

Alors, pourquoi le cacher ? Pourquoi mentir à propos de Jeanne ? Le chemin se rétrécit au point qu'il dut rouler au pas. Des branches d'arbres griffaient les portières. Après un dernier virage, il s'arrêta.

Le chemin débouchait sur une petite clairière en bordure du bayou. Il fut surpris d'apercevoir plusieurs véhicules en stationnement et gara sa voiture à côté des autres. Marchant près des arbres pour ne pas se faire remarquer, il s'approcha des grossiers bâtiments de bois qui étaient dressés près de la berge.

Qu'est-ce que c'était que cet endroit ? se demanda-t-il en cherchant sa mère du regard.

Tout cela ne lui plaisait pas beaucoup.

Il sentit son ventre se nouer. Il y avait des gens partout, certains vêtus de toges aux couleurs éclatantes, d'autres en habits de tous les jours, comme lui. Il ne lui fut donc pas difficile de passer inaperçu.

Le cœur battant, il avança parmi la foule qui évoluait parmi des chèvres, des moutons et des poulets dans des cages en grillage. Sous une paillote de chaume se dressait un grand poteau. Une longue table chargée de statues de saints, de fleurs séchées, de bougies et d'encens était dressée à côté. Cela ressemblait beaucoup à l'autel que Laura et lui avaient découvert dans le grenier. Il était même si semblable qu'il sut immédiatement à qui il appartenait.

Il entra sous la paillote pour examiner la table de bois de plus près. Son estomac se souleva lorsqu'il découvrit une photo de lui, appuyée contre une bougie. Sur le bord du cadre était accroché ce qui ressemblait à une mèche de ses propres cheveux. Il se raidit et frotta nerveusement les paumes de ses mains sur son jean. Il tendit une main vers les cheveux, mais la retira en remarquant des os luisants d'usure éparpillés autour de la photo.

Il devait agir. Il ne pouvait les laisser se servir d'une part de lui-même pour leurs jeux malsains. Il tendit de nouveau une main hésitante. Ce n'était que des cheveux ! D'un geste brusque, il finit par arracher la mèche et la jeter sur le sol.

Il envisagea un instant de s'enfuir en courant,

mais il savait qu'il ne pouvait laisser les cheveux là. Il ramassa discrètement la mèche, la serrant dans le creux de sa main. Voilà, leur sort ne fonctionnerait pas.

Du moins l'espérait-il.

Fermant les yeux, il se rendit compte avec agacement qu'il était en train de se laisser gagner par cette hystérie collective. Dégoûté, il se détourna de l'autel et sortit de la paillote.

Soudain, il aperçut sa mère au bord de l'eau et se cacha rapidement derrière un buisson. Il lâcha la mèche de cheveux et la recouvrit de terre tout en regardant sa mère sortir une haute bougie cérémonielle d'un sac pour la placer dans un récipient d'aluminium installé sur la berge.

Elle longea ensuite la rive du bayou sur plusieurs mètres pour y installer une deuxième bougie, puis elle s'enfonça dans les bois pour garnir un troisième bougeoir. Elle en déposa quatre en tout, à chaque coin de la clairière.

Se trompait-il sur le compte de sa mère depuis le début ?

— Tu es en avance, dit soudain une voix derrière lui, le faisant sursauter.

Une femme d'une quarantaine d'années, vêtue d'une toge bleu roi, passa à côté de lui, portant une grosse marmite.

La connaissait-il ? se demanda-t-il en regardant ses longues tresses blondes. Il ne savait plus. Il décida de la suivre. Ils passèrent à côté d'un cochon entier, en train de rôtir au-dessus d'un grand feu.

— J'étais trop curieux, inventa-t-il, en s'efforçant d'afficher un sourire confus.

— A vrai dire, personne ne savait si on allait y arriver mais ta mère est une femme déterminée.

Elle déposa la marmite sur une grande table de bois déjà garnie de mets de toutes sortes.

— Oh là là ! Ça va être un sacré festin ! J'en ai l'eau à la bouche rien qu'à regarder tout ça.

La femme sourit, rayonnante de fierté.

— Essaie d'attendre encore un peu. Cela dit… si tu veux te servir pendant que j'ai le dos tourné…

Avec un clin d'œil, elle lui tourna délibérément le dos. Drew souleva la feuille de papier d'aluminium qui recouvrait une assiette de cookies, mais ne se servit pas. Il savait qu'il serait incapable d'avaler quoi que ce soit.

— La fête ne devait-elle pas avoir lieu demain soir ? demanda-t-il en espérant que sa question n'éveillerait pas les soupçons de la femme.

— Si, mais ta mère voulait trouver le moment le plus adapté et elle ne se trompe jamais sur ces questions, répondit-elle en le prenant amicalement par le bras. Ne t'inquiète pas, tout va bien se passer. Ce sera une soirée merveilleuse. Même si la cérémonie a été avancée, tout va se dérouler comme sur des roulettes.

Elle sortit une grande boîte en plastique de dessous la table et commença à disposer des biscuits dans de petites panières.

Pourquoi sa mère avait-elle décidé d'avancer la date de la fête ? Et surtout, pourquoi ne lui en avait-elle pas parlé ?

Soudain, il comprit.

Le départ de Laura.

Il se força à grimacer un sourire.

— Merci pour tout ce que vous faites. Ça va être super, je le sens.

— De rien, de rien, dit-elle en se tournant vers la table.

Avant de sortir de la paillote, Drew chercha rapidement sa mère du regard. Celle-ci se trouvait un peu plus loin, près du rivage, assise sur une chaise à haut dossier à côté d'un grand Noir aux joues striées de bleu.

Que diable se passait-il ici ?

Il se cacha derrière un arbre pour observer la scène, les ongles enfoncés dans l'écorce. La peinture bleue lui faisait une forte impression et il sentait presque les coups de pinceau lui chatouiller les joues.

Inconsciemment, il porta la main à son visage et un flot de souvenirs l'assaillit brusquement, le ramenant bien des années en arrière.

Jusqu'à cette nuit qu'il avait oubliée.

— Les lignes représentent l'eau, expliquait sa mère d'une voix excitée tout en lui peignant le visage. Le grand esprit Kafou me parle à travers l'eau et, après ce soir, il te parlera à toi aussi. Parce que nous sommes différents, Drew. Nous avons été choisis par sa main.

Son visage était baigné par la clarté des bougies qui renforçait la lueur presque démoniaque qui dansait dans les yeux de sa mère. Elle l'avait conduit jusqu'au marais, où il s'était allongé sur un autel de bois dressé dans l'eau, entouré de bougies. Il était resté là à somnoler pendant des heures, jusqu'à ce qu'il surprenne une conversation.

Quelqu'un parlait de Laura et celle-ci semblait introuvable.

Est-ce que quelque chose lui était arrivé ?

S'assurant que personne ne le remarquait, il s'était glissé dans l'eau pour tenter de suivre les adultes qui avaient parlé. Mais il était trempé et les autres marchaient bien plus vite que lui.

Seul, effrayé, il avait couru dans les ténèbres jusqu'à ce qu'il retrouve finalement le sentier qui menait à la maison. Le cœur battant, il avait grimpé le grand escalier, attiré par les cris en provenance de la chambre de Delilah. Il était entré en trombe et s'était figé sur le seuil.

Delilah était allongée par terre. Sa tête était couverte de sang qui formait une petite mare sur le plancher. Drew avait retenu à grand-peine un cri.

Tante Jeanne s'était aussitôt précipitée vers lui.

— Retourne au marais, Drew.

— Qu'est-il arrivé à miss Delilah ? avait-il demandé, incapable de bouger. Est-ce qu'elle va bien ?

Tante Jeanne s'était penchée vers lui et lui avait saisi le bras avec force, ses doigts osseux s'enfonçant dans sa chair. S'arrachant à la contemplation de miss Delilah, il avait regardé sa tante. Elle avait les yeux fous et ses cheveux étaient complètement décoiffés.

Tante Jeanne n'était jamais décoiffée.

— Drew !

Sa voix avait claqué comme une gifle, le ramenant brusquement à la réalité.

— Qu… Qu'est-il arrivé à miss Delilah ? avait-il bafouillé, trop effrayé pour faire le moindre mouvement.

Elle lui avait caressé la joue, avant de contempler la trace bleue sur son doigt.

— Laura a besoin de ton aide. Retourne au marais et aide-la. Ils l'emmènent au cimetière.

Bien qu'il ait clairement perçu les paroles de sa tante, il ne pouvait s'empêcher de penser à miss Delilah et à tout ce sang. Jamais il n'en avait vu autant, pas même lorsque son cousin Paul avait abattu un énorme raton laveur derrière la maison, l'été précédent.

— Occupe-toi de Laura, Drew, avait répété tante Jeanne. Ne l'abandonne pas. Tu es bon nageur. J'ai déjà appelé des secours, mais il sera peut-être trop tard. A présent, je dois m'occuper de sa maman. D'accord ? Tu m'as bien comprise ?

Il avait fait signe que oui.

— C'est bien. Tu es un bon garçon. File, à présent ! Cours !

Elle lui avait fait faire volte-face et, avec une dernière poussée dans le dos, avait crié :

— Va sauver Laura !

Il était sorti de la maison en courant et avait longé le bord du marais jusqu'au cimetière. Il connaissait le chemin par cœur, même dans l'obscurité. C'était son terrain de jeu et il en devinait chaque pierre. Plus loin, devant lui, il entendait des voix et il avait soudain aperçu un petit bateau qui glissait lentement sur l'eau avec plusieurs personnes à son bord. Il avait nettement distingué la silhouette de Laura, assise à l'arrière.

Soudain, la lame d'un poignard avait brillé dans la nuit. Laura avait crié et sauté du bateau, mais un bras puissant l'avait retenue, pour la faire remonter.

Le couteau était retombé. Laura avait disparu sous la surface de l'eau. Tout ce qui était resté d'elle était le gilet rouge que l'homme tenait toujours dans sa main.

Ils essayaient de la tuer ! Pourquoi ? Laura savait nager, mais elle avait peur du marais et refusait toujours d'y aller la nuit. Pas même lorsqu'il la traitait de poule mouillée pour la mettre au défi de s'y aventurer.

Il avait voulu crier, appeler à l'aide, mais personne n'avait répondu. Les gens debout sur la berge avec lui se contentaient de regarder.

Sauve Laura !

La voix impérieuse de sa tante avait de nouveau retenti dans sa tête.

Il faisait noir. Il était loin. Ils ne le verraient pas se glisser dans l'eau, trop occupés qu'ils étaient à regarder le bateau qui revenait vers la berge. Drew avait plongé et nagé aussi vite qu'il le pouvait, en prenant soin de ne pas faire trop de bruit pour ne pas attirer l'attention sur lui.

Il entendait Laura se débattre dans l'eau. Enfin, il l'avait rejointe. Elle était terrorisée, épuisée, mais indemne. Il l'avait attrapée par les épaules pour lui maintenir la tête hors de l'eau. Pendant quelques minutes, il avait réussi à nager ainsi, mais Laura était lourde et il avait commencé à couler à son tour.

L'eau du marais lui brûlait la gorge. Il avait commencé à pleurer, sachant parfaitement qu'il allait se noyer, qu'il ne reverrait jamais sa mère, son chien ou Laura. Son Eveil ne serait jamais terminé et il n'entendrait jamais le grand esprit Kafou lui parler.

Quelque chose lui avait frôlé le bras et il avait senti Laura lui échapper.

— Non ! avait-il tenté de crier, avant de boire de nouveau la tasse.

La dernière chose dont il se souvenait, c'était une vive lumière qui lui brûlait les yeux. Il s'était demandé si Kafou était finalement venu le chercher.

Caché derrière son arbre, Drew ferma les yeux pour chasser le sentiment de peur et de tristesse qui le gagnait rapidement. Il se passa une main sur le visage.

Comment avait-il pu oublier ça ? Le lendemain, il s'était réveillé dans un lit d'hôpital et une infirmière lui avait annoncé qu'il avait sauvé Laura. Mais déjà, il ne se souvenait plus de quoi il l'avait sauvée. Par la suite, il ne l'avait plus jamais revue. Jusqu'à son retour à Lionsheart, quelques jours plus tôt.

Une sueur froide le saisit. Il se souvenait de tout, à présent : c'était de ces gens qu'il avait sauvé Laura.

De sa mère.

Pris d'une violente nausée, il se cassa en deux en inspirant profondément jusqu'à ce que les spasmes s'apaisent. C'était sa mère qui avait tenté de tuer Laura, ce soir-là. Et c'était sans doute ce qu'elle prévoyait de faire de nouveau. Il était prêt à le parier.

Il se souvint des paroles de la femme : « Même si la cérémonie a été avancée, tout va se dérouler comme sur des roulettes. »

Ce soir !

Drew sortit de sa cachette. Il se tourna une dernière fois vers le marais, mais la chaise était vide. Sa mère avait disparu. Il balaya la clairière du regard, passant en revue chaque paillote, chaque recoin, scrutant en vain chaque groupe.

Sa mère l'avait-elle aperçu ? Etait-elle retournée à la maison pour chercher Laura ? Non ! Pris de panique, il courut jusqu'au parking, cherchant du regard son véhicule.

Il avait disparu.

Où était donc passée sa mère ?

Il sauta dans sa voiture et démarra en trombe. Peu importait les branches d'arbre et les ornières qui malmenaient la suspension.

— Faites qu'elle n'ait rien, pria-t-il, soudain certain de ne pas trouver Laura à Lionsheart.

14

Laura ne savait pas trop à quoi s'attendre en entrant dans l'ancienne chambre de sa mère, mais elle pensait au moins trouver une pièce sombre et pesante comme une tombe. Aussi fut-elle surprise, en poussant la porte, de découvrir une pièce lumineuse et gaie. Le soleil y entrait à flots à travers les voilages de la grande fenêtre.

Le seul détail évoquant un cimetière était un bouquet posé dans un vase sur la commode. Les fleurs étaient mortes depuis longtemps, sèches et fragiles sous ses doigts. Pourquoi Martha ne les avait-elle pas enlevées ? A vrai dire, rien ne semblait avoir été déplacé. Sans la fine couche de poussière qui recouvrait chaque surface, on aurait pu croire que sa mère avait quitté les lieux cinq minutes plus tôt.

Pas vingt ans.

Laura caressa doucement le peigne et la brosse en argent posés sur la coiffeuse en merisier. Des flacons de parfum et un tube de rouge à lèvres étaient posés sur un plateau. Elle prit le tube et en tourna le fond pour regarder le bâton d'un rouge profond dans son étui argenté. Le sommet arrondi était abîmé, comme si le tube était tombé.

Elle se concentra sur la couleur. Soudain, elle revit

sa mère en train d'appliquer le rouge sur ses lèvres tout en lui souriant dans le miroir. Des souvenirs refaisaient lentement surface : sa mère en train de mettre des boucles d'oreilles, avant de se pencher pour humer un grand bouquet de fleurs blanches.

Ne sont-elles pas magnifiques ? C'est Paul qui les a envoyées.

Un souffle glacé caressa la nuque de Laura.

Frissonnante, elle se toucha le visage. Comme au magasin de vaudou, elle eut l'impression de ne pas être seule dans la pièce. Un mouvement furtif aperçu du coin de l'œil, une ombre, une présence. Immobile, elle parcourut la chambre du regard, sans voir personne.

— Maman ? chuchota-t-elle, espérant le temps d'une folle seconde que l'esprit de sa mère était peut-être là, à côté d'elle dans la pièce.

Elle se reprit et eut un rire nerveux. En regardant les fleurs mortes, elle se demanda s'il s'agissait de celles que Paul avait envoyées autrefois. Puis, elle marcha jusqu'au lit à baldaquin. C'était un beau meuble de bois sombre, couvert de gros coussins aux couleurs vives et encadré de fins rideaux de soie claire.

Sur la table de chevet, une lampe art déco en cristal était posée. A côté se trouvait un cadre en vieil argent avec une photo de Paul, sa mère et elle-même. Une famille idéale. Laura prit la photo et toucha du doigt le verre poussiéreux, comme pour effleurer la famille à laquelle elle avait un jour appartenu. Son cœur se serra douloureusement.

Que leur était-il arrivé ?

Une grande tristesse l'envahit, l'emplissant d'une

grande lassitude. Comment les choses avaient-elles pu se dégrader à ce point ?

Elle s'approcha d'une boîte à bijoux posée dans un coin et l'ouvrit. Des colliers et des boucles d'oreilles de toutes tailles et de toutes couleurs emplissaient les compartiments. Sa main s'attarda sur un gros pendentif en pierre de lune. Elle se souvenait de ce bijou. C'était le préféré de sa mère. Elle le portait tout le temps.

Elle passa la chaîne autour de son cou et serra la pierre dans le creux de sa main. Elle ne pouvait se résoudre à abandonner ainsi toutes les affaires de sa mère. Ouvrant la porte de la penderie, elle découvrit ses longues robes flottantes accrochées à des cintres. Un arc-en-ciel de coton, de lin et de soie semblait illuminer le placard.

Elle s'étonna une fois de plus que Martha ait tout laissé en l'état, après tant d'années. Espérait-elle que Delilah reviendrait ? se demanda Laura en tendant une main vers une robe vert émeraude.

Un doux parfum de gardénia lui monta au visage et soudain, ce fut comme si elle voyait distinctement sa mère. Elle sentait son parfum préféré, entendait sa voix mélodieuse.

Chut, mon bébé. Pas un bruit.

La vision se modifia brusquement. La pièce sembla basculer.

On la poussait dans le placard, on la forçait à s'asseoir au fond. Son cœur se mit à battre à tout rompre. Une sueur froide ruissela dans son dos, tandis que d'autres souvenirs l'assaillaient.

Tout va bien, ma chérie. Maman n'a rien. Reste dans le placard.

Il y avait quelqu'un d'autre dans la chambre. Sa mère ne souriait plus. Elle semblait en colère, puis effrayée. Ses grands yeux bleus croisèrent ceux de Laura, avant de se détourner rapidement.

Quelque chose n'allait pas.

Laura fit ce que maman avait demandé. Elle ne fit pas un bruit. Elle ne bougea pas, malgré son cœur tremblant de peur.

Elle fut brusquement ramenée à la réalité par une violente nausée. Elle était tombée à genoux dans le placard. Elle cacha son visage dans ses mains. Elle ne voulait plus rien voir.

C'était trop dur.

Mais elle ne parvenait pas à endiguer le flot de souvenirs qui inondait brusquement son esprit. Les cris étouffés de sa mère qui résonnaient en elle, l'ombre noire d'un homme entrant dans la pièce, grand et menaçant, plein de rage et de haine.

Comme il eut fait avec une poupée de chiffon, l'homme saisit maman par le bras et la jeta par terre avec force. Prise de panique, Laura sentit sa poitrine et ses mâchoires se serrer. Elle ne pouvait plus ni déglutir ni respirer.

Elle se tint la bouche à deux mains pour retenir un cri. Serrant ses genoux contre elle, elle inspira profondément, puis retint son souffle. L'homme ramassa le gros chandelier de bois.

C'est alors qu'elle vit son visage.

Son grand-père Randal ?

Que faisait-il ? Pourquoi était-il à ce point en colère ?

La douleur causée par le manque d'oxygène explosa dans la poitrine de Laura. Elle ouvrit la bouche et inspira de brèves bouffées rapides.

Il leva le chandelier au-dessus de sa tête.

Laura tourna la tête et enfouit son visage entre ses genoux.

Un cri aigu de douleur. Un bruit de coup mat. Laura se couvrit les oreilles pour ne plus entendre.

Du sang gicla, projetant des gouttelettes rouges sur le plancher, jusqu'au mur. Un sanglot lui échappa. Aveuglée par les larmes, elle se blottit davantage au fond du placard.

Mais déjà il était là. Penché sur elle. Elle gémit en voyant son visage furieux et les taches de sang qui maculaient sa chemise.

Le sang de maman ?

Ses yeux lui faisaient peur, tant ils étaient pleins de haine et de colère. Elle ne l'avait jamais vu ainsi auparavant.

Il tendit la main vers elle.

— Non ! hurla-t-elle en se plaquant contre le mur.

Il la saisit par le bras et la tira sans ménagement hors du placard. Elle lutta, cherchant à lui échapper. Puis, elle vit sa mère allongée sur le sol et se figea. Du sang lui recouvrait le visage et les cheveux. Une décharge de terreur l'envahit et explosa en elle.

— Mamaaaaan !

Elle se précipita vers sa mère, mais son grand-père refusait de la lâcher. La prenant dans ses bras, il la jeta sur le lit.

— Non ! hurla-t-elle encore en se débattant. Lâchez-moi ! Maman !

Il lui couvrit la bouche et le nez de sa main. Elle continuait à se débattre à grands coups de pied et d'ongle. Elle l'entendit pester et jurer, puis les ténèbres finirent par envahir son esprit.

C'était fini.

Déjà, la vision s'estompait. Elle ne se souvenait plus de rien.

Le contact de ses larmes brûlantes sur ses mains acheva de la ramener dans le présent. Les images sanglantes de sa mère allongée sur le sol restaient gravées dans son esprit.

Randal avait tué sa mère.

Elle s'assit par terre, dans le placard, se balançant doucement d'avant en arrière, laissant couler ses larmes pour laver l'horreur de ses souvenirs. Elle sanglotait violemment, incapable de respirer. Sentant la nausée la gagner, elle ferma les yeux.

Pas étonnant qu'elle ait refoulé tout ça.

— Je suis désolée, maman, chuchota-t-elle.

Comment avait-elle pu oublier ? Comment avait-elle pu passer ces années à attendre et espérer, alors qu'elle l'avait vue mourir ? Un nouveau sanglot l'étouffa. Si seulement elle s'était souvenue plus tôt, Randal aurait pu être arrêté et jugé pour l'acte atroce qu'il avait commis.

Elle frissonna et inspira plusieurs fois profondément.

Il n'était pas trop tard.

Un bruit lui fit lever la tête. Elle essuya les larmes qui lui voilaient les yeux et aperçut Martha, debout près de la porte. Laura se releva tant bien que mal. Soudain, elle entendit Drew l'appeler et, lorsqu'elle leva de nouveau la tête, Martha avait disparu. Puis, Drew fut auprès d'elle, le regard dévoré d'inquiétude.

— Tu n'as rien ? demanda-t-il, en essayant de reprendre son souffle.

— Elle est morte, Drew, murmura Laura, encore sous le choc.

Elle s'en doutait car Mary l'avait déjà suggéré. Toutefois, les souvenirs qui lui étaient brutalement revenus, la vision de ce chandelier s'abattant sur la tête de sa mère, le bruit mat du bois se brisant…

De nouveau saisie d'horreur, elle se mit à trembler.

— De qui parles-tu ? demanda Drew, visiblement dérouté. De ta mère ?

Laura fit signe que oui. Des frissons profonds et irrépressibles la secouaient. Drew la serra contre lui, l'enserrant de ses bras puissants, lui offrant l'appui et le réconfort de son torse solide. Elle s'agrippa à lui et sanglota longuement, pleurant toutes les larmes qu'elle retenait depuis si longtemps. Elle pleurait la mère qu'elle n'avait pas connue, la fin de son dernier espoir, et l'avenir qui venait de lui être arraché.

Randal, son grand-père.

Un homme qu'elle avait aimé et respecté, en qui elle avait eu toute confiance… Il avait fait voler sa vie en éclats. Avant de retourner à la sienne comme si de rien n'était. Pourtant, le pire était bel et bien arrivé. A sa mère, et à elle.

Elle ne le laisserait pas s'en tirer à si bon compte.

D'une façon ou d'une autre, cet homme allait payer.

Drew serrait Laura contre lui, soulagé de la voir encore vivante malgré ses yeux rougis et ses cheveux en bataille.

— Je suis désolé pour toi, lui murmura-t-il à l'oreille.

— C'était horrible ! s'écria-t-elle en s'écartant de lui, les yeux brillants de colère. Pourquoi a-t-il fait une chose pareille ?

— Qui ça, « il » ?

— Randal. Il a frappé ma mère à la tête avec un chandelier. Il l'a tuée. Ici même. J'ai tout vu.

Stupéfait, Drew la regarda, puis ses yeux se posèrent dans un coin de la chambre. Il se souvenait avoir vu Delilah couchée là, baignant dans son sang.

— Randal ? murmura-t-il.

Laura suivit son regard et soudain elle comprit.

— Tu l'as vu, toi aussi ?

Drew se raidit.

— Tu étais là !

La phrase claqua comme une accusation.

— Oui.

Elle se recula, une lueur mauvaise dans les yeux.

— Tu savais et tu ne m'as rien dit ? Pourquoi ?

— Je me suis souvenu de ce qui s'était passé il y a quelques minutes à peine, dit-il en prenant sa main dans la sienne. Crois-moi, je ne savais pas que Randal avait quelque chose à voir avec tout ça.

Il vit qu'elle réfléchissait.

— Etait-ce vraiment Randal ? demanda-t-il.

— J'étais dans le placard. Je l'ai vu la frapper. Avec le chandelier de bois. J'ai vu ma mère allongée là. Il m'a sortie de la penderie, m'a jetée sur le lit et m'a couvert le visage jusqu'à ce que je perde connaissance. Je ne pouvais plus respirer.

— Qu'est-il arrivé après ça ? demanda Drew, visiblement abasourdi.

— Je ne sais pas. Je ne me souviens de rien d'autre. Le reste n'est qu'un trou noir.

Drew s'assit sur le bord du lit. Il se rappela la vision que Paul lui avait montrée dans le grenier. Des mains qui maintenaient Laura pendant que quelqu'un lui enduisait le front d'huile. Etait-ce ce qui s'était passé ? Lorsqu'il leva les yeux vers Laura, il vit Paul debout à côté d'elle, les yeux pleins de tristesse.

Pour la première fois, Drew aurait voulu lui parler, pour connaître la vérité. Toute la vérité. Il voulait aussi aider son cousin dont l'univers avait basculé d'un seul coup.

Qui était responsable ? Sa mère ? Jeanne ? Randal ? Il pensait savoir, mais à présent…

— J'ai du mal à comprendre, admit-il.

— Pourquoi ? Parce que Randal est sénateur ?

— Non, parce qu'il a toujours été comme un père pour moi, expliqua-t-il en se passant une main sur le visage, l'air infiniment las.

Elle s'assit à côté de lui et posa une main sur sa cuisse. Drew s'émerveilla encore une fois de cette intimité naturelle qui s'était développée entre eux. C'était grâce à ce qu'ils avaient vécu ensemble, autrefois. Un lien s'était formé à cause de ce drame. Si aucun d'eux ne s'en était souvenu, leurs cœurs en revanche n'avaient pas oublié.

— Tu n'as vu que Randal ? demanda-t-il.

— Je crois, oui.

— Tu es sûre de ne pas avoir vu Jeanne ? Ou ma mère ?

— Non. Pourquoi ? s'étonna-t-elle en l'étudiant avec inquiétude. Que me caches-tu ?

Il hésitait, ne sachant pas ce qu'il devait lui avouer ou non. Elle n'était toujours pas hors de danger. Elle ne serait pas en sécurité tant qu'il ne l'aurait pas éloignée de Martha et mise à bord d'un avion pour San Francisco.

— Pourquoi as-tu parlé de Jeanne ? insista-t-elle.

Il aurait voulu l'embrasser jusqu'à ce qu'elle cesse de trembler et que ce cauchemar prenne fin. C'était impossible, pourtant. Ce cauchemar ne serait terminé que lorsque Laura serait rentrée chez elle.

— La nuit où nous avons failli nous noyer, je suis venu ici pour te chercher…

Il ne voulait pas expliquer pourquoi, répugnait à évoquer la cérémonie vaudou… la façon dont il était resté allongé dans l'eau, le visage strié de bleu, à attendre que Kafou lui parle et prenne possession de lui.

« Bientôt, toi aussi tu pourras l'entendre. »

— J'ai vu ta mère allongée sur le sol. Jeanne était là. Elle m'a dit d'aller te chercher. De te sauver. Elle a dit qu'elle s'occuperait de ta mère, puis qu'elle enverrait de l'aide pour nous.

Laura se raidit.

— Tu veux dire que Jeanne a fait disparaître le corps de ma mère ?

— Peut-être. Je ne sais pas.

— Si ma mère était déjà morte, pourquoi Jeanne n'est-elle pas partie me chercher elle-même ?

C'était son anniversaire. Il s'en souvenait. Il avait tout juste dix ans, ce jour-là.

L'Eveil.

— Drew ! insista Laura d'une voix aiguë. Et si ma mère n'était pas morte ?

— Personne n'a revu ta mère depuis vingt ans, dit-il en se levant.

— Moi non plus, on ne m'avait pas revue !

Il la regarda en silence avant de reprendre :

— C'est possible, mais cela n'a pas d'importance. Il faut que tu partes du marécage, loin de Randal. Il a le pouvoir de faire en sorte que tu ne parles jamais à personne de ce qui s'est passé dans cette chambre.

Laura se leva et prit une photo sur la table de nuit.

— Viens, dit-elle en se dirigeant vers la porte d'un pas décidé.

— Où vas-tu ? appela-t-il en la rattrapant dans le couloir. Laura, attends !

— Je dois parler à Jeanne.

Il hésita.

— As-tu seulement écouté un mot de ce que je viens de te raconter ?

Sans cesser d'avancer, elle lui lança par-dessus son épaule :

— Oui. Mais je dois entendre la vérité de sa bouche. Je dois savoir ce qui est arrivé à ma mère cette nuit-là.

— Et si Randal est là ?

— Alors, il comprendra que nous sommes unis contre lui pour lui faire payer son crime.

15

— C'est une très mauvaise idée, répéta Drew pour la dixième fois, tandis qu'ils roulaient vers la maison des Larame.

La mâchoire crispée, il serrait le volant si fort que ses articulations blanchissaient. Laura avait elle aussi l'estomac noué. A présent qu'elle se souvenait enfin de ce qui était arrivé à sa mère, comment pouvait-elle décider de simplement rentrer chez elle sans chercher à faire toute la lumière sur cette terrible affaire ? Sans chercher à savoir si sa mère était vraiment morte ?

— Confronter Randal et Jeanne ce soir n'est pas très malin, poursuivit Drew, d'une voix plus grave.

Elle savait qu'il n'y avait rien de logique dans ce qu'elle ressentait. Elle réagissait instinctivement, par émotion pure, mais cela importait peu. Elle devait savoir. Serrant ses mains entre ses genoux, elle s'efforça de répondre d'une voix calme.

— J'aimerais entendre la version de Jeanne avant de rentrer chez moi.

— Et si Randal est là aussi ?

— Alors, tant mieux. Ainsi, il saura qu'il ne s'en tirera pas comme ça. Les gens se souviennent. Les gens savent.

Drew se tourna pour la regarder. Des plis soucieux lui barraient le front. Elle voyait bien qu'il était inquiet, mais elle avait besoin de réponses. Elle méritait de savoir ce qui était arrivé à sa mère. Son estomac se souleva de nouveau. Ouvrant un peu la fenêtre, elle aspira l'air frais avec avidité.

Elle devait tenir encore un peu si elle voulait connaître la vérité.

Le soleil se couchait à l'horizon lorsque Drew s'engagea dans l'allée du manoir des Larame. Il ferait bientôt nuit. Elle avait hâte de fuir ce maudit marais. Lorsqu'elle serra la pierre de lune qui pendait toujours à son cou, une nouvelle vague de tristesse l'envahit. Même si la vérité risquait d'être difficile à entendre, elle voulait savoir. Pour pouvoir mettre tout cela derrière elle et reprendre le cours sa vie.

Avec Drew, peut-être.

Elle le regarda de nouveau. Il avait les traits tirés, la bouche pincée. Il était vital pour elle de découvrir ce qui était arrivé à sa famille, mais elle savait que cela risquait aussi de briser l'univers de Drew. Il était plus que probable que Randal avait tué sa mère. Et si elle-même avait du mal encore à y croire, que dire alors de Drew ?

Celui-ci gara la voiture. En sortant, il désigna une allée de pavés qui contournait la maison.

— Jeanne préfère qu'on rentre par la cuisine, expliqua-t-il.

Laura ne se souvenait plus de cette maison. Un peu perdue, elle se hâta de rejoindre Drew. Il marchait avec une certaine raideur qui semblait le rendre encore plus grand. Il était vraiment inquiet.

Peut-être avait-il raison. Peut-être était-ce une très mauvaise idée.

Si ses souvenirs étaient exacts et que Randal avait tué sa mère, alors Jeanne savait sûrement quelque chose. Jusqu'où un homme politique puissant et sa femme étaient-ils prêts à aller pour garder un secret ? Soudain hésitante, Laura prit Drew par la main. Ils venaient de déboucher sur une grande cour pavée de briques et ornée d'une fontaine en son milieu.

— Drew, penses-tu vraiment que les Larame soient dangereux ? demanda-t-elle à voix basse.

— Non, répondit Drew en se tournant vers elle. Enfin… peut-être. En fait, je ne sais pas. Tout ce que je pensais savoir sur ces gens vient de voler en éclats.

Elle le conduisit vers un banc sur lequel ils s'assirent, serrés l'un contre l'autre, les mains jointes. Le contact tiède de sa peau lui rappela à quel point il comptait pour elle. Il avait été à ses côtés tout au long de cette épreuve. Elle voulait à présent le soutenir à son tour.

— Je ne veux pas te forcer, Drew. Si tu ne veux pas affronter les Larame tout de suite, nous pouvons attendre. Nous pouvons aller raconter ce que nous savons au shérif et laisser la police s'occuper du reste.

Drew se raidit mais il fit non de la tête. Elle savait ce qu'il pensait : Randal préférerait sans doute affronter Drew plutôt que d'avoir affaire au shérif. Voyant qu'il ne répondait rien, elle regarda autour d'eux. Pourquoi n'avait-elle aucun souvenir de cet endroit ? Elle avait pensé qu'une fois qu'elle se serait souvenue de ce qui était arrivé à sa mère, le reste reviendrait aussi.

Elle s'était trompée.

Elle ne se souvenait toujours pas de ce qui s'était passé, après que Randal avait écrasé sa grosse main sur sa bouche et son nez. Un frisson de dégoût la parcourut. Que lui avait-il fait ? Pourquoi ne l'avait-il pas tuée, elle aussi ?

— Tu es prête ?

Ils se levèrent et marchèrent ensemble vers la porte de la cuisine. Elle retint son souffle lorsqu'il frappa. Elle repensait à ce qu'elle avait vu et entendu. Elle s'inquiétait pour Drew en raison de ce qu'il allait devoir affronter lui-même. Pour être honnête, elle espérait un peu que Randal serait présent. Elle voulait que ce soit lui qui ouvre la porte, parce qu'elle rêvait de lui sauter à la gorge.

Une femme ceinte d'un tablier blanc leur ouvrit. Laura redressa les épaules, s'efforçant de se détendre.

— Nous sommes venus voir Randal et ma tante Jeanne, annonça Drew.

La femme, sans doute la cuisinière ou la femme de ménage, leur fit signe d'entrer.

— Madame est dans la véranda, dit-elle en se reculant pour les laisser passer.

— Je connais le chemin, dit Drew en traversant la grande cuisine.

Dans le couloir, ils entendirent des éclats de voix en provenance d'une pièce voisine.

— Il faut faire quelque chose, Jeanne ! s'exclama une voix de femme. Tout va bien aller, maintenant. Il faut la faire partir.

Sans savoir pourquoi, Laura sentit ses cheveux se dresser sur sa nuque.

— Tu crois que je ne le sais pas ? répondit une

autre voix. Mais pour l'instant, je ne sais même pas où ils sont.

Laura se figea en reconnaissant l'accent traînant et doux de Jeanne Larame. Soudain, Drew se tourna vers une porte ouverte et s'arrêta brusquement. Laura se cogna contre lui, mais Drew se raidit et se déplaça légèrement, lui barrant l'entrée.

La conversation s'interrompit brusquement dans la pièce.

— Drew ? demanda la voix de Jeanne.

Incapable d'attendre plus longtemps, Laura contourna Drew. Jeanne écarquilla les yeux et sa bouche s'ouvrit. Laura posa alors les yeux sur la femme assise à son côté. Celle-ci avait un visage quelconque et des cheveux argentés coupés très court. Elle portait des vêtements d'homme.

Elle sentit que Drew lui passait un bras autour des épaules et l'attirait contre lui.

Un peu perdue, elle leva les yeux vers lui, mais il semblait hypnotisé par l'inconnue qui n'avait toujours pas fait un geste. Elle aussi semblait choquée, comme un animal piégé dans les phares d'une voiture.

Lorsque son regard croisa celui de Laura, elle pâlit affreusement. Ses yeux bleus s'emplirent de larmes et elle porta une main à sa bouche.

— Drew, que se passe-t-il ? demanda Laura, sans comprendre.

Son cœur battait à un rythme étrange et douloureux. La femme fit un pas vers elle, le visage décomposé.

— Laura…, murmura-t-elle.

Laura ne sut pas si c'était la voix de l'inconnue ou la douleur qui dansait dans ses yeux si bleus, mais elle comprit soudain ce que son cœur avait immédiatement saisi.

Cette femme était sa mère.

Les larmes la gagnèrent. Depuis toutes ces années, malgré toutes ses prières et ses nuits sans sommeil, voilà que sa mère se tenait enfin devant elle. Les bras tendus, déchirée d'amour et de douleur, les yeux brillants de larmes. Des yeux si semblables à ceux de Laura.

Sa tête tournait. Elle sentit ses jambes faiblir. Elle devait s'asseoir. Drew la soutint et la conduisit jusqu'à une chaise.

— Elle est pâle comme un linge, dit Jeanne en sortant de la pièce. Je vais lui chercher de l'eau.

Sa mère s'accroupit précipitamment devant elle et plongea son regard dans le sien. Laura se sentait soudain vulnérable, nue, comme un insecte sous un microscope. Elle voulait partir, fuir, hurler et pleurer, mais rien ne venait. Elle restait assise là, laissant cette femme la dévisager. Cette femme qu'elle avait cherchée toute sa vie, certaine de ne la retrouver que morte.

Jeanne revint bientôt avec un verre d'eau fraîche et Laura en profita pour détourner son attention vers elle.

— Merci, murmura-t-elle avant de boire une longue gorgée.

— Comment te sens-tu ? demanda Jeanne.

Laura la regarda sans rien dire. Comment se sentait-elle ? Elle venait juste de retrouver sa mère qui l'avait abandonnée vingt ans plus tôt et n'était même pas morte comme elle l'avait cru.

Elle serra son verre de toutes ses forces, au point

qu'elle craignit de le briser en mille morceaux. La colère qu'elle sentait monter en elle dut paraître sur son visage, car sa mère se releva et recula d'un pas, une expression blessée sur le visage. Son corps entier sembla s'affaisser. Les épaules basses, elle traversa la véranda pour contempler les derniers rayons de soleil.

— Laura ? demanda encore Jeanne. Comment te sens-tu, ma chérie ?

— Comment voulez-vous que je me sente ? rétorqua Laura d'une voix sèche. Je venais à peine de me convaincre que ma mère était morte. Cela aurait été tellement plus simple, à vrai dire. Comment expliquer sinon qu'elle ne soit pas venue me trouver plus tôt ? Comment justifier qu'elle m'ait laissée seule pendant toutes ces années ?

Sa mère se raidit mais ne dit rien, regardant toujours dehors.

Lâche.

Le mot claqua comme un fouet dans l'esprit de Laura.

— Tu étais donc là pendant tout ce temps ? demanda-t-elle à sa mère qui lui tournait toujours le dos.

— Oui et non.

Elle finit par se retourner. Ses joues étaient baignées de larmes et sa voix était rauque d'émotion.

— J'ai emménagé dans une ville à une cinquantaine de kilomètres d'ici, où personne ne me connaissait ou ne se souvenait du nom de Delilah Larame.

— Et moi ? articula Laura avec peine, le cœur prêt à exploser.

Sa mère fit un pas en avant, une main tendue dans un geste suppliant.

— Je voulais te prendre avec moi, Laura. Plus que tu ne pourras jamais le croire. Mais je ne pouvais prendre le risque qu'elle te retrouve.

— Qui ça, « elle » ? De qui parles-tu ?

— De ma mère, souffla Drew.

— Quoi ? Martha ? Qu'est-ce que… ?

Voyant qu'il ne répondait pas, Laura se retourna vers Jeanne, puis vers sa mère. De quoi parlaient-ils tous ?

— Qu'est-ce que Martha vient faire là-dedans ? Ce n'est pas elle qui t'a frappée, dans mon souvenir. C'était Randal. Vous voulez dire que mon souvenir est faux ?

Sa mère fit signe que non, le regard toujours baissé.

— J'ai cru… J'ai cru que tu étais morte, chuchota Laura, que la vue de sa mère remplissait encore de stupéfaction.

Elle était vivante.

Saine et sauve. Debout, là, devant elle. L'expression coupable de Jeanne acheva de la mettre en colère. Ce fut à elle qu'elle s'en prit.

— Pendant toutes ces années vous connaissiez la vérité. Vous saviez où j'étais, mais aucune de vous n'est venue me trouver.

— Je suis désolée, Laura…

Sa mère s'avança, puis s'arrêta à quelques pas d'elle en se tordant les mains.

— Tu as raison. C'était bien Randal. C'est lui qui m'a frappée. Mais je ne l'intéressais pas. Ce n'était pas moi qu'il voulait. C'était toi.

— Moi ? Mais… pourquoi ?

— Il était tellement furieux après la mort de Paul, intervint Jeanne. Il cherchait un coupable. Pour se venger. Et se faire justice lui-même.

— Il m'accusait, ajouta sa mère.

— Toi ? A cause du vaudou, c'est ça ?

— Randal ne connaissait rien de nos projets de départ, poursuivit sa mère. Paul avait peur de lui en parler. Il craignait sa réaction. Il avait tort. Je le savais, mais Paul ne voulait rien entendre.

Elle se tut un instant, comme si les souvenirs étaient encore trop pénibles pour être évoqués.

— Après sa mort, Randal était si bouleversé qu'il a cru les mensonges de Martha, reprit-elle. Il cherchait un responsable, quelqu'un contre qui diriger sa fureur et sa tristesse. C'est tombé sur moi. Après quoi, il a été facile pour Martha de le mêler à ses plans.

Jeanne s'approcha d'elle et posa une main rassurante sur son bras.

— Lorsque Martha lui a promis que la cérémonie vaudou lui assurerait le poste de gouverneur… comment dire… c'est honteux, mais il l'a crue sur parole.

Drew poussa un juron étouffé. Il serrait les poings de toutes ses forces et sa mâchoire se crispait convulsivement. Il était livide.

— Ne me regarde pas comme ça, Drew, plaida Jeanne. Randal était un homme brisé, plein de rage et de chagrin.

— Vous pouvez bien lui trouver toutes les excuses du monde, cracha Drew. Cela ne change rien au fait qu'il a tenté de tuer une petite fille. Quelles excuses lui avez-vous trouvées pour ça ?

Les yeux de Jeanne s'embuèrent.

— J'avais perdu mon fils unique. Mon seul enfant. J'étais seule et je craignais de perdre aussi mon mari. Il ne me restait plus que lui. Il ne voulait pas faire de mal. Il a agi sous le coup de la colère. Il en fait encore des cauchemars aujourd'hui.

— Et le fait qu'il ait effectivement gagné les élections pour devenir gouverneur et qu'il ait par la suite obtenu le poste de sénateur, c'était la cerise sur le gâteau, c'est ça ? railla Drew.

— Moi aussi, j'ai fait des cauchemars ! intervint alors Laura. Et qui était là pour me tenir la main, ces nuits-là ? Qui s'est inquiété de mon sort ?

— J'ai fait tout ce qui était en mon pouvoir pour vous sauver, ta mère et toi, persista Jeanne. J'ai alerté la police. J'ai envoyé Drew te chercher et, dès que j'ai pu, je t'ai fait sortir de l'hôpital pour t'envoyer à San Francisco. Tu as fréquenté le même pensionnat que moi dans ma jeunesse. Je suis membre de l'association des anciens élèves et également membre du conseil d'administration. J'ai toujours veillé à ce que tu ne manques de rien. J'ai surtout veillé à ce que Martha ne te retrouve jamais.

— C'est ça, gronda Laura. Je n'ai jamais manqué de rien. Sauf d'une famille, par exemple. Aucune visite les dimanches et les jours fériés. Nulle part où aller pendant les vacances. A la fin de la première année, la directrice a eu tellement pitié de moi qu'elle m'a emmenée chez elle pour Noël !

Jeanne porta une main tremblante à sa bouche.

— Nous avons fait de notre mieux, Laura. Je te le jure.

Malgré sa voix tremblante, elle poursuivit :

— Ta mère a dû être hospitalisée, elle aussi. J'ai roulé toute la nuit pour rejoindre un hôpital dans l'Etat voisin, afin que personne ne la retrouve. Ensuite, je suis revenue aussi vite que possible pour t'emmener à San Francisco. Je suis désolée si cela ne correspondait pas à l'idée que tu te faisais du bonheur. Mais c'est grâce à ça que tu es toujours en vie. C'est la vérité.

— Comment osez-vous… ?

Bouillonnante de colère, Laura ne parvenait plus à articuler le moindre mot.

— Laura, je t'aime, dit alors sa mère, en faisant de nouveau un pas vers elle. Je t'ai toujours aimée. Je voulais juste qu'il ne t'arrive rien. Jeanne aussi.

Laura haletait, cherchant à retrouver son souffle et à apaiser ses nerfs.

— Tu as eu peur, commença-t-elle d'une voix sourde. Tu as vécu quelque chose d'horrible ? Ça, je peux le comprendre. Dans sa rage, Randal a tenté de nous tuer, mais nous avons toutes les deux survécu. Personne ne t'a jamais retrouvée, alors pourquoi n'es-tu pas venue me chercher ? Au bout d'une semaine ? D'un mois ? Ou même d'un an ? Pourquoi personne n'est-il venu pour moi ?

Des larmes douloureuses lui brouillaient la vue. Elle cligna des yeux pour les chasser, refusant de laisser ces deux femmes voir à quel point elle avait souffert de leur machination insensée.

— Je t'en conjure, Laura, il faut me croire, supplia sa mère. Je serais venue te chercher si j'avais pu. Mais j'ai dû vivre cachée dans une cahute perdue en plein marais. Je ne voulais pas que tu connaisses une telle vie, jamais. Sans pouvoir aller à l'école ou te faire des amis. C'était tellement mieux pour toi de rester à San Francisco, avec Jeanne qui veillait sur tout.

— Que sais-tu de mon bien-être pendant toutes ces années ? Que sais-tu de moi, d'ailleurs ? Rien du tout. Tu n'étais pas là.

C'était trop.

Elle devait sortir. Peinant à respirer, elle se dirigea vers la porte.

— Attends ! s'écria Jeanne en la retenant par le bras. Tu ne peux pas partir.

— Ah, je vois, rétorqua-t-elle en faisant volte-face. On veut que je reste, à présent ? Donnez-moi seulement une bonne raison pour cela. Rien de ce que vous avez dit n'a le moindre sens. Quant à toi…

Elle se tourna vers sa mère.

— Tu aurais pu quitter cet endroit. Nous aurions pu partir ailleurs. Toutes les deux.

— Je ne pouvais pas la laisser te retrouver. Elle sait des choses. Je devais rester pour la surveiller.

Laura la regarda, incertaine.

— Non. Tu devais t'occuper de moi. C'était ça, ta responsabilité. T'occuper de ton enfant.

Sa mère traversa rapidement la pièce, jusqu'à se tenir à quelques centimètres de Laura. Elle toucha le pendentif en pierre de lune accroché à son cou. Laura se raidit, mais ne recula pas.

— Pourquoi crois-tu que tu es ici aujourd'hui ? demanda doucement sa mère. Elle n'a jamais renoncé à toi. Tu es la clé de ses projets. Sans toi, elle ne peut obtenir ce qu'elle veut. Elle attend depuis vingt ans. Elle ne s'arrêtera pas tant que tu ne seras pas morte.

Laura sentit un frisson glacé la parcourir.

— C'est parfaitement ridicule. Je ne sais même pas de qui tu parles.

— C'est ma mère qui t'a appelée, Laura, annonça Drew. C'est elle qui t'a poussée à venir ici.

— Pourquoi ?

Et pourquoi ne lui disait-il cela que maintenant ? Elle le regarda, sentant sa méfiance renaître. Que lui avait-il caché d'autre ?

— Martha a besoin de toi pour compléter la cérémonie, ajouta Jeanne.

— Sait-elle que vous êtes encore en vie, Delilah ? demanda soudain Drew.

— Je pense qu'elle s'en doute. J'ai disparu mais mon corps n'a jamais été retrouvé. Comme je l'ai dit, elle sait des choses.

Elle sait des choses ?

Laura aurait éclaté de rire si elle n'avait pas été aussi furieuse. Elle voulait sortir. De cette maison, de cette ville, de cet Etat. Fuir toute cette folie qui ne la concernait pas. La mère qu'elle avait espérée pendant tant d'années était folle à lier.

— La cérémonie a été avancée à ce soir, poursuivit Drew. Ils savent que Laura part demain matin.

— Je t'en prie ! s'emporta Laura. Dis-moi que tu ne crois pas à tout ça !

— C'est la vérité que tu cherches à découvrir, Laura. Ce n'est pas Randal qui voulait ta mort, ce soir-là. C'est ma mère. Il faut te faire partir d'ici avant ce soir. C'est le plus urgent, pour l'instant.

Ce ne pouvait être vrai.

— Tu crois que c'est ta mère qui est responsable de tout ça ? La voiture qui a essayé de me renverser ?

Le message ? Le serpent ? Je ne comprends pas. Pourquoi voudrait-elle me faire du mal ?

Le regard de Drew se durcit puis il baissa les yeux, l'air soudain coupable. Bon sang, quelle idiote elle faisait ! Etait-il lui aussi mêlé à tout ça depuis le début ?

— Non, tout ça, c'était moi, avoua sa mère, qui eut au moins la décence de paraître gênée. Je suis désolée… Je voulais que tu retournes chez toi. J'essayais de t'effrayer pour te pousser à partir. Mais ce n'est pas facile…

— En effet, dit Drew. Et que vient faire Charlie Wallis, dans tout ça ?

Laura avait la tête qui tournait. Elle les regardait tour à tour, cherchant à comprendre où elle avait perdu le fil de l'histoire. Elle n'était revenue que pour retrouver sa mère, morte ou vivante. Pas pour se retrouver mêlée à un complot étrange et insensé. Quant à sa mère, c'était elle qui avait tout manigancé pour la faire partir.

C'en était écœurant.

— Charlie et moi habitons ensemble, expliqua sa mère. Cela fait des années qu'il cherche à prouver que c'est bien Martha qui est à l'origine de la mort de sa fille. C'est quelqu'un de cultivé, mais il entretient sa réputation de vieux fou, en espérant que les gens ne se méfieront pas de lui et que les langues se délieront en sa présence.

— Et ça a marché ?

— Assez pour découvrir le plan visant à ramener Laura au pays.

Laura se crispa en comprenant soudain à quel point elle s'était laissé manipuler facilement.

— Et Mary ? Est-elle aussi dans le secret ?

— Oui.

— J'aurais dû m'en douter. Tu lui diras de ma part qu'elle est une menteuse.

— Ce n'est pas ce que tu crois, insista sa mère. Personne n'a cherché à te tromper. Nous voulions juste qu'il ne t'arrive rien.

Laura la regarda.

— La seule personne qui a cherché à me faire du mal, maman… c'est toi.

16

« L'Eveil », pensa Drew.

Tout devenait clair, à présent.

La cérémonie prévue ce soir-là était une répétition de la nuit où Laura avait failli mourir. Il était censé s'ouvrir à quelque esprit vaudou.

« Le grand esprit Kafou me parle dans l'eau. Après ce soir, il te parlera à toi aussi. »

Dans un coin de la pièce, il aperçut Paul qui le regardait avec un agacement contenu. Toutes ces années, Drew l'avait tenu à distance avec les autres esprits qui l'envahissaient. Peut-être essayaient-ils tout simplement de lui faire comprendre quelque chose d'important.

Quelque chose qui aurait pu empêcher ce qui se produisait à présent.

Il n'avait jamais écouté. Il leur avait tourné le dos et, à présent, il était trop tard. En dépit de tous ses efforts, il ne pourrait plus les entendre.

— Ce n'est pas moi qui cherche à te nuire, Laura, insista Delilah. C'est Martha.

Laura pinça les lèvres.

— D'accord. Admettons. Qu'est-ce que Martha attend de moi ? demanda-t-elle, les dents serrées.

— Ton sang, répondit doucement Delilah.

Drew se crispa. Pourquoi Delilah insistait-elle pour remuer tout ça ? Tout allait de travers, ce soir-là. Et cela continuerait tant que Laura ne serait pas rentrée chez elle. Delilah devait faire à présent ce qu'elle aurait dû faire vingt ans plus tôt : monter dans une voiture avec sa fille et partir sans se retourner.

Loin. Le plus loin possible.

— C'est ridicule, protesta Laura. Vous êtes tous ridicules. Ou fous.

— Ma mère est une prêtresse vaudou, expliqua Drew en se passant une main dans les cheveux.

Peut-être devait-il simplement tout lui avouer, en finir une fois pour toutes. Peut-être accepterait-elle alors de rentrer chez elle.

— Une vraie prêtresse, crut-il bon de préciser. C'est pour cela que tu dois partir au plus vite.

— Oh ! je t'en prie, Drew. Tu me prends pour la dernière des idiotes ?

— Lorsque je l'ai suivie, tout à l'heure, je l'ai vue se faire peindre le visage en bleu. C'est alors que je me suis souvenu de ce qui était arrivé la dernière fois que je l'avais vue ainsi, avec ces peintures rituelles.

— Oui, je l'ai vue aussi. Des petites rayures bleues. Mais je ne vois pas…

— Tu veux dire que tu l'as vue ainsi quand tu étais petite ? demanda Jeanne, d'une voix inquiète.

— Non, ce soir. Elle se tenait près de la porte de la chambre de ma mère.

— Quoi ? s'écria Drew, soudain aussi inquiet que Jeanne. T'a-t-elle dit quelque chose ?

Pourquoi sa mère n'avait-elle pas profité de cet instant pour… ?

— Au moment où je l'ai aperçue, tu m'as appelée depuis l'entrée et elle a disparu.

— Elle a dû se cacher quand je suis arrivé. Elle savait sans doute que je venais te chercher…

Le regard dur de Laura lui imposa le silence. Elle ne voulait pas en entendre davantage. Elle se fermait et repoussait tout en bloc.

— Elle a besoin de toi pour accomplir le rituel, reprit-il pourtant, essayant de lui faire comprendre.

— Quel rituel ? Pour quoi faire ?

— Pour l'Eveil de Drew.

C'est Jeanne qui avait parlé.

Drew serra les dents. Il était la cause de tout cela, pourtant il n'avait pas été capable de l'empêcher. Il savait pour l'Eveil. Sa mère lui en avait parlé, mais il n'avait pas écouté. Il n'avait pas fait attention.

Il n'avait pas cherché à comprendre.

— Il y a vingt ans, Martha a commencé le rituel qui permettait d'inviter l'esprit des ténèbres, Kafou, dans le corps de Drew, reprit Jeanne. Son essence vit en toi, Drew. Un lien infime vous relie depuis cette nuit. Kafou exige le sacrifice d'un enfant, mais pas n'importe lequel. Il faut un enfant doté d'un lignage mystique. Ensuite seulement il pourra devenir toi. Et toi, lui. Vous vous fondrez alors l'un en l'autre pour ne faire qu'un.

— Ton pouvoir sera absolu, continua doucement Delilah, les yeux vagues. Malheureusement, Laura possède ce lignage par son père.

— Mon père biologique, tu veux dire ? chuchota Laura. Je ne l'ai jamais connu. Tu n'en as jamais parlé.

Sa mère la regarda sans rien dire, puis baissa les yeux.

— Je pense que je le sentirais si je possédais l'essence d'un esprit maléfique en moi, protesta Drew, les dents serrées. Ce n'est quand même pas…

— Il est endormi, emprisonné, expliqua Jeanne. Tu ne sentiras sa présence qu'après le rituel… si celui-ci est achevé.

— Georgette, la fille de Charlie, faisait partie du clan de Martha, poursuivit Delilah. C'est elle qui a averti Paul de ce qui se tramait. Elle t'adorait, Laura. C'est pour ça qu'elle a enfreint la loi de son clan et expliqué à Paul la façon dont le rituel fonctionnerait la première fois.

— Ils se sont rendus à la hâte à Lionsheart pour nous alerter. Après, ils sont allés avertir le shérif. C'est alors que la voiture de Paul a dérapé sur la Marche du Diable pour terminer sa course dans le marais. Aujourd'hui encore, personne ne sait s'il s'agissait d'un accident ou si Martha a réussi d'une façon ou d'une autre à les tuer. Ce qui est certain, c'est que Paul et Georgette sont tous les deux morts pour te protéger, ajouta Jeanne d'un ton plein de tristesse.

— Laura, cette nuit-là, j'avais prévu de disparaître avec toi, reprit Delilah. Nous étions sur le point de partir de la maison lorsque Randal nous a surpris. Je suis tellement désolée, ma chérie. Désolée de ne pas avoir su te protéger.

Des larmes de colère coulaient sur les joues de Laura.

— Quant à toi, Drew, reprit Delilah, c'est parce que tu as le don de double vue, comme ta mère, que Kafou t'a choisi.

Soudain, Paul se dressa devant lui, à quelques centimètres de son visage, proférant des cris silencieux que rien ne trahissait, à part un souffle léger qu'il sentait dans ses cheveux. Il se détourna vers la fenêtre, contemplant la nuit qui était tombée. Pour ne plus voir. Tant de morts et de chagrin à cause de cette malédiction.

— Drew, vois-tu quelque chose ? demanda Delilah, sans le quitter des yeux.

— C'est Paul, chuchota-t-il, avouant ce qu'il n'avait jamais admis devant personne.

Un petit cri lui fit lever la tête et il croisa le regard de Jeanne dans le reflet de la vitre. Les yeux écarquillés, elle se mordait le poing.

— Je… Je suis désolé, tante Jeanne. J'ai parlé sans réfléchir…

— Pourquoi est-il là ? demanda-t-elle, une pointe d'hystérie dans la voix.

— Il a toujours été à mes côtés.

— Que dit-il ? demanda soudain Delilah, dont le visage avait pris la couleur de la cendre.

— Je ne sais pas… Je ne l'entends pas.

— Mais de quoi est-ce que vous parlez, à la fin ? s'emporta Laura, qui n'y comprenait rien.

— Drew a des visions, expliqua Jeanne. Il a le don de voir ceux qui sont touchés par la mort.

— Et ceux qui sont déjà morts, ajouta Delilah. Comme Paul.

Drew se figea. Ce qu'il redoutait depuis plusieurs jours venait de se produire. Et lorsqu'il vit le visage de Laura se tordre avec horreur, la colère l'envahit.

Il n'avait jamais rien demandé de tout ça. Il n'en avait jamais voulu. Ni autrefois, ni à présent. Laura s'écarta de lui comme s'il était contagieux.

— Tu… tu veux dire que Paul est avec nous, avec

moi, depuis que je suis arrivée ? bafouilla Laura. Et… toutes ces fois où tu m'as dit que j'étais en danger. Tu pensais que j'allais mourir. C'est comme ça que tu le savais ? Tu l'as vu ? Tu m'as vue mourir ?

Sa voix tremblait. Il fit un pas vers elle. Il aurait voulu lui assurer que tout irait bien, qu'elle n'avait rien à craindre. Mais c'était faux et ils le savaient tous les deux.

— Je ne savais pas comment t'en parler.

Laura recula vers la porte, les yeux fous, la bouche déformée par un rictus de colère.

— Vous trempez tous dans une folie malsaine. De toute évidence, cela fait trop longtemps que vous vivez dans le marais. Je ne sais pas quel est votre problème, mais je ne veux plus rien avoir à faire avec vous. Me suis-je bien fait comprendre ?

Drew fit un nouveau pas vers elle.

— Laura…

— Surtout toi, Drew, coupa-t-elle avec brutalité. Ne t'approche plus de moi.

Les yeux pleins de larmes, Laura sortit en courant dans le jardin. Toutes ces années passées à pleurer une mère absente, à se demander ce qui avait bien pu pousser celle-ci à l'abandonner, à chercher à comprendre à tout prix. A présent, elle aurait préféré ne rien savoir.

Quel genre de mère renonçait à sa fille unique pour « surveiller » une folle ? Et Drew ? Il semblait lui aussi impliqué dans cette folie. Son histoire de visions et de morts qui lui parlaient était complètement démente.

Peut-être était-ce lui qui l'avait attirée ici. Afin de s'assurer que le sacrifice soit complet et qu'il puisse devenir tout-puissant. Et si tout n'était que mensonges depuis le début…

Elle était entourée de fous dangereux et de menteurs. Des menteurs pathologiques qui avaient glissé un serpent dans son lit et tenté de la renverser en pleine rue. Jusqu'où sa mère serait-elle allée pour lui faire peur et la forcer à partir ? se demanda-t-elle, le cœur brisé.

Et dire que cette femme affirmait qu'elle l'aimait… Quelle farce ! C'était un amour toxique et mortel qui aurait pu lui coûter la vie.

La tête lui tournait. Elle s'arrêta près de la fontaine dans la cour et leva les yeux au ciel. De gros nuages noirs roulaient dans le vent, dissimulant par intermittence les étoiles. Un autre orage se préparait. A en croire les premiers signes, celui-ci serait particulièrement violent. Raison de plus pour quitter les lieux au plus vite.

Elle remonta l'allée. Martha cherchait-elle réellement à la tuer ? C'était ridicule. Martha en avait eu plusieurs fois l'occasion, sans jamais en profiter. Il se passait quelque chose d'autre, quelque chose que Laura ne voulait même plus chercher à découvrir. Elle tenta un instant de maîtriser ses pensées folles et les émotions qui tournoyaient en elle, mais en vain. Elle devait trouver une issue. Elle s'assit sur un banc, la tête entre les mains, pour remettre de l'ordre dans ses idées.

Sa mère était vivante. Après toutes ces années, elle était vivante. Et elle s'était débarrassée de Laura comme d'un vulgaire mouchoir.

De nouveau, les larmes lui vinrent et coulèrent sur ses joues. Elle aurait dû rester à San Francisco et ne jamais chercher à revenir dans cet endroit maudit. Une grosse araignée grimpa sur le banc, juste à côté d'elle. Laura sursauta et se leva précipitamment. Sa mère avait préféré vivre dans une hutte perdue au milieu d'un marécage putride plutôt que n'importe où avec elle.

Tout ça afin de pouvoir surveiller Martha.

Sentant un souffle froid lui caresser la joue, Laura se raidit. Combien de fois avait-elle eu cette sensation depuis son arrivée ?

« Drew peut voir les morts. »

Paul ?

Elle scruta le jardin, plongé dans l'obscurité. Etait-ce vrai ? Y avait-il des esprits flottant autour d'elle ? Soudain, elle se sentit incapable de distinguer le vrai du faux. Frissonnant de plus belle, elle remonta l'allée.

Tout n'était que mensonge.

A vrai dire, cela importait peu, car ils croyaient tous que c'était la vérité. Tous étaient persuadés que des esprits et une prêtresse vaudou cherchaient à lui nuire. C'était de la folie. Sa propre mère était folle. C'était d'elle que Laura devait se méfier.

Jeanne et Mary avaient été gagnées par le délire de sa mère et l'avaient nourri. Et Randal ? Elle sentait encore la terreur qui l'avait parcourue lorsque celui-ci lui avait couvert le visage de sa main. Il n'avait pas tué sa mère, finalement. Il l'avait simplement assommée.

« Ce n'était pas moi qu'il voulait. C'était toi. »

Son cœur sembla soudain exploser lorsqu'elle

pensa à Drew. Elle s'était trop fiée à lui et en payait à présent le prix. Il se trompait complètement en adhérant à ce délire. Dire qu'il était le seul à qui elle pensait pouvoir faire confiance. Elle avait eu tort. Il n'y avait personne à ses côtés. Toutes ces années d'espoir et d'attente… déçus.

Elle avait laissé le mystère entourant la personnalité de sa mère affecter sa vie entière. Elle avait grandi avec cette sensation de fragilité, d'abandon et de manque d'amour. Il n'était pas étonnant qu'elle n'ait jamais réussi à trouver l'amour. Elle ne s'était jamais autorisée à être aimée. Elle s'était refermée comme une huître chaque fois que quelqu'un s'était trop rapproché. Ensuite, elle accusait les gens de l'abandonner.

Sa vie était un sacré bazar. Son esprit aussi. Tout ça était sa faute, car elle avait cru à ce mensonge sur l'amour maternel. Elle avait cru que toutes les mères aimaient leurs enfants avec abnégation, sans condition. Il était grand temps qu'elle redresse la tête et reprenne le contrôle de sa propre vie. Un contrôle qu'elle avait jusque-là abandonné à sa mère.

Lorsqu'elle arriva près de la voiture de Drew, le vent forcit, agitant les branches des arbres dans tous les sens. Elle devait retourner à l'hôtel, puis à San Francisco, si elle voulait laisser cette démence derrière elle. Elle ouvrit la portière côté conducteur et se glissa derrière le volant, espérant trouver les clés sur le contact.

Pas de chance.

Elle aurait dû retourner dans la maison pour exiger les clés, mais elle ne voulait plus voir Drew. Pas maintenant. Ni jamais, à vrai dire. Il lui fallait un taxi. Elle avait besoin d'un téléphone, pensa-t-elle en levant avec appréhension les yeux vers la maison. La porte d'entrée brillait doucement dans la pénombre. Si celle-ci était ouverte, elle pourrait se glisser à l'intérieur, se servir du téléphone, puis ressortir sans être vue.

Une bourrasque secoua la voiture. Elle devait agir vite, avant que l'orage n'éclate pour de bon. Elle se précipita vers la porte, soulagée que la lampe du porche ne soit pas allumée, et posa la main sur la poignée. La porte s'ouvrit. Avec un soupir de soulagement, elle se glissa à l'intérieur et referma doucement derrière elle.

Sur sa droite, elle aperçut le coin d'un bureau à travers une porte vitrée. Elle entra sans un bruit dans la pièce et alluma une lampe posée sur le coin du bureau. Des motifs jaunes, rouges et verts se reflétèrent sur le bois de la table, créant une ambiance étrange sans pour autant éclairer le reste de la pièce.

Un cadre contenant une photo de Randal et Paul était posé sur le bureau. Elle observa leur visage, se demandant une fois encore comment tout avait pu dégénérer de la sorte. Une douleur sourde l'envahit lorsqu'elle repensa à la photo de Paul, sa mère et elle qu'elle avait trouvée dans la chambre de sa mère. Une famille « parfaite ». Une illusion.

La seule vérité était les gens qui vivaient dans cette maison. L'homme qui avait cherché à la tuer vingt ans plus tôt. Et les personnes dans la véranda qui cherchaient à lui faire du mal à présent. Soudain, elle se rendit compte qu'elle se tenait dans l'antre du lion. Le bureau de Randal. Que ferait-il s'il la surprenait à cet instant ?

Elle s'approcha du téléphone et posa une main tremblante sur le combiné. Fermant les yeux, elle chercha à apaiser sa respiration, puis elle appela les renseignements pour obtenir le numéro de la société de taxis qui l'avait conduite jusque-là. Après avoir gribouillé le numéro sur un bloc-notes, elle raccrocha et s'apprêta à composer les chiffres qu'on venait de lui communiquer.

Soudain, un brusque coup de vent s'abattit sur la maison, comme un coup de poing qui fit trembler les vitres. La porte-fenêtre du bureau s'ouvrit avec fracas. En même temps que l'odeur putride du marécage, des feuilles et de la poussière entrèrent en tourbillonnant dans la pièce, lui fouettant le visage. Lâchant le combiné, Laura se précipita pour fermer la fenêtre.

En contemplant un instant la nuit, elle eut soudain la certitude que le marécage et le mal qui y rôdait n'avaient aucune intention de la laisser partir aussi vite. Elle allait se retrouver coincée entre lumière et ténèbres, quelque part dans l'ombre du bayou.

Le plancher grinça doucement et Laura fit volte-face pour scruter les recoins de la pièce. Les doigts glacés de la peur se posèrent sur son cœur. Elle devait faire vite. D'un pas vif, elle revint au bureau, reprit le combiné et composa le numéro, espérant que le standard décrocherait rapidement. Enfin, une voix lui répondit.

— J'ai besoin d'un taxi, dit-elle. Pourriez-vous venir me chercher au bout de l'allée du manoir des Larame ?

Elle entendit des pas dans le couloir et ajouta :

— Et faites vite ! Je vous en prie, faites vite.

La porte-fenêtre s'ouvrit brusquement, laissant entrer la puanteur du marais. C'était comme si des particules du bayou dansaient autour d'elle, la poussant vers la fenêtre, vers l'obscurité. Laura retint de justesse un cri et lutta pour refermer la fenêtre. Cette fois-ci, elle enclencha le verrou pour la maintenir. Avant qu'elle puisse se retourner, la lumière de la lampe de bureau s'éteignit, plongeant la pièce dans l'obscurité. Quelqu'un était-il entré ?

« Non, se dit-elle pour tenter de se rassurer. Ce doit être une coupure de courant. » Immobile, elle tendit l'oreille par-dessus le vacarme du vent au-dehors. Elle devait sortir de cette maison.

Lorsqu'elle fit un pas en avant, l'air autour d'elle sembla soudain se glacer. Elle se figea. Quelque chose venait de changer dans la pièce, comme si quelqu'un avait bougé. Dans un coin, des ombres mouvantes dansaient. La peur lui serra impitoyablement la poitrine.

— Il y a quelqu'un ? chuchota-t-elle.

Seuls les battements sourds de son cœur lui répondirent.

Elle s'approcha de la porte, suivant du doigt le bord froid du bureau de bois. Un bruit la fit s'arrêter. Ses cheveux se dressèrent sur sa tête. Il y avait quelqu'un ou *quelque chose* avec elle dans la pièce. Elle sentait… comme une présence.

Elle tendit de nouveau l'oreille, guettant le moindre son. Un souffle. Un pas. N'importe quoi.

Randal ?

Elle sortit précipitamment de la pièce, puis de la maison et se retrouva dehors, sous l'orage. Elle courut jusqu'à la voiture de Drew. Le vent se prenait dans ses cheveux, comme les griffes d'un animal sauvage. Elle s'empara de ses affaires dans le coffre et courut dans l'allée, tirant avec peine sa valise qui butait contre chaque pierre. Il fallait qu'elle quitte cet endroit au plus vite.

Sa vie était en danger.

Elle n'avait pas besoin des prétendues visions de Drew pour le comprendre.

17

Possédé. Il était possédé.

Etait-ce la vérité ?

D'une certaine façon, Drew l'avait toujours su. Il avait toujours eu un instinct étrange quand il s'agissait d'agir ou de prendre des décisions. Comme une sorte de sixième sens. C'était pour cela qu'il réussissait tout ce qu'il entreprenait.

Pas grâce à sa détermination ou son travail, comme il l'avait toujours cru.

C'était grâce à Kafou.

L'idée l'écœurait.

Devant lui, Paul sautait sur place, la bouche ouverte en un cri silencieux. Il devait faire sortir Kafou de lui, mais comment ? Et à qui faire confiance pour l'aider ? Certainement pas à sa mère.

— Il faudrait aller chercher Laura et la ramener ici, dit-il brusquement.

— Laissez-lui quelques minutes toute seule, suggéra Delilah.

— Elle pourra prendre tout le temps qu'elle veut quand elle sera de retour à San Francisco, répliqua Drew en se dirigeant vers la porte.

Même s'il n'avait guère envie d'affronter de

nouveau Laura, il n'avait pas le choix. Il refusait de la laisser seule dehors.

— Comment se fait-il que tu n'entendes pas Paul ? demanda Jeanne en lui emboîtant le pas.

— J'ai appris à les tenir à distance, expliqua-t-il en pressant le pas, tandis que Delilah les rattrapait. Je vais ramener Laura à l'auberge. Son avion décolle tôt demain matin. Si vous voulez essayer de lui expliquer des choses, c'est ce soir ou jamais.

Lorsqu'ils arrivèrent dans le jardin, il ne vit aucun signe de Laura.

— Laura ! appela-t-il.

Pas de réponse.

Le fantôme de Paul semblait furieux. Drew l'apercevait vaguement aux abords du jardin. Il hurlait, le visage tordu par la fureur.

— Tu dois les laisser entrer de nouveau, Drew, dit doucement Delilah, qui semblait en savoir long sur la question.

Un coup de vent s'abattit sur eux. Les nuages poursuivaient leur course effrénée dans le ciel. L'air semblait saturé d'électricité.

— Non.

— Paul peut nous aider à la retrouver, insista-t-elle. Tu dois lui faire confiance.

Vraiment ?

— Qu'en savez-vous ?

Il refusait d'entrer dans ce petit jeu.

S'il laissait Paul lui parler de nouveau, tous les autres suivraient. Y compris Kafou ? Il fit quelques pas dans le jardin. Et si quelque chose arrivait à Laura avant qu'il puisse la retrouver ? Il aurait dû écouter son instinct et la ramener directement à l'auberge.

Son instinct… ou celui de Kafou ?

Ils passèrent les dix minutes suivantes à fouiller le jardin dans ses moindres recoins.

— Laura n'irait pas dans les bois en pleine nuit, surtout avec cet orage.

Drew sentait croître son agacement.

Ils perdaient leur temps. Laura n'était pas là. Ce qui signifiait qu'elle était en danger.

— Il est temps d'appeler le shérif, annonça Jeanne. Je vais faire jouer mes connaissances pour essayer de le faire venir au plus vite.

— Et Mary, intervint Delilah. Il faut appeler Mary. Elle saura nous aider.

Ils rentrèrent précipitamment dans la maison. Drew avait une boule dans le ventre. Laura avait disparu.

Il était arrivé trop tard, cette fois.

Laura avançait dans l'allée qui rejoignait la grand-route. Les cris aigus d'un animal résonnaient dans les airs. Une chouette hulula. Une chauve-souris battit des ailes au-dessus d'elle, la forçant à rentrer la tête dans les épaules. La nuit bruissait de mille sons inquiétants. Elle se retourna une dernière fois vers la maison, chassant les mèches de cheveux que le vent lui ramenait sans cesse dans les yeux. Si seulement elle avait pu retourner à l'intérieur pour attendre le taxi…

Mais c'était impossible. Elle préférait encore affronter les éléments que l'ambiance malsaine de la maison.

Elle poursuivit son chemin, refusant de se laisser

impressionner par l'obscurité qui l'enveloppait de plus en plus, au fur et à mesure qu'elle s'éloignait de la maison. Un bruit d'eau attira son attention sur le côté de l'allée.

Un alligator ? Ou un autre prédateur vivant dans ces eaux mortelles.

Un violent frisson la parcourut.

Les cris de l'animal cessèrent brutalement. Laura redressa la tête. Pauvre bête. Tout n'était que mort, dans ce pays. Elle s'imagina Lionsheart, de l'autre côté du bayou, dissimulé dans le feuillage. L'image la terrifia.

Sa vie semblait en train de se défaire comme un tissu usé, fil à fil. Elle ne savait plus ce qu'elle devait croire ni à qui elle devait faire confiance. Elle voulait simplement rentrer chez elle.

Le plus vite possible.

Un brouillard commença à se lever sur le bayou, déployant ses volutes sur la surface de l'eau. Les insectes semblèrent soudain devenir fous et, presque en même temps, les grenouilles firent entendre leur voix, gémissant leur complainte, comme si elles sentaient la violence de l'orage qui s'annonçait.

Comme un avertissement lancé dans la nuit, leur clameur rauque noyait tout autre son.

Laura se rendit soudain compte que, dans ce vacarme, elle n'entendrait jamais quelqu'un s'approcher. Elle jeta un rapide regard par-dessus son épaule mais ne vit personne.

Pas même Drew.

Une douleur poignante la traversa.

— Mais qu'est-ce qu'il fait, ce fichu taxi ? demanda-t-elle à voix haute, espérant que le son de sa propre voix apporterait un semblant de normalité à la situation.

Peine perdue, son ton craintif ne fit qu'accroître sa tension.

Toute sa vie venait de voler en éclats. Rien n'était ce qu'il semblait être. Pas même Drew. *Il prétendait voir les morts.* Elle raffermit sa prise sur la poignée de sa valise. Elle avait la chair de poule.

Lorsqu'elle arriva au bout de l'allée, la route était déserte. Et plongée dans les ténèbres, à part la lueur de la lune qui se glissait par intermittence entre les nuages.

Elle voyait la route apparaître, puis disparaître devant elle, dans une nuit d'encre. Croyant entendre Drew l'appeler, elle se retourna. Elle envisagea de nouveau de faire demi-tour. Elle voulait le retrouver, pour qu'il la rassure, qu'il lui dise que tout allait s'arranger. Que ce n'était qu'un rêve incompréhensible. Mais elle savait que tout n'irait pas bien.

Pas avec lui.

Il disait l'avoir vue mourir. L'idée était démente. Drew l'était sans doute lui aussi.

Pour passer le temps, elle avança jusqu'à la Marche du Diable pour contempler les eaux noires. Tenant ses cheveux, elle se pencha par-dessus la rambarde et sonda les ténèbres. La pierre de lune de sa mère heurta le bois avec un bruit mat.

Elle la prit dans le creux de sa main pour l'examiner à la clarté de la lune. Sa mère avait laissé toutes ses affaires. Elle n'avait rien emporté pour commencer sa nouvelle vie. Pas même son enfant.

Laura arracha la chaîne d'un coup sec. Elle se préparait à jeter le collier dans le bayou lorsqu'un éclat de lumière attira son attention et arrêta son geste. La lueur venait des eaux boueuses, pas de la route. Petit à petit, elle distingua une vieille lanterne suspendue à une perche.

Laura se figea, envahie par une terreur glacée.

Le chasseur d'opossums.

La lumière disparut brusquement et, avant qu'elle puisse faire demi-tour ou appeler à l'aide, elle aperçut un éclair de feu, puis un coup sec résonna dans la nuit. Elle tomba à la renverse sur le sol. Ses poumons se vidèrent et une vive douleur lui vrilla l'épaule. Un liquide chaud et poisseux se mit à couler le long de son bras.

Elle baissa les yeux vers son chemisier, hypnotisée par la tache sombre qui s'étalait rapidement.

Du sang.

On lui avait tiré dessus !

18

Un coup de feu claqua de l'autre côté des bois.

— Non ! Laura ! cria Delilah en se précipitant dans l'allée.

Drew s'élança à sa suite, Jeanne sur ses talons.

— Faites que ce ne soit pas Laura, murmura-t-il.

Lorsqu'ils atteignirent la route, la seule trace visible de cette dernière était sa valise posée sur le bas-côté. Les phares d'une voiture apparurent dans la nuit. Ils se reculèrent pour laisser un taxi s'arrêter près d'eux.

— C'est elle qui a dû l'appeler, dit Jeanne, en regardant partout comme si elle espérait la voir apparaître par magie.

Personne en vue.

Le vent soufflait fort dans les arbres, soulevant une tornade de feuilles et de poussière qui les enveloppait. La pluie commença à tomber en grosses gouttes lourdes.

Au travers du halo des phares du taxi, Drew aperçut quelque chose qui brillait sur le pont. Il s'approcha et découvrit le collier en pierre de lune de Delilah. Il s'accroupit pour le prendre dans le creux de sa main, mais arrêta son geste. Le cœur serré, il reposa sa main sur sa cuisse.

Le bijou était maculé de sang.

Une peur glacée s'empara de lui. Il ferma les yeux pour tenter de se dominer.

Ils l'avaient trouvée.

Et elle était blessée.

Un sanglot le ramena à la réalité. Delilah était tombée à genoux à côté de lui. Elle prit le bijou dans le creux de sa main mais, lorsqu'elle vit sa peau tachée de sang, elle se mit à sangloter de plus belle.

Une seconde voiture s'arrêta près du taxi. Mary en sortit et courut vers eux. Sans un mot, elle s'agenouilla à côté de Delilah et la prit dans ses bras.

— Elle n'est pas encore morte ! hurla Drew en se redressant. Je vais la retrouver.

— Drew, attends ! appela Mary d'une voix impérieuse. Tu n'es pas prêt.

Ignorant sa remarque, il se dirigea vers l'allée pour récupérer sa voiture.

— Tu dois te préparer mentalement ! lui cria Mary. Si tu les affrontes désarmé ou trop ému, tu échoueras. Il ne faut plus grand-chose pour accomplir le rituel. Tout est déjà presque joué.

Elle le rattrapa et le retint par le bras avec une force surprenante. Drew s'arrêta. Son impatience n'avait d'égale que la peur qu'il ressentait de perdre Laura. Il n'avait pas de temps à perdre à écouter les balivernes d'une sorcière.

— Tu dois admettre ce que tu es, Drew. Accepte tes dons. Ce n'est pas une malédiction. Tu as repoussé la part de toi-même qui fait de toi un être unique. Différent. La part qui te rend assez fort pour sauver Laura.

— Vous parlez des esprits ?

— Ils peuvent t'aider à vaincre Kafou. Ils sont ses victimes, eux aussi. Tu dois trouver un nouveau plan d'action. Il ne te suffira pas d'aller voir ta mère en exigeant qu'elle relâche Laura.

C'était la dernière chose qu'il avait envie d'entendre. Il se dégagea pour aller vers sa voiture mais Mary le rattrapa de nouveau, le forçant à se retourner pour la regarder. Ses yeux brillaient avec une étrange intensité.

— Ce n'est pas simplement une affaire entre ta mère et toi. Il s'agit aussi de tout son clan. De sa ville. De son pouvoir. Et d'un esprit vaudou très puissant qui ne s'arrêtera que lorsqu'il aura obtenu ce qu'il veut. Et c'est toi qu'il veut, Drew. Depuis très longtemps. Ils se servent de Laura pour t'atteindre.

Drew frissonna.

« Le grand esprit de Kafou me parle à travers l'eau et, après ce soir, il te parlera à toi aussi. Parce que tu es différent, Drew. Nous avons été choisis. »

Tandis que les chuchotements fanatiques de sa mère lui revenaient à l'esprit, il sentit le désespoir s'infiltrer dans son âme aussi aisément que la pluie dans la terre assoiffée.

— Je voulais simplement que Laura rentre chez elle pour être en sécurité. Je pensais que cela suffirait. Mais elle ne voulait rien entendre.

— Elle a été choisie, Drew. C'était son destin. Tous les chemins que l'univers lui a proposés menaient vers ce moment. Elle n'a jamais eu d'autre choix. Ce n'est plus de son ressort, à présent. C'est à toi de choisir. Quel chemin choisis-tu ?

— Je l'aime, Mary. Je ne peux pas la laisser mourir. Je dois aller à la clairière pour arrêter ma mère.

Il ouvrit la portière de sa voiture.

— Comment comptes-tu t'y prendre ?

Il n'avait pas de réponse. Il ne savait pas.

— Tu as passé ta vie à te voiler la face, Drew. Il est temps de prendre tes responsabilités. Défends-toi. Prends les commandes de ta vie, sinon tu deviendras un pantin, un simple corps possédé par un démon malfaisant.

En voyant la lueur de détermination dans les yeux de la femme créole, il comprit qu'elle avait raison. Il avait toujours évité de regarder la vérité en face en refusant d'admettre ses pouvoirs.

— Et en quoi tout cela pourra-il nous aider, Laura ou moi ?

— Ouvre les portes de ton esprit, Drew. Les esprits essaient de t'aider, de te guider. Il est temps que tu les écoutes.

Il se passa une main sur le visage.

— Une part de Kafou est entrée en toi pendant le rituel commencé par ta mère le jour de ton dixième anniversaire. Ce rituel a été interrompu, mais Kafou avait prise sur toi. L'intensité de tes visions, ta capacité à voir et à entendre les esprits ont été magnifiées par sa présence. Tu as appris à le tenir à distance et à faire taire la voix des esprits. En t'ouvrant de nouveau, tu sentiras Kafou en toi. Tu pourras entendre sa voix. Il est puissant et c'est un séducteur. Combats-le. Force-le à sortir.

— Ce que vous dites est dément.

— C'est la vérité ! Laisse-toi guider par Paul et les autres esprits. Repousse Kafou. Arrête ta mère avant que le sang de Laura ne coule dans le marais. L'eau sert de passage à Kafou. Il deviendra une part de toi, et toi une part de lui. Si cela se produit, tu ne pourras plus revenir en arrière. Est-ce que tu comprends ? Jamais !

— Avant que le sang de Laura ne coule…

Drew frissonna en repensant à la blessure à l'épaule qu'il lui avait vue dans sa vision. Il était désespéré. Il avait passé sa vie à combattre les esprits et les voix et voilà que Mary lui demandait de les accueillir.

De succomber.

— Si j'accepte, Laura sera-t-elle sauvée ?

— Je ne sais pas, chuchota Mary. Les tarots sont restés muets. Le temps nous est compté.

Drew savait qu'une fois qu'il laisserait les esprits entrer en lui, sa vie basculerait. L'idée de les entendre et de les voir en permanence ne le réjouissait pas. S'il acceptait, il devait se préparer à affronter une existence harassante. Il risquait de devenir fou, comme sa mère.

Mais s'il refusait ?

Avec un pincement au cœur, il repensa aux douces lèvres de Laura contre les siennes. Il l'aimait. Il ferait n'importe quoi pour la sauver, même si cela signifiait affronter un démon en tête à tête.

Lorsque Laura reprit connaissance, des bras puissants la portaient à travers les fourrés. Elle sentit les branches lui griffer la peau.

— Non ! s'écria-t-elle en se débattant.

Son épaule droite était trop douloureuse pour qu'elle puisse la bouger et une aiguille de feu semblait lui brûler tout le côté droit du corps. Elle sentit qu'elle glissait de nouveau vers le noir.

Des gouttes de pluie se mirent à tomber, rebondissant sur son visage. Ils avançaient dans la pénombre la plus totale. A chaque pas de l'homme qui la portait, elle ressentait une vive douleur qui lui arrachait un gémissement plaintif. Un soubresaut plus puissant lui fit se mordre la langue et le goût métallique du sang lui emplit la bouche.

Soudain, elle se retrouva dans une sorte de cabane, allongée sur un matelas de paille. Une chandelle brûlait à côté d'elle. Avait-elle de nouveau perdu connaissance ? Pendant combien de temps ? Le visage féroce de Charlie, le chasseur d'opossums, était penché sur elle.

— Vous m'avez tiré dessus ! coassa-t-elle.

Sa gorge était plus sèche que le sable du désert.

— Ce n'était pas moi.

La confusion lui causait une terrible migraine.

— Ta mère et moi attendons ce jour depuis longtemps. Nous savions qu'il finirait par arriver et que nous devions être prêts.

D'un geste brusque, il saisit le col de son chemisier et le déchira d'un coup sec. Laura poussa un cri. Avec une fascination presque détachée, elle regarda le trou béant sur son épaule. Chaque goutte la rapprochait un peu plus de la mort.

Elle repensa à la vision de Drew qui prétendait l'avoir vue mourir de cette façon.

Non ! C'est impossible !

Le chasseur approcha une compresse de gaze et exerça une pression douloureuse sur la plaie.

— Arrêtez, ça fait mal, souffla Laura, les yeux pleins de larmes.

— Martha a besoin de toi pour terminer le rituel

qu'elle a commencé. Seule ta mort peut permettre à Kafou d'achever sa transformation.

— C'est faux. Vous délirez, marmonna-t-elle en se mordant la lèvre pour ne pas crier, tandis que l'homme s'efforçait d'endiguer l'hémorragie.

— Nous avons attendu, poursuivit Charlie, sans l'écouter. En surveillant.

— Vous parlez exactement comme… ma mère, parvint-elle à articuler.

— Elle a tout abandonné pour toi.

— Faux. Elle m'a laissée tomber.

Un éclair de fureur passa dans les yeux de l'homme qui pressa plus fortement sur la compresse.

Laura hurla.

— Elle n'a jamais pensé qu'à toi.

— Absurde, répliqua-t-elle en toussant.

La douleur lui donnait des vertiges. Elle voulait dormir. Dormir pour oublier ce cauchemar.

— Le Mal a pris possession de Martha le jour même de son arrivée à Lionsheart. Pourquoi crois-tu que cette ville a prospéré de la sorte quand tant d'autres ont périclité ? Et les Larame ? Randal n'était qu'un petit avocat de campagne et le voilà sénateur ! Tu crois que c'est juste grâce à ses beaux costumes ? Non. C'était Kafou. Et que voulait l'esprit en retour, à ton avis ?

Laura détourna les yeux. Elle ne voulait pas en entendre davantage.

— Du sang. Celui de ma fille, Georgette. Et le tien. Et celui de tant d'autres au fil des ans.

— Je voudrais m'asseoir, supplia-t-elle. Je crois que je vais vomir.

Il glissa une couverture roulée sous sa nuque et ses épaules pour la surélever.

— Tout ça pour que Kafou puisse enfin arpenter la terre dans le corps de son fils.

— Drew ?

La surprise fit soudain taire la nausée.

— Une fois que Kafou sera en lui, rien ne saura lui résister. Il pourra obtenir tout ce qu'il veut. Et tout ce qu'elle veut aussi.

Laura frissonna, laissant les mots la pénétrer. C'était impossible.

— Mais… Martha aime Drew plus que tout.

— Oui. Qu'est-ce qu'une mère pourrait rêver de mieux pour son fils que de le voir marcher main dans la main avec un dieu ? Que crois-tu que cet « Eveil » signifie ? Elle va réveiller l'esprit qui dort en lui.

— Drew sera-t-il blessé ? s'écria Laura.

— Pire. Il sera là, mais différent. Le Drew que tu aimes sera perdu pour toujours. Il sera enfoui quelque part au fond de son propre corps.

La terreur l'envahit. Elle vit Charlie passer la flamme d'un couteau dans la flamme d'une bougie et détourna les yeux, préférant ne pas penser à ce qui allait suivre.

— Aidez-le, supplia-t-elle.

Sans répondre, l'homme s'approcha et appliqua la lame du couteau chauffée au rouge sur la plaie. Laura poussa un hurlement atroce, puis succomba à la douleur et glissa dans les ténèbres.

*
* *

— D'accord, soupira Drew. Expliquez-moi ce que je dois faire.

— Bien, approuva Mary, satisfaite. Ecoute-moi bien, à présent. Ferme les yeux. Prends trois grandes respirations pour te purifier. Absorbe la lumière blanche et repousse tes peurs et ton énergie négative comme on chasse un nuage de fumée toxique. Le vois-tu ?

— Oui.

— Bien. En absorbant la lumière blanche, imprègne-toi de sa chaleur. Elle est là pour t'aider. Accueille-la. Embrasse-la. Paul est dans cette lumière. Les autres esprits aussi. Ouvre-toi à eux, Drew. Laisse-les venir en toi.

Drew obéit, s'imprégnant de la lumière, chassant ses peurs. Il se concentrait de toutes ses forces. Il se souvenait de Laura tandis qu'il lui faisait l'amour, lorsqu'elle s'était ouverte jusqu'à exploser en un milliard d'éclats de lumière. Etait-ce une vision d'elle après cette nuit ? Après que sa mère l'aurait tuée ?

Repoussant le désespoir qui teintait cette pensée, il chassa d'un souffle le nuage noir et toxique pour prendre davantage de lumière. Il pouvait réussir. Il pouvait sauver Laura. Lorsqu'il ouvrit les yeux, il vit que la lumière blanche enveloppait Paul et, soudain, il entendit sa voix. Aussi clairement que s'il avait encore été vivant.

Sois fort, Drew. Nous pouvons le vaincre. Ensemble.

Etourdi, Drew vacilla, mais Mary le retint. Il vit les lumières des autres esprits qui l'entouraient. Ils étaient si nombreux. Avaient-ils tous été victimes de Kafou ? Il frissonna, sentant quelque chose, comme une présence inconnue, se déployer en lui.

— Absorbe la lumière, Drew. Sens-la en toi. Représente-toi le mur de brique que tu as érigé dans ton esprit et fais-le tomber. Laisse entrer la lumière. Emplis-toi de clarté.

Il obéit, aussitôt assailli par une vague furieuse de bruits qui le frappa de plein fouet. Il porta les mains à ses oreilles pour se protéger de ce murmure assourdissant venu de l'autre monde.

— Contrôle les voix, Drew. Concentre-toi sur une seule à la fois. C'est toi qui commandes. C'est toi qui as le pouvoir. Visualise celle que tu veux entendre.

Il entendait à peine la voix de Mary dans le vacarme. Suivant ses instructions, il chercha l'apaisement nécessaire pour fonctionner.

Soudain, Paul se tint devant lui.

Combats-le, Drew. Ne le laisse pas entrer. Ne le laisse pas emporter ma fille.

Soudain, Drew sentit en lui une présence étrangère ouvrir ses ailes et l'emplir. Une présence immense. Une présence puissante. Bien plus puissante qu'il ne l'était.

Kafou.

La porte de la cabane vola en éclats dans un bruit assourdissant. Les murs tremblèrent. Charlie se releva si brusquement qu'il renversa sa chaise. Deux silhouettes indistinctes apparurent dans l'embrasure de la porte. Laura cligna des yeux, tentant de chasser le trouble qui lui brouillait la vue. Puis, des mains brutales la saisirent, lui causant une douleur atroce.

Elle hurla.

— Bats-toi, Laura ! Ne les laisse pas faire ! lui cria Charlie. Fais-le pour ta mère.

L'une des deux silhouettes le frappa avec force au visage et il s'écroula au sol. Elle croisa un instant son regard, plein d'une rage désespérée, puis il perdit connaissance et ferma les yeux.

— Charlie !

Etait-il mort ? L'avaient-ils tué ?

Paralysée par la peur, elle sentit des mains brutales la tirer du lit et la pousser dehors. La douleur que lui causait son épaule était insupportable. Elle avançait dans les bois, des taches noires devant les yeux, menaçant de s'effondrer à chaque pas. Elle devait avancer. Elle ne devait pas faiblir. Elle devait lutter.

Elle devait vivre !

Elle remarqua vaguement que la pluie s'était arrêtée. Lorsqu'ils arrivèrent près d'une voiture garée au bord de la route, un des hommes ouvrit la portière arrière, tandis que l'autre la poussait sans ménagement sur la banquette. Ils montèrent à leur tour à l'avant et la voiture démarra en trombe, dans un crissement de graviers.

Des branches griffaient la carrosserie. Les pneus hurlèrent lorsque la voiture prit un dernier virage un peu trop vite. Enfin, ils débouchèrent dans une clairière. La voiture s'était à peine arrêtée qu'une foule se rassemblait déjà autour d'eux et ouvrait les portières.

— Portez-la au bord de l'eau ! hurla une voix hystérique.

Des mains la firent sortir, la tirant et la poussant jusqu'à un grand feu allumé sur la rive du marais. Une foule était assemblée autour d'eux. Pourquoi étaient-ils si nombreux ? Pourquoi personne ne cherchait-il à l'aider ? Des doigts froids appliquèrent une sorte d'huile sur son visage. Des voix chantaient des mots étranges qui lui semblaient d'une familiarité terrifiante. Le feu crépitait, la fumée montait vers le ciel…

Soudain, elle se souvint.

Elle se souvint de tout.

Ce fut comme un coup de poing. Tout était vrai. Tout. Sa mère, Jeanne et Charlie, le chasseur fou, ils avaient tous essayé de l'avertir. De l'arrêter. Mais elle avait refusé de les écouter. De les croire.

Ils avaient toujours dit la vérité.

Elle lança des regards horrifiés autour d'elle. Le feu rugissait de plus belle et des bougies brillaient un peu partout. Des animaux dans des cages criaient, grognaient ou piaillaient. Des silhouettes rôdaient, la poussant toujours plus près de l'eau.

Soudain, elle l'aperçut : on la conduisait vers Martha. Cette dernière semblait plus grande, plus forte, avec ses joues striées de bleu et ses cheveux attachés en un haut chignon qui laissait dégagée la ligne de sa nuque.

Comment avait-elle pu ne pas comprendre et ne pas croire tout ce qu'ils avaient tenté de lui dire ? Il était trop tard, à présent. Trop tard pour elle. Trop tard pour sa mère. Trop tard pour Drew.

« Bats-toi, Laura. »

Les paroles du chasseur retentirent dans son esprit. Mais comment ?

Soudain, elle aperçut Drew qui s'avançait dans la clairière. Elle fut sur le point de l'appeler, mais elle se retint. Il semblait différent. Plus froid. Distant. Il la regarda un instant, mais ses yeux ne s'attardèrent pas sur elle. Laura sentit ses forces l'abandonner. Quelque chose n'allait pas. Que lui était-il arrivé ?

« Il sera là, mais différent. »

19

Drew s'avança dans la clairière comme s'il était chez lui. Car c'était vrai. Les bougies, les autels, les sacrifices d'animaux… Tout cela était pour lui.

En son honneur

— Concentre-toi sur la lumière, Drew, chuchota Mary en lui prenant le bras.

Il se dégagea et poursuivit sa progression.

Les gens se reculaient avec respect sur son passage. La foule se fendait devant lui. Des têtes s'inclinaient, des lèvres murmuraient des paroles ferventes. Ça et là, il apercevait des ombres fugaces qui dansaient, certaines noires, d'autres claires.

Les morts. Inutiles et impuissants.

Il vit qu'on tirait Laura vers le bord de l'eau. Son épaule saignait encore. Du sang qu'elle versait pour lui. Du sang qui lui permettrait d'accomplir son voyage.

Il s'avança vers sa mère. Celle-ci lui sourit, percevant qu'il avait déjà changé, qu'il avait laissé entrer les esprits et s'était ouvert à la présence de Kafou. Il vit Martha jeter un rapide coup d'œil agacé à côté de lui. Il savait que le fantôme de Paul flottait tout près, mais peu importait. Sa présence n'avait aucune conséquence sur la cérémonie à venir. Paul n'était qu'une ombre, prisonnière comme un insecte entre deux mondes.

Martha le prit par la main et le conduisit jusqu'à la grande chaise. Il s'assit sous la paillote et se laissa peindre le visage par un grand homme noir qui murmurait les paroles sacrées d'honneur et d'hommage.

Sa mère s'empara alors d'un coq dans une cage et plaqua d'une main ferme sur un grand étal de boucher de bois l'animal qui se débattait. S'armant d'un hachoir, elle trancha la tête de la bête d'un coup net et maîtrisé.

Puis, d'un geste plein d'emphase, elle souleva à deux mains la carcasse au-dessus de sa tête. Elle saisit la bête par les pattes et l'agita d'avant en arrière, comme un encensoir. Le sang volait dans tous les sens. En psalmodiant à mi-voix, elle gagna la berge, dessinant un chemin sanguinolent jusqu'à l'eau.

Jusqu'à Laura.

Drew la regarda debout sur la berge. La lumière du feu enveloppait son corps qui était plus lumineux que les autres. Cette clarté l'intriguait. Il voulait la toucher, l'inspirer.

Elle est à toi, si tu veux. Tu peux tout avoir.

Il se leva et marcha vers elle. Vers l'eau. Oui, il allait tout prendre.

Tout lui appartiendrait.

Horrifiée, Laura vit Martha s'approcher d'elle. Dans sa main, le coq mort se balançait, éclaboussant de sang tout ce qui se trouvait autour de lui. Puis, Drew s'avança à son tour. Dans la clarté dorée du feu, il posa sur elle un regard froid, dépourvu d'affection et d'humanité. Ce n'était pas Drew mais un inconnu, comprit-elle, glacée jusqu'aux os.

Les deux hommes qui la retenaient par les bras la forcèrent à entrer dans le marais. Elle se débattit un instant, cherchant à leur échapper, mais la douleur que lui causait son épaule était trop forte. Elle manqua s'évanouir. Tenant à peine debout, elle se laissa pousser un peu plus dans l'eau. Enfin, les deux hommes s'arrêtèrent et la forcèrent à se mettre à genoux.

— Martha, je vous en prie ! cria-t-elle d'une voix suppliante à la femme qui s'avançait vers elle.

Martha s'arrêta devant elle et leva le coq au-dessus de sa tête. Le sang de la bête coula sur Laura et ruissela sur ses joues. Elle crut qu'elle allait vomir. Lorsqu'elle se plia en deux pour échapper au liquide tiède et poisseux, un des deux hommes la tira par l'épaule pour la redresser.

Le cri de douleur qu'elle poussa alluma une lueur de triomphe dans les yeux froids de Martha. Secouée de sanglots, Laura cherchait à reprendre son souffle. Elle allait mourir. Sous les yeux mêmes de Drew que ce sacrifice ne semblait pas émouvoir.

Martha lâcha la carcasse du coq dans l'eau du marais, puis fouilla dans la besace qu'elle portait en bandoulière. Laura sentit son cœur se figer en la voyant sortir un long couteau, effilé comme un rasoir, qu'elle leva lentement au-dessus de sa tête.

— Drew ! hurla Laura.

Drew s'avança. Elle s'accrocha avec désespoir à son regard et, l'espace d'un instant, crut y voir briller quelque chose…

De la douleur ? De la peur ?

— Drew ! Au secours !

— Mère, arrête ! s'écria Drew d'une voix dure en s'avançant vers eux.

Un chant s'éleva parmi les spectateurs, debout sur le rivage. Soudain, un cri furieux retentit dans la clairière et Laura aperçut sa mère qui se précipitait vers eux.

— Lâche ma fille, Martha !

— Delilah, cracha Martha, avec un sourire étrange qui glaça Laura.

— Maman ! s'écria Laura, en luttant pour se remettre debout malgré la douleur.

Arrivée sur la rive, sa mère sauta dans l'eau sans hésiter et continua à avancer vers eux. Les deux hommes qui retenaient Laura prisonnière la relevèrent brusquement et lui serrèrent davantage les bras.

Comme au ralenti, Martha décrivit d'un geste gracieux un arc de cercle avec son bras et lança son couteau, qui vint s'enfoncer dans la poitrine de sa mère. Laura s'entendit pousser un cri aigu. Delilah s'arrêta en pleine course et tomba à genoux, se tenant la poitrine. Drew, debout à quelques pas derrière elle, se précipita pour la rattraper. Il la soutint, la regardant sans comprendre.

Lorsque le sang de Delilah se répandit sur la chemise de Drew et commença à couler dans l'eau, quelque chose se produisit en lui.

Il était en train de changer. Son expression se durcit, ses yeux prirent un éclat encore plus froid. Soudain, Delilah ne sembla plus rien peser entre ses bras. Comme si sa force venait d'être décuplée.

— Drew, aide-la ! Aide ma mère ! cria Laura.

Elle savait pourtant en voyant son regard vitreux et sans émotion qu'elle ne pouvait plus attendre aucune aide de sa part.

En volant au secours de sa fille, sa mère n'avait fait que précipiter sa propre fin.

Laura sentit l'angoisse la priver de ses dernières forces. Charlie avait raison. Sa mère l'avait aimée.

Seulement, il était trop tard.

Pour elle.

Pour Drew.

Pour eux tous.

Drew tenait le corps inerte de Delilah contre lui, sentant le sang qui lui coulait sur les mains. Puis, le liquide chaud et poisseux commença lentement à tomber goutte à goutte dans l'eau et quelque chose se produisit.

A chaque goutte, la présence intruse se faisait plus impérieuse en lui. Le pouvoir qui l'emplissait consumait tout sur son passage. La peur, la douleur, la perte, le doute… Tout disparaissait pour le rendre plus puissant et meilleur.

Il lutta contre la pression qui montait en lui, l'emplissait. Soudain, les gens semblaient différents. La femme qui saignait dans ses bras n'était plus qu'une source de puissance. Un être insignifiant dont il pouvait se nourrir. Chaque goutte de son sang le rendait plus fort. Invincible.

La sensation était grisante.

Non ! C'était Delilah qu'il tenait dans ses bras.

Bats-toi ! Résiste !

Sa mère s'approcha de lui et posa une main sur le corps de Delilah.

— Laisse-la partir, Drew. Laisse sa mort te nourrir et te rendre plus fort.

Delilah leva vers lui ses yeux bleus et suppliants. Il voyait l'énergie de sa force lumineuse s'éteindre au fur et à mesure que son sang coulait dans l'eau. La vie qui s'échappait de son corps semblait se diffuser aussitôt dans le sien.

— Drew, aide-la, je t'en prie ! supplia Laura. Sauve ma mère…

Le désespoir qui teintait sa voix fit vibrer quelque chose d'enfoui en lui. Quelque chose qu'il voulait écouter et aider. Quelque chose qui se débattait au fond de lui-même, luttait contre la présence intruse qui l'envahissait peu à peu.

— Lâche-la ! ordonna sa mère, essayant de lui arracher Delilah.

Ils luttèrent un moment, mais Delilah finit par lui glisser des bras et disparaître sous la surface noire de l'eau. Aussitôt, Drew sentit une puissance chaude et enivrante l'envahir tout entier.

Laura hurla.

— Non !

Puis, un cri retentit près des arbres et un coup de feu claqua. Il vit sa mère se raidir. Elle se cambra, les yeux écarquillés, et une tache sombre apparut sur sa robe au niveau de son cœur.

— Drew…, murmura-t-elle avant de s'effondrer dans l'eau.

Quelque part, au plus profond de lui, Drew perçut comme un hurlement de douleur.

*
* *

Laura profita de la stupéfaction de ses geôliers pour se libérer et chanceler jusqu'à l'endroit où avait disparu le corps de sa mère. Elle tâtonna un instant sous la surface de l'eau, puis remonta son corps à la surface. A bout de force, malgré la douleur qui lui déchirait l'épaule, elle entreprit de la tirer jusqu'à la berge.

— Drew !

Celui-ci se tourna vers elle, visiblement perdu.

— Aide-moi !

Il se passa une main sur le visage, puis s'approcha et prit le corps de Delilah dans ses bras pour le porter jusqu'au rivage. Delilah toussa, crachant l'eau du marais qui lui emplissait les poumons. Charlie accourut, sa carabine à la main, et tomba à genoux à côté d'eux.

Le hurlement d'une sirène déchira soudain la nuit et les gyrophares d'une ambulance et de la voiture du shérif transpercèrent le feuillage. Rapidement, la foule se dispersa dans la nuit.

— Drew, tu n'as rien ? demanda Laura, inquiète de l'absence totale d'émotion sur son visage. Drew ? Dis quelque chose.

Sentant une main sur son épaule, elle se retourna et aperçut un urgentiste à son côté.

— Vous saignez, madame. Il faut qu'on examine votre blessure.

Elle acquiesça.

— Et lui ? demanda l'homme en désignant Drew.

— Je ne sais pas. Je crois qu'il est en état de choc, répondit Laura, espérant que c'était la vérité.

L'urgentiste la conduisit jusqu'à l'ambulance et l'aida à s'asseoir sur le banc, à côté de sa mère. Celle-ci avait repris connaissance, mais son visage était d'une pâleur inquiétante. Les yeux pleins de larmes, elle tendit une main tremblante vers Laura.

— Comment te sens-tu, maman ? demanda Laura. Je suis désolée de ne pas t'avoir écoutée. J'étais tellement en colère.

Sa mère lui serra la main.

— Tu n'as jamais cessé de lutter, chuchota-t-elle. Je suis fière de toi.

Une boule dans la gorge, Laura tenta de refouler les larmes qu'elle sentait monter.

— Je t'aime, ajouta sa mère dans un soupir, avant de perdre de nouveau connaissance.

Ces simples paroles retentirent comme un coup de tonnerre. Rendant les armes, Laura laissa couler ses larmes, tandis que son cœur se gonflait d'une joie douce-amère.

Lorsque l'ambulance s'éloigna, elle aperçut Drew, debout dans la clairière, à l'écart de tous. Il regardait fixement la surface de l'eau.

« Il sera là, mais différent. Le Drew que tu aimes sera perdu pour toujours. »

20

Le lendemain, dans l'après-midi, Laura sortit de l'hôpital. La première chose qu'elle fit fut de louer une voiture pour se rendre à Lionsheart. La nuit avait été longue et éprouvante, mais sa blessure n'était pas grave : la balle n'avait fait qu'effleurer son épaule. Elle serait vite guérie. Quant à sa mère, même si l'hôpital préférait la garder quelques jours en observation, tout semblait aussi indiquer qu'elle allait s'en sortir.

Laura espérait seulement qu'il en serait de même pour Drew. Personne ne l'avait revu depuis la veille. Il n'avait pas non plus été conduit à l'hôpital.

Arrivée devant la maison de son enfance, Laura gara sa voiture non loin de la porte et leva un regard incertain vers la vieille demeure. Elle savait à présent que les esprits maléfiques existaient et vivaient dans des endroits comme Lionsheart.

Elle se hâta vers l'entrée, ressentant une pointe de crainte mêlée d'espoir. Elle était déterminée à trouver ce pour quoi elle était revenue.

Sa famille.

Et l'amour.

Pourtant, sur le porche, elle hésita, redoutant ce

qu'elle trouverait derrière la porte. Redoutant celui que Drew était peut-être devenu.

Prenant son courage à deux mains, elle poussa la porte et se glissa dans la maison.

Des bougies avaient été allumées dans toutes les pièces. Pas des bougies classiques, mais celles de Martha, parfumées au vinaigre.

Pour achever le rituel qui avait de nouveau été interrompu ? Elle était censée mourir.

Kafou n'était pas encore satisfait.

« Tu ne dois pas t'approcher de Drew. Tu comprends ? Kafou a encore besoin de ton sacrifice pour que la transition soit complète. »

L'avertissement que Jeanne lui avait donné à l'hôpital résonnait encore à ses oreilles. Peut-être aurait-elle dû l'écouter, finalement, pensa-t-elle, se sentant soudain engourdie par la peur.

Non.

Elle ne pouvait se détourner de Drew, pas s'il existait une infime chance de le sauver. Quels que soient les risques, elle refusait de l'abandonner.

Elle se força à avancer dans l'entrée.

Elle le trouva assis dans le salon, en train de contempler le portrait de Delilah accroché au mur.

— Je savais que tu viendrais, annonça-t-il, sans se retourner.

— Vraiment ?

Un frisson la parcourut.

— Oui. C'est lui qui me l'a dit.

— Lui ?

— Drew.

Il se tourna enfin vers elle et son regard froid et vide la figea sur place.

— Drew avait raison, répondit-elle en s'efforçant de parler d'une voix calme et posée. Je suis revenue parce que je l'aime. Et si vous faites partie de lui, alors je vous aime aussi.

Elle ordonna à ses jambes de faire un pas en avant.

— Tu es baignée de lumière, tu sais, dit-il d'une voix un peu songeuse. Elle est partout autour de toi. C'est… enivrant.

Il huma l'air, comme s'il cherchait à sentir son parfum. Comme s'il cherchait à s'emplir d'elle.

Laura frissonna de nouveau.

S'approchant de lui, elle posa une main sur son torse. Ce contact lui coupa un instant le souffle et une lueur fugace passa dans son regard.

L'ombre de Drew ?

Elle s'accrocha à cette lueur comme à un espoir et se hissa sur la pointe des pieds pour l'embrasser. Il avait les lèvres sèches et dures, mais elle s'en moquait, car elle savait que Drew était là, quelque part au fond de ce corps.

Elle savait qu'il l'entendait.

Si seulement elle parvenait à lui faire sentir son amour, alors peut-être pourrait-elle le ramener.

Elle accentua son baiser, ignorant son indifférence, tout en commençant à déboutonner son chemisier. Un lien fort s'était tissé entre eux lorsqu'ils avaient fait l'amour. Elle n'avait jamais ressenti une telle union avec qui que ce soit auparavant. Elle savait que c'était le seul moyen de l'atteindre, de le ramener à elle.

Elle acheva de se déshabiller et se présenta nue devant lui.

— Drew, reviens vers moi. Caresse-moi, mon

amour. Concentre-toi sur mon corps. Il est à toi. Je suis à toi.

Il posa les mains sur ses épaules et commença à effleurer sa peau. Pendant un bref instant, sa caresse ressembla à celle de Drew et ses lèvres lui répondirent. Avec un sourire, elle défit la ceinture de son pantalon. Elle l'embrassa de plus belle, avec plus de fougue, tandis qu'il glissait une main sur son cou.

— Drew ! tonnait la voix pressante de Paul dans l'esprit de Drew. Dépêche-toi !

Drew devait faire vite. Il savait que le temps pressait, sans savoir pourquoi. Si seulement il parvenait à se souvenir…

Tout était tellement sombre. Seul brillait un infime éclat de lumière dans le lointain. Au fur et à mesure qu'il s'approchait de sa source, il commença à entendre la voix de Laura, à sentir le contact feutré de ses caresses. Il devait être en train de rêver.

Il se sentit soudain submergé d'amour et de tendresse.

Puis, il l'aperçut enfin. Elle était couchée sous lui et il bougeait en elle. Il vit ses mains serrées autour de son cou délicat, ses yeux bleus exorbités, ses somptueuses lèvres entrouvertes. Elle suffoquait.

Il se rendit compte avec horreur que c'était ses propres mains qui l'étranglaient.

Non !

Drew se recula et retira brusquement ses mains du cou de Laura.

Elle inspira avec un râle douloureux.

La chose en lui poussa un grondement menaçant

et tenta de le faire reculer vers les bas étages de sa conscience. Vers l'obscurité. Vers l'oubli. Drew lutta de toutes ses forces. La lumière de Laura était puissante, joyeuse. Il se mit à aller et venir en Laura plus rapidement et avec plus de puissance.

Il se sentait enveloppé par sa clarté. Elle était partout en lui et autour de lui. Il sentait son souffle sur son cou, ses larmes sur sa peau.

Sa chaleur contre lui.

Elle l'emplissait de sa force. Il repoussa la présence étrangère en lui, la visualisant comme un nuage noir et toxique. Plus il luttait, plus ses forces lui revenaient.

— Drew ! cria soudain Laura en se collant à lui, avant d'exploser en un million de minuscules étoiles étincelantes de vie.

Noyé de lumière, il inspira sa clarté et, dans un dernier souffle, chassa le nuage pestilentiel qui le polluait.

Au plus profond de son esprit, il entendit retentir un rugissement de fureur pure. La présence étrangère se rebellait. Il sentit une tension monter en lui avec une telle force qu'il craignit soudain d'imploser.

Il roula sur le dos et un nuage noir et mortel jaillit de lui avec la force d'un geyser.

— Drew ! Drew ! appela Laura en le secouant avec force par le bras.

Il ouvrit les yeux. Laura était penchée sur lui.

Jamais elle n'avait été aussi belle.

— Bonjour, dit-il doucement, avec un sourire.

Elle le regarda quelques secondes avec méfiance, puis sourit à son tour.

— Tu as retrouvé ton petit sourire en coin.

— Quel sourire en coin ?

— Oh ! Tu sais très bien de quoi je parle…

Il lui passa une main dans les cheveux, se laissant emporter par l'élan d'amour incroyable qu'il ressentait pour elle. Il jeta un rapide regard autour de lui et se rappela soudain où il se trouvait et tout ce qui s'était passé.

— Tu n'aurais jamais dû revenir ici, dit-il. Tu as risqué ta vie une fois encore.

— Je ne pouvais pas t'abandonner. Je t'aime. Et je refuse de laisser filer une aussi belle prise.

Il la prit par la taille pour la serrer contre lui.

— Tant mieux. Parce que, moi aussi, je t'aime et je n'ai pas non plus l'intention de laisser filer une aussi belle prise. D'ailleurs, je ne te quitterai plus jamais des yeux. Pas une seule seconde…

Il sourit.

— Bien, ceci étant clair, que dirais-tu si nous fichions le camp d'ici ?

— Où veux-tu aller ?

— Dans le désert.

— Tu plaisantes ? demanda-t-elle en se levant pour enfiler ses vêtements.

— Du moment que je suis avec toi, je veux bien aller n'importe où. Tant que ce n'est pas ici.

— Nous pourrions commencer par faire un petit détour par San Francisco ?

Main dans la main, ils sortirent de la maison. Arrivé près de la voiture, Drew se retourna pour contempler la maison. Une ombre furtive sembla passer devant une fenêtre du grenier puis disparut aussitôt.

Peut-être était-ce celle de Paul.

Sa vie ressemblerait-elle à cela, à présent ? Sans la présence de Kafou en lui, ne verrait-il plus que des ombres fugaces ? L'idée l'emplit d'un soulagement sans bornes.

Soudain, il aperçut des flammes qui léchaient les rideaux du salon, au rez-de-chaussée.

— Laura ! s'écria-t-il. Regarde ! La maison brûle ! Une des bougies a dû mettre le feu quelque part !

Laura leva un instant les yeux vers la maison, puis se tourna vers lui avec un sourire.

— Laisse-la brûler, répondit-elle en montant dans la voiture. La terre de Lionsheart a besoin d'une bonne purification.

NOCTURNE

Si « Les amants ensorcelés » vous a séduite, laissez-vous envoûter par le 2e titre de la collection Nocturne : « Le chasseur des ténèbres », également en vente le 1er mars.

Surgi de l'ombre, l'homme s'avance vers elle avec la souplesse d'un félin et, de sa voix de basse, la conjure d'accepter sa protection… Pourtant, en dépit des dangers dont elle se sent entourée, Meghan refuse de le suivre et réprime avec peine sa colère. Comment ose-t-il se présenter devant elle ? Comment prétend-il la protéger, alors que lui et ceux de son clan ont laissé sa mère se faire tuer en dérobant aux forces du mal un manuscrit aux pouvoirs maléfiques ? D'autant que rien, absolument rien ne lui garantit que cet homme aux yeux d'or ne poursuit pas le même but que ses ennemis : découvrir grâce à elle le lieu secret où sa mère, avant de mourir, a dissimulé le précieux grimoire…

Le chasseur des ténèbres, de Doranna Durgin

NOCTURNE n°55

NOCTURNE

Votre prochain rendez-vous le 1er avril

LA NUIT DU GUERRIER, de Cindy Dees - n° 56

- 2ème volet de la série : Les passagers du temps -

Envoyée dans la Perse antique pour chercher le sceau de magie qui sauvera l'humanité, Tessa est reçue au palais royal dont elle ressent bientôt, grâce à ses pouvoirs psychiques, l'étrange atmosphère faite de sensualité et de danger mêlés. Un soir, au cours d'une fête, elle fait la connaissance d'un guerrier : Rustam, dont la silhouette rassurante et le sourire lumineux la séduisent. Mais alors qu'elle tente par jeu de lire dans ses pensées, elle découvre avec stupeur qu'il a dressé autour de son esprit une muraille psychique infranchissable. Aussitôt les sens de Tessa sont en alerte. Qui est réellement Rustam ? Se peut-il qu'il n'ait voulu la séduire que pour mieux la surveiller et découvrir son secret ?

L'APPEL DU CRÉPUSCULE, de Doranna Durgin - n° 57

- 2ème volet de la série : Les griffes de l'ombre -

Debout devant la demeure de Joe Ryan, Lyn songe à la mission dont ses chefs l'ont chargée : gagner la confiance de cet homme, et prouver qu'il a tué son coéquipier et trahi son clan — leur clan — pour rejoindre les forces du mal. Mais brusquement la porte s'ouvre, et Lyn découvre le visage de celui qu'elle est venue confondre. Impressionnant, puissant, il la domine de sa haute taille et la scrute de son regard clair. Un regard auquel Lyn, troublée, tente tant bien que mal de se soustraire. Car un sentiment étrange vient de naître en elle, une pulsion incompréhensible et terriblement dangereuse qui la pousse vers Ryan et risque de faire d'elle sa proie...

Best-Sellers n°502 • suspense

Je ne t'ai pas oublié - Karen Harper

Deux ans ont passé depuis que Tara Kinsale, détective privée, est sortie de longs mois de coma. De ces mois d'inconscience, elle n'a conservé que le souvenir vague d'un voile blanc. Et au réveil, ce terrible choc : pendant ce temps, son mari avait obtenu le divorce. Alors qu'elle reprend à peine le fil de sa vie, elle se retrouve de nouveau en état de choc quand un médecin lui annonce qu'elle a mis au monde un bébé pendant son coma. Un enfant ? Impossible. Et pourtant, le doute s'insinue dans son esprit. Pourquoi ses proches refusent-t-ils de répondre à ses questions s'il n'y a rien à cacher ? De son chalet perdu au cœur de la luxuriante vallée de Shadow Mountain, épaulée par Nick MacMahon, un homme qu'elle connait depuis peu mais en qui elle a spontanément eu confiance, Tara se lance dans une enquête sur ce long coma au cours duquel l'impensable s'est produit.

Best-Sellers n°503 • suspense

Le cercle brisé - Nora Roberts

Emma a trois ans quand elle est arrachée par son père, riche et célèbre musicien de rock vivant à Los Angeles, aux bas-fonds de Londres ainsi qu'aux mauvais traitements d'une mère alcoolique et droguée. Alors que la vie paraît enfin sourire à la petite Emma, c'est le drame : elle assiste, impuissante, au meurtre de Darren, son demi-frère de deux ans. Sous le choc, Emma enfouit au plus profond de sa mémoire le souvenir du visage du ravisseur, tandis que grandit en elle un terrible sentiment de culpabilité : elle n'a pas su protéger son petit frère adoré. D'autant que, malgré une longue enquête, le meurtrier n'a jamais été retrouvé. Adulte, Emma devient une photographe célèbre. Mais la petite fille en elle n'a jamais oublié le drame. L'image imprécise du meurtrier hante ses cauchemars. Pour vivre enfin en paix, Emma va devoir le démasquer. Mais pour y parvenir, il lui faudra provoquer un scandale retentissant, et mettre en danger sa propre vie…

Best-Sellers n°504 • suspense

L'île du mystère - Heather Graham

En décidant de racheter le musée Beckett de l'île de Key West, en Floride, pour le restaurer et le rouvrir au public, Katie O'Hara s'apprête à réaliser l'un de ses souhaits les plus chers, dans ce lieu auquel elle reste profondément attachée. Un attachement que le crime commis là dix ans plus tôt ne peut en rien diminuer. Mais rapidement, un obstacle inattendu se dresse devant elle : le propriétaire, le photographe David Beckett, décide soudainement de s'opposer à la vente, et de revenir s'installer à Key West. Malgré le choc que lui cause cette nouvelle, Katie décide de convaincre le séduisant David du bien-fondé de son projet. Jusqu'à ce qu'elle apprenne qu'il a lui-même été soupçonné du meurtre dix ans plus tôt…

Best-Sellers n°505 • féminin

L'enfant du scandale - Barbara Delinsky

Hugh et Dana forment un couple harmonieux malgré leurs différences. Si Dana vient d'un milieu modeste et n'a jamais connu son père, Hugh, issu de la bourgeoisie bostonienne, a dû lutter pour faire accepter son épouse dans sa famille. Alors que l'arrivée d'un enfant semble apaiser les passions, c'est un véritable scandale que déclenche la naissance de la petite fille. Car, alors que rien ne le laissait prévoir, la fillette a la peau noire. Abasourdis, déchirés entre la joie et la soif de réponses, les jeunes parents décident d'explorer leurs racines… au risque de déterrer les secrets du passé…

Best-Sellers n°506 • féminin

Jusqu'au bout du rêve - Sherryl Woods

Bouleversée par sa rupture douloureuse avec Connor O'Brien, Heather Donovan quitte Baltimore pour s'installer à Chesapeake Shores avec Mick, leur petit garçon de un an. En choisissant de vivre dans ce petit paradis en bordure de mer, elle espère se reconstruire, et surtout, permettre à son fils de s'épanouir au grand air. Mais rien ne se déroule comme Heather l'avait prévu. Car Connor, qui a toujours refusé avec entêtement de se marier avec elle, lui préférant sa brillante carrière d'avocat, cherche désormais à la reconquérir. Déstabilisée par cette attitude, mais déterminée à se tenir aussi loin que possible de celui en qui elle n'a plus confiance, Heather se consacre entièrement à son fils et à la petite boutique qu'elle vient d'ouvrir. Jusqu'à ce qu'un choc violent et inattendu vienne à nouveau bouleverser sa vie…

Best-Sellers n°507 • suspense

La mémoire volée - Beverly Barton

Quels secrets se cachent entre les murs de l'imposante demeure de la plus ancienne famille du Mississippi ? Missionné par G.W Wesbrook, le patriarche du clan, pour retrouver sa petite fille Leslie Anne qui vient de fuguer, Dante Moran a la sensation gênante de faire intrusion dans une affaire de famille complexe, douloureuse. Une histoire à laquelle il se sent complètement étranger, jusqu'au jour où il rencontre Tessa, la mère de Leslie Anne. Troublé d'abord par la beauté fragile de Tessa, Dante reçoit un choc lorsqu'elle plonge ses yeux dans les siens. Car ce regard réveille en lui l'éclat d'un autre regard, le souvenir d'une autre femme, perdue il y a longtemps…

BestSellers

Best-Sellers n°508 • historique

La princesse celte - Helen Kirkman

Angleterre, Royaume de Northumbrie, 716

Après avoir échappé au mariage que son père, le roi des celtes, voulait lui imposer, Alina s'est réfugiée dans un couvent isolé où elle mène une existence simple, au mépris de son titre de princesse. Mais sa vie est bouleversée lorsqu'un matin, un sombre guerrier fait irruption dans le couvent, l'épée à la main et l'éclat de la vengeance dans les yeux. Car cet homme, cet être d'ombre et de lumière, n'est autre qu'Athelbrand le saxon avec lequel elle s'est enfuie la veille de son mariage et qu'elle a ensuite quitté sans explications, le condamnant au déshonneur et à l'exil. Brand, qu'elle a aimé de tout son cœur et de toute son âme mais qu'elle a trahi malgré elle…

Best-Sellers n°509 • historique

Le secret de lady Scarlet - Nicola Cornick

Fortune Folly, Yorkshire, 1810

Pour empêcher Nat Waterhouse, son ami d'enfance, de faire un mariage d'intérêt avec une riche héritière, lady Elizabeth Scarlet est prête à tout. Y compris à élaborer un plan aussi audacieux que scandaleux pour y parvenir : kidnapper et enfermer Nat dans un manoir désert la veille de la cérémonie.

Et tout se déroule comme prévu jusqu'au moment où Nat comprend qu'il a été piégé. Furieux, il l'accuse de se comporter en petite fille gâtée et capricieuse. Pis encore ! il sous-entend qu'elle est amoureuse de lui depuis toujours et qu'elle jalouse sa fiancée. Blessée dans son orgueil, profondément gênée par les insinuations de Nat, Lizzie décide de lui prouver qu'elle ne le laisse pas aussi indifférent qu'il veut le faire croire…

GRATUITS !

2 ROMANS*et 2 CADEAUX surprise !

OUI ! Envoyez-moi mes **2 romans offerts*** de la collection que j'ai choisie et mes **2 cadeaux surprise gratuitement**.
Sauf contrordre de ma part, j'accepte ensuite de recevoir chaque mois les romans de la collection choisie, simplement en consultation.

* 1 roman pour la collection Nocturne, Les Historiques et pour l'offre Maxi.

☛ COCHEZ la collection choisie et renvoyez cette page au
Service Lectrices Harlequin – BP 20008 – 59718 Lille Cedex 9

- ❑ **AZUR**..........................ZZ2F56 ....6 romans par mois 25,75€
- ❑ **HORIZON**...................OZ2F54........2 volumes doubles par mois 15,29€
- ❑ **BLANCHE**...................BZ2F53........3 volumes doubles par mois 21,46€
- ❑ **LES HISTORIQUES**.....HZ2F52........2 romans par mois 15,49€
- ❑ **BEST SELLERS**............EZ2F53 ....3 romans tous les deux mois 23,20€
- ❑ **NOCTURNE** ....TZ2F52.........2 romans par mois 15,49€
- ❑ **MAXI**..........................CZ2F54........4 volumes triples tous les deux mois 28,98€
- ❑ **PRÉLUD'**......................AZ2F54........4 romans par mois 26,15€
- ❑ **PASSIONS**.................RZ2F53........3 volumes doubles par mois 23,20€
- ❑ **BLACK ROSE**.............IZ2F53 ....3 volumes doubles par mois 23,20€

N° d'abonnée Harlequin (si vous en avez un) |_|_|_|_|_|_|_|_|_|

Mme ❐ Mlle ❐ Nom : ______________________

Prénom : ______________________ Adresse : ______________________

____

Code Postal : |_|_|_|_|_| Ville : ______________________

Tél. : |_|_| |_|_| |_|_| |_|_| |_|_|

E-mail : ______________________________________

❐ Oui, je souhaite recevoir par e-mail les offres promotionnelles des éditions Harlequin.
❐ Oui, je souhaite recevoir par e-mail les offres promotionnelles des partenaires des éditions Harlequin.

Date limite : 30 novembre 2012. Vous recevrez votre colis environ 20 jours après réception de ce bon. Offre soumise à acceptation et réservée aux personnes majeures, résidant en France métropolitaine, dans la limite des stocks disponibles. Offre limitée à 2 collections par foyer. Prix susceptibles de modification en cours d'année.Conformément à la loi Informatique et libertés du 6 janvier 1978, vous disposez d'un droit d'accès et de rectification aux données personnelles vous concernant. Par notre intermédiaire, vous pouvez être amenée à recevoir des propositions d'autres entreprises. Si vous ne le souhaitez pas, il vous suffit de nous écrire en nous indiquant vos nom, prénom et adresse à : Service Lectrices Harlequin BP 20008 59718 LILLE Cedex 9.

Composé et édité par les

éditions HARLEQUIN

Achevé d'imprimer en France (Malesherbes)
par Maury-Imprimeur
en février 2012

Dépôt légal en mars 2012
N° d'imprimeur : 170117